पत्रकारिता

एक संपूर्ण परिचय

यश सिंघानिया

PG PUBLICATION

रोहिणी, दिल्ली –110089

पहला संस्करण : 2020

ISBN : 978-93-89984-38-5

प्रकाशक
प्रखर गूँज प्रकाशन
एच – 3/2, सेक्टर – 18,
रोहिणी, दिल्ली –110089
011-27851059, 7982710571, 7838505899

शब्द संयोजन एवं आवरण : प्रखर गूँज प्रकाशन

Patrakarita ek sampoorn parichaya
by
Yash Singhania

Published by
PRAKHAR GOONJ PRAKASHAN
H-3/2, Sector-18, Rohini
Delhi – 110089
Email : prakhargoonj@gmail.com
sinha.neelu123@gmail.com
011-27851059, 7982710571, 7838505899

पुस्तक के बारे में

पत्रकारिता खासकर हिन्दी पत्रकारिता, पर बहुत कुछ लिखा-पढा जा चुका है। परन्तु देखा जाये तो तेजी से बदलते जा रहे समाज और टूटती जा रही देशकाल की सीमाओं के अनुरूप पत्रकारिता भी विभिन्न दिशाओं में अपने विविध और बहुरंगी आयाम खोलती जा रही है। पत्रकारिता के क्षेत्र में नित नये आयाम जुड़ते जा रहे हैं, इसलिये पत्रकारिता पर लगातार चिन्तन-मनन और निरन्तर लेखन की आवश्यकता है। पत्रकारिता अब न तो सिर्फ कर्म विधा रह गई है, न साध्य तक पहुंचने का साधन और न ही मात्र मानवीय यथार्थ की अभिव्यक्ति का माध्यम। पत्रकारिता के कदम समाचार पत्र के कार्यालयों से होते हुए विश्वविद्यालयों और अब महाविद्यालयों के आहातों में पहुंच चुके हैं। पत्रकारिता, कला विज्ञान का रूप ग्रहण करने लगे है। एक अलग विषय और शास्त्र के रूप में भी पत्रकारिता का अध्ययन - अध्यापन होने लगा है। यही नहीं, इसमें शोध कार्य भी शुरू हो गये हैं।

सूचना विस्फोट के इस दौर में अधिक से अधिक सूचनाओं को हथियाने की जबर्दस्त होड़ सी लगी है। फिर वह प्रिंट मीडिया हो, इलेक्ट्रानिक मीडिया हो या फिर पोर्टल और वेबसाइट ही क्यों न हो। हर तरफ पहले पहुंचने की दौड़ सी लगी है। सूचना क्रांति का यह दौर थमता नजर नहीं आता। इसलिये जरूरी है कि पत्रकारिता के क्षेत्र में उभरते नित नए आयाम को नए रूपों में लगातार प्रस्तुत किया जाता रहे। सैंकड़ों समाचार पत्र, पत्रिकाएं, दर्जनों समाचार चौनल हमारे चारों तरफ हैं। पत्रकारिता यानी जर्नलिज्म एक ऐसा व्यवसाय हो गया है जिसकी तरफ बड़ी संख्या में युवक-युवतियां आकर्षित हो रहे हैं। अनेक नए लोग जिन्हें पत्रकारिता के काम के बारे में सही जानकारी नहीं है, इस क्षेत्र में आकर या तो पछताते हैं या असफल सिद्ध होते हैं। अक्सर दोनों ही बाते होती हैं। चिकित्सक, इंजीनियर, कम्प्यूटर इंजीनियर, चार्टर्ड अकाउंटेंट, पायलट आदि व्यवसायों के समान आज पत्रकारिता भी एक ऐसा व्यवसाय है जिसके लिये खास तरह की प्रतिभा के साथ-साथ समुचित प्रशिक्षण बहुत जरूरी है। यह अपनी तरह का खास काम है जिसके लिये कुछ खास गुण और कौशल जरूरी है। प्रस्तुत पुस्तक में समाचार पत्र तथा पत्रकारिता के तौर-तरीकों और इस क्षेत्र में विकास के बारे में विस्तार से बताया गया है जिससे हमें पत्रकारिता क्या होती है, कैसे होती है, यह जानने में मदद मिल सके। आम तौर पर समाचार, उससे सम्बंधित विश्लेषण, फीचर आदि

सामग्री का अखबार, पत्रिका, रेडियो, टीवी या फिल्म जैसे माध्यम के लिये संकलन, सम्पादन और प्रस्तुतिकरण के काम पत्रकारिता की श्रेणी में आते हैं। तेजी से विकसित हुआ संचार साधनों के कारण हर तरह की पत्रकारिता, चाहे वह छपे हुए जरिये से हो, चाहे प्रसारण के जरिये से, आज एक विशिष्ट कार्यपद्धति में ढल गई है। प्रस्तुति के लिहाज से सभी माध्यमों का स्वभाव और चरित्र काफी भिन्न है इसलिये हर माध्यम के पत्रकार को प्रस्तुति की शैली अपने माध्यम से अनुकूल अपनानी पड़ती है, जैसे कि छपे हुए अखबार या पत्रिका में पत्रकार अपने समाचार या लेख की भाषा शैली और छपे हुए पेज की डिजाइन का ज्ञान विकसित करता है और टीवी का पत्रकार अपने बोलने का अंदाज और हाव-भाव। लेकिन इससे पूर्व का कार्य अर्थात तथ्यों का संकलन, चयन, सम्पादन आदि कार्य मूलतरू सभी समाचार माध्यमों में एक सा है।

सच्चाई यही है कि नई सदी की नई पत्रकारिता के सामने चुनौतियां कुछ अधिक है। मिशन पत्रकारिता के दिन लदते जा जा रहे हैं। एक बड़े पत्रकार की इस बात को नकारा नहीं जा सकता कि 'जिस तरह समय को पीछे नहीं ठेला जा सकता, ठीक उसी तरह पत्रकारिता को भी पराड़करजी की पत्रकारिता के जमाने में वापस नहीं धकेला जा सकता।' बहरहाल, नई सदी की नई पत्रकारिता को अधिक ईमानदार, गतिशील और प्रोफेशनल होना है। सूचना क्रांति से कुछ आगे बढ चुके इस समय में, जब पत्रकारिता के विविध आयामों का व्यावसायिक विस्तार हो रहा है और अधिक से अधिक प्रशिक्षित पत्रकारों की आवश्यकता महसूस की जा रही है, ऐसी पुस्तकों का होना बहुत जरूरी हो गया है, जो पत्रकारिता से जुड़े हर पहलू पर तकनीकि ज्ञान के साथ साथ व्यावहारिक जानकारी भी उपलब्ध करा सके। यह पुस्तक इसी प्रयास की एक कड़ी है।

पुस्तक को तैयार करने में विविध शोध संदर्भों, लेखों, विवरणों, पाठ्य सामग्रियों व अन्य जानकारियों को प्रयोग में लाया गया है। जाने-अनजाने जिन लोगों ने इस पुस्तक को तैयार करने में अपना महत्वपूर्ण योगदान मुझे दिया है, उन सबके प्रति मैं हृदय से आभारी हूं।

अंतिम आभार, उन पत्रकारिता के छात्रों के प्रति, जो इसे उल्टेंगे-पलटेंगे। यदि उन्हें इस उलटने-पलटने की प्रक्रिया में कुछ भी हासिल हो सका, तो मैं अपना प्रयास सार्थक समझूंगा।

— यश सिंघानिया

अनुक्रम

1. पत्रकारिता का इतिहास

''पत्रकारों को चाहिए कि वे महर्षि नारद को अपना आदिगुरू मानें, नारद प्रखर प्रचारक थे। शौर्य, धैर्य और आत्मत्याग की खबर वे दिगन्त तक फैलाते रहे। सद्गुणों की कीर्ति फैलाने तथा विपत्ति और फूट के नाश की इच्छा से बढ़कर और दूसरा कौन-सा आदर्श हो सकता है? (डॉ0 सम्पूर्णानन्द)

देवर्षि नारद घूम-घूम कर संवाद-वहन करनेवालों में अग्रणी थे। उन्हें जनसंचार का आदि आचार्य कहा जाता सकता है। ''बुद्धिमतां वरिष्ठम्'' हनुमान जनसंचार के नायक थे। महाभारत के कुरूक्षेत्र के 18 दिनों के महायुद्ध का आँखों देखा हाल को सुनानेवाले संजय संचार माध्यम के पुरोधा माने जाते हैं। भारतीय साहित्य में मेघ, हंस, तोता, वायु संचार के माध्यम के रूप में वर्णित है।

बाईबिल में स्वर्ग की पुष्पवाटिका में बाबा आदम और अम्मा हौवा की जो कथा है, वह एक प्रकार से संचार का प्रारम्भिक स्वरूप है। अम्मा हौवा ने कहा, '' क्यों न हम वह फल खाँए जो ज्ञान के वृद्ध पर लगता है, जिसको खाने से हमें पाप और पुण्य का ज्ञान हो जायेगा। यह फल हमारे लिए वर्जित तो भी हमें कोई परवाह नहीं करनी चाहिए।'' यही छोटी-सी वार्ता जनसंचार की एक कड़ी बन गयी।

प्राचीन काल में पठन-पाठन, मुद्रण के साधन के अभाव में जनसंचार के माध यम गुरू या पूर्वज थे जो मौखिक रूप से सूचनाओं को एक पीढ़ी से दूसरी पीढ़ी तक पहुँचाते थे। लेखन के प्रचलन के बाद भी पत्रों पर संदेश लिखे जाते थे। मौर्यकाल एवं गुप्ताकाल में शिलालेखों द्वारा धार्मिक एवं राजनीतिक सूचनाएँ जन सामान्य तक पहुँचायी जाती थीं। उसी समय वाकयानवीस (संवाददाता), खुफियानवीस (गुप्त समाचार लेखक), सवानहनवीस (जीवनी लेखक) तथा हरकारा (संदेशवाहक) संचार सम्प्रेषण के क्षेत्र में कार्यरत थे।

इस प्रकार मुट्ठीभर लोगों के अध्ययन, चिन्तन-मनन और आत्माभिव्यक्ति की प्रवृत्ति तथा 'सब जनहिताय सब जनसुखाय' के प्रति व्यग्रता ने पत्रकारिता को जन्म दिया।

पत्रकारिता के प्रकार

1. सांस्कृतिक पत्र-पत्रिकाएँ, शिक्षा सम्बन्धी पत्रिकाएँ, धार्मिक पत्र-पत्रिकाएँ, कृषि पत्रिकाएँ, स्वास्थ्य सम्बन्धी पत्रिकाएँ, विज्ञान विषयक पत्रिकाएँ, उद्योग सम्बन्धी पत्रिकाएँ, चलचित्र सम्बन्धी पत्रिकाएँ, महिल सम्बन्धी पत्रिकाएँ, खेल सम्बन्धी पत्रिकाएँ, बाल सम्बन्धी पत्रिकाएँ।

प्रेस और पत्र

- चीन ने 175 ई0 में ठप्पे से मुद्रित ग्रन्थ कुछ भाग आज भी विद्यमान बताया जाता है। 972 ई0 में एक लाख तीस हजार पृष्ठों का त्रिपिटक ग्रन्थ छपा। परन्तु वर्तमान मुद्रण-पद्धति की कहानी 500 वर्षों से पीछे नही जाती। अलग-अलग अक्षरों के धातु टाईप सर्वप्रथम 1450 ई0 में जर्मनी में बनी। तत्पश्चात् 1466 में फ्रांस, 1477 में इंग्लैण्ड और 1544 में पुर्तगाल में इस कला का प्रचार हुआ। पुर्तगाल में ईसाई धर्मप्रचारकों द्वारा 1550द में दक्षिण भारत के गोवा शहर मे यह कला आयी। भारत की सर्वप्रथम पुस्तक रोमन लिपि औश्र देशी भाषा में 1560 ई0 में छपी थी। परन्तु 1178 ई. में कलकत्ता में प्रेस खुलने तक कोई गण्यं उन्नति इस क्षेत्र में नहीं हुई।
- आधुनिक वैज्ञानिक प्रेस और पत्र से पर्याप्त भिन्नता रखनेवाले रोमन के 'एक्टा डिउना' दैनिक घटनाएँ और चीन के 'पीकिंग गजट' से पत्रकारिता का प्रारम्भ माना गया है। बाईबिल के अधिकाधिक प्रसार की प्रेरणावश गांटेनबुर्ग नामक ईसाई ने मध्य जर्मनी के मायन्स नगर में सन् 1440 ई0 मे आधुनिक मुद्रणकला से साम्य रखने वाले प्रेस की स्थापन की आजकल के समाचारपत्रों का प्रारम्भिक रूप नीदरलैंड के न्यूजाइटुंग (1562 ई0) में मिलता है। सन 1615 ई में जर्मनी से 'फ्रैंकफर्टेर जर्नल, 1631 ई0 में फ्रांस से 'गजट द फ्रांस', 1667 ई में बेल्जियम से 'गजट वैन गट', 1666 ई0 में इंग्लैण्ड से 'लन्दन गजट' और 1690 ई0 में संयुक्त राष्ट्र अमेरिका से 'पब्लिक आकरेंसेज' का प्रकाशन हुआ। दैनिक पत्र के रूप मे 6डेली करेट' का नाम लिया जाता है।, जो 11 मार्च 1702 ई0 निकला।

मुगल काल में 'वाकयानवीस'

मुगल काल में संवाद-लेखकों की नियुक्ति हुई जिन्हें 'वाकयानवीस' कहा जाता था। 'वाकयानवीस' द्वारा प्रेषित खतों के सारांश को बादशाहों को सुनाया जाता था। अखबाराते-ए-दरबारे-झुपल्ला, पैगामें हिन्द, पुणे अखबार जैसे हस्तलिखित पत्रों को पत्रकारिता का पूर्वज कहा जा सकता है।

छापाखाना और मिस्टर बोल्ट

भारत के गोवा में 1550 ई0 में प्रेस की स्थापना हुई। बम्बई में 1662 ई0, मद्रास में 1722 ई0 तथा कलकत्ता में सन् 1779 ई में प्रेस बैठाए गये। 29 जनवरी सन 1780 ई0 वह स्वर्णिम दिवस है जिस दिन एक गैर भारतीय द्वारा पत्र प्रकाशित हुआ। 'बंगाल गजट एण्ड कैलकटा एडवर्टाइज' के सर्वस्व जेम्स अगस्टस हिंकी थे। संक्षेप में इस पत्र को 'हिकीज गजट' कहा जाता है जिसका लक्ष्य थां। ''यह राजनीतिक और व्यापारिक पत्र खुला तो सबके लिए है, पर प्रभावित किसी से नही है।

'इंडियन गजट' 1780 ई0, 'बंगाल जर्नल' 1784 और 'इंडियन बर्ल्ड' 1791 कलकत्ता से ही प्रकाशित हुए। भारतीय पत्रकारिता के जनका राजा राममोहन राय (1772-1833) के प्रयास से 1818 ई0 में 'बंगाल गजट', 1821 ई0 में 'संवाद कौमुदी' और 'मिरातुल-अखबार' निकले।

उन्नीसवीं शताब्दी के तीसरे दशक में मद्रास के गवर्नर से सर टॉमस मुनरों ने प्रेस की आजादी को आंग्ल सत्ता समाप्ति का पर्याय माना। उनके ही शब्दों में, ''इनको प्रेस की आजादी देना हमारे लिए खतरनाक है। विदेशी शासन और समाचारपत्रों की स्वतन्त्रता दोनों एक-साथ नहीं चल सकते। स्वतंत्र प्रेस का पहला कर्तव्य क्या स्वतन्ता दोनों एक-साथ नहीं चल सकते। स्वतंत्र प्रेस का पहला कर्तव्य क्या होगा? यही न, कि देश को विदेशी चंगुल से स्वतंत्र कराया जाए, इसलिए अगर हिन्दुस्तान में प्रेस को स्वतंत्र्ता दे दी गयी तो इसका जो परिणाम होगा, वह दिखायी दे रहा है।''

आजादी पूर्व पत्रकारिता में प्रवेश करने का तत्पर्य आंग्ल सत्ता के फौलादी पंजे से मुकाबला करना था, आर्थिक संकट से जूझना तथा सदैव कंटकाकीर्ण पथ का अनुगामी बनना था।

काल विभाजन

30 मई सन् 1826 ई0 को हिन्दी के प्रथम साप्ताहिक 'उदन्त मार्तण्ड' का प्रकाशन हुआ जो 'पहले पहल हिन्दुस्तानियों के हित हेतु था। इसी 'उदन्त मार्तण्ड' से हिन्दी पत्रकारिता का प्रादुर्भाव माना जाताहै। उदन्त मार्तण्ड से प्रेरणा प्राप्त कर 'बंगदूत- (1829), 'बनारस अखबार , सुधाकर(1850), बुद्धि प्रकाश (1852), मजहरूल सरूर (1852), पजामें आजादी (1857) आदि पत्र प्रकाशित हुए जिनके द्वारा 'तोड़ों गुलामी की जंजीरे', 'बरसाओं अंगारा' और 'सत्वनिज भारत गहे' का नारा बुलंद किया गया। सन 1826 से 1884 ई0 की अवधि में प्रकाशित पत्रों की

आह्वानमयी प्रवृति का आकलन कर इसे उद्बोधन काल के नाम से पुकारना उपयुक्त होगा क्योंकि पत्रकारों का स्पष्ट मत था कि दासतारूपी राष्ट रोग की औषधी जनता की महाशक्ति का उद्बोधन है।

सन 1885 ई0 में ही हिन्दुस्तान में राष्ट्रीय जागरण के भैरवी मंत्र को फूँकने के लिए राजा रामपाल सिंह ने प्रथम हिन्दी दैनिक 'हिन्दोस्थान' का प्रकाशन प्रारम्भ किया। अतः 1885 से 1919 अवधि को 'जागरण काल' के नाम से अभिहित करना सुसंगत होगा।

सन 1885 से 1919 ई0 तक की अवधि के पत्रों ने राष्ट्रीय चेतना को पल्लवित किया तथा 'स्वराज्य हमारा जन्मसिद्ध अधिकार है' इस नारे को सार्थक करने के लिए जन-जन में जागरण का संचार किया। एक और 'भारत ' के 'अभ्युदय' हेतु 'हिन्दी केसरी' स्वराज' का मंत्र फूँकता था तो दूसरी और भावात्मक एकता के लिए 'देवनागर' सबसे एक सूत्र में बंध जाने की अपील करता था, जैसा कि स्वतंत्रा के अक्षय-स्रोत वीर सावरकर का लक्ष्य था-

एक देव, एक देश, एक भाषा
एक जाति, एक जीव, एक आशा

सन 1920 से 1947 ई0 तक संघर्षों, अभावों, अभिशापों और प्रताड़नाओं के बीच दबे रहकर पत्र-पत्रिकाओं ने आग और शोलों से भरी उत्तेजक कथा सुनायी। पत्रकारों की हुंकार और फुँफकार वाली वाणी ने भारतीयों को झकझोर दिया। सामूहिक उत्पीड़न, बेबसी, वेदना के करूण-क्रन्दन को न सुनाकर पत्र-पत्रिकाओं ने फिरंगियों के प्रति घोर गर्जन किया।

हो उथल-पुथल अब देश बीच खौले खून जवानों का।
बलिवेदी पर बलि चढ़ने को अब चले झुंड मर्दानों का।

क्रान्तिकारी पत्रकार पराड़करजी ने भी 1930 ई0 में 'रणभेरी' में लिखा-

'' ऐसा कोई बड़ा शहर नहीं रह गया है जहाँ से एक भी 'रणभेरी' जैसा परचा न निकलता हो। अकेले बम्बई में इस समय ऐसे कई एक दर्जन परचे निकल रहे है। शुरू में वहाँ सिर्फ 'कांग्रेस बुलेटिन' निकलती थी। नये परचों के नाम समयानुकूल है। जैसे-'रिवाल्ट' 'रिवोल्यूशन', 'बलवों', 'फितूर' (द्रोह), 'गदर', 'बगावत', आदि। ....दमन से द्रोह बढ़ता है, इसका यह अच्छा सबूत है। पर नौकरशाही के गोबर-भरे गन्दे दिमाग में इतनी समझ कहाँ? वह तो शासन का एक ही शस्त्र जानता है-बंदूक।''

स्वतंत्रा आंदोलन को कुचलने के लिए प्रेस आर्डिनेंस द्वारा पत्रकारिता पर प्रहार किया गया। अधिकांश पत्रों का प्रकाशन स्थगित हो गया। ऐसी स्थिति में क्रान्तिकारी पत्रकारों ने 'रणभेरी', 'शंखनाद', 'चिनगारी', बवण्डर, 'रणडंका,

चण्डिका और तुफान नामधारी पत्रों का गुप्त प्रकाशन किया जिससे भारत में विप्लव मच गया। अंग्रेजों के दाँत खट्टे हो गए, उनके शासन का अंत हुआ। भारतीय क्षितिज पर अरूण मुस्कान छा गयी। हम अपने-भाग्य निर्माता बन गए।

गांधी जी ने स्वतंत्रा का अर्थ राजनीतिक आजादी ही नहीं बतलाया बल्कि उसक साथि आर्थिक, सामाहिक, सांस्कृति नवनिर्माण पर जोर दिया। उन्होनें कहा-''स्वराज्य का अर्थ है-विदेशी शासन से पूर्ण स्वतंत्रा और पूर्ण आर्थिक स्वतंत्रा। इस प्रकार स्वराज्य के एक सिरे पर राजनीतिक स्वतंत्रा है तो दूसरे सिरे पर आर्थिक स्वतंत्रा। उसके दो सिरे और है। तीसरा सिरा है- नैतिक या सामाजिक और चौथा है धर्म का।

इस प्रकार सन 1947 से 1974 ई0 की अवधि को नवनिर्माण काल कहना उपयुक्त होगा क्योंकि तपःपूत समर्पित सम्पादकों ने अपनी रचनात्मक मेधा का प्रयोग स्वतंत्र भारत के समग्र विकास के निमित्त किया। सन 1975 से आज तक की अवधि को वर्तमान काल के नाम से अभिहित किया गया है।

साम्प्रतिक पत्रकारिता

- सन 1975-76 में आपातकाल के दौर मं पत्रकारिता का भाव पक्ष, विचार-वैभव श्रीहत् हो गया, मुद्रण कला में नूतन आविष्कारों के कारण पत्रों के स्वरूप में कलात्मक निखार आया।
- स्पर्धा-संघर्ष के वर्तमान युग में अर्थ सम्पन्न बुद्धिजीवियों द्वारा अनेक प्रकाशन-गृह स्थापित हुए जहाँ से लोक रूचि के अनुरूप पत्रों का बेतहाशा प्रकाशन हो रहा है। पत्र-प्रकाशन एक सम्मानप्रद लाभकारी व्यवसाय हो चला है।
- आजकल पत्र-जगत असीम है, उसमें फैलाव है, व्यापकता है। पत्रों के तेवर और कलेवर भिन्न रूपात्मक है। कहीं-कहीं पत्र 'दुम दबाऊ' और हिज 'हिज मास्टर्स वायस' (जी-हजूर) के प्रतीक हैं तो कहीं अटूट आदर्शवादी हैं। कहीं पत्रकारों का ढीला पड़ता दायित्व-बोध है तो कहीं दायित्व के प्रति समर्पित भावना है। एक ओर गपशपवाली, सनसनीखेज, चटखारेदार, रहस्य-रोमांच की धूम मची है तो दूसरी ओर विश्लेषणात्मक, गम्भी, चिन्तरपरक पत्रकारिता समृद्ध हो रही है।
- खोज पत्रकारिता के नाम पर यौन, बलात्कार, राजनीतिक दाँव-पेंच का उद्घाअन हो रहा है तो इसके साथ ही गम्भीर विषयों से सम्बद्ध गरिमापूर्ण सामग्री भी प्रकाशित हो रही है।
- समाचारपत्र का शीर्षक एक बार रजिस्टर्डकरा लेने पर कभी निरस्त नहीं हो,

अतः प्रकाशकों को नियमित पत्र-प्रकाशन की चिन्ता नही रहती।

- पत्रकारों को गुंडे, बदमाश, अवांछित तत्व से खतरा तो बना ही रहता है लेकिन उससे अधिक खतरा तो समाज के तथाकथित रहनुमाओं से है।
- आज भी कुछ अधिकारीवर्ग अंग्रेजी पत्रों के प्रति अधिक विश्वसनीयता, प्रामाणिकता, सुरूचिपूर्णता एवं समग्रता का भाव रखते है।
- ग्राहक संख्या कम होने के कारण विज्ञापन कम मिलते है।
- आंकड़े बतलाते हैं कि समाचार पाठकों का मात्र तीन प्रतिशत ही अंग्रेजी के पाठक है अवशेष सभी भाषायी अखबारों के पाठक है।
- अंग्रेजी पत्रों का पाठक शहरी है जो एक अरब जनता के लिए निर्णय लेते हैं।
- जिस पत्रकारिता ने चेतना का संचार किया आज वही चेतना के हनन का निर्द्वन्द्व माध्यम बन चुकी है। आजादी के नाम पर शोषण के पैमाने छलक रहे है।
- 'मिशन' के स्थान पर वह 'मशीन' और 'प्रोफेशन' बनी तथा अब 'सेन्सेशन' बनकर गर्त में जा रही है।

समाचार की परिभाषा और उसके भेद

It is the honest and unbiased and complete account of events of interest and concern to the public – Duance Bradley

समाचार की व्युत्पत्ति : समाचार को अंग्रेजी में NEWS कहते हैं जो New का बहुवचन है। वह लैटिन के 'नोवा', संस्कृत के 'नव' से बना है। तात्पर्य यही है कि जो नित्य नूतन हो वही समाचार है। हेडन के कोश के अनुसार 'सब दिशाओं की घटना को समाचार' कहते है। 'न्यूज' के चार अक्षर चार दिशाओं के आद्याक्षर है-

N- North (उत्तर)
E- East (पूर्व)
W-West (पश्चिम)
S-South (दक्षिण)

1500 ई0 के पूर्व 'टाइडिंग' (TYDING) शब्द का प्रचलन 'समकालीन घटनाओं की सूचना' के रूप में था। बाद में मुद्रण-कला के विकास के साथ 'न्यूज' शब्द का प्रयोग होने लगा जिसका तात्पर्य है सूचनाओं के संकलन और प्रसारण द्वारा लाभ अर्जित करना जैसा कि एडविन एमरी का विचार है। सूचनाओं का यदा-कदा प्रसारण 'टाइडिंग' है जबकि सुनियोजित ढंग से शोधपूर्ण समाचारों का

संकलन तथा प्रसारण ही 'न्यूज' है।

समाचार की कुछ परिभाषाएँ निम्नलिखित है-

- ✓ अनेक व्यक्तियों की अभिरूचि जिस सामयिक बात में हो वह समाचार है। सर्वश्रेष्ठ समाचार वह है जिसमें बहुसंख्यकों की अधिकतम रूचि हो।''
- ✓ ''समाचार किसी वर्तमान विचार, घटना या विवाद का ऐसा विवरण है जो उपभोक्ताओं को आकर्षित करे।''
- ✓ समाचार सामान्यतः वह उत्तेजक सूचना है जिससे कोई व्यक्ति संतोष या उत्तेजना प्राप्त करता है।''

अतः समाचार किसी अनोखी या असाधारण घटना की अविलम्ब सूचना को कहते हैं जिसके बारे में लोगों में रूचि हो।''

समाचार के तत्व

नूतनता, सत्यता, सामीप्य, सुरूचिपूर्णता, वैयक्तिकता, संख्या और आकार, संशय और रहस्य

समाचार के प्रकार

सीधे समाचार, व्याख्यात्मक समाचार

सीधा समाचार सरल तथा सुस्पष्ट विधि से घटनाओं का सही-सही तथ्यात्मक विवरण है। इसमें तथ्यों को तोड़ा-मरोड़ा नहीं जाता तथा ऐसे समाचारों में आरोप लगाने, निष्कर्ष निकालने एवं सम्मति देने का प्रयास नहीं होता। व्याख्यात्मक समाचारों में घटना की गहरी छानबीन की जाती है, उसे समग्र रूप में उद्घाटित किया जाता है। घटना के परिवेश, पूर्वापर सम्बन्ध तथा उसके वैशिष्टय परिणाम को लिखा जाता है ताकि पाठक सरलता से सभी बातें समझ जायें।

घटनाक्रम के महत्व की दृष्टि से समाचार के दो रूप होते है-

तात्कालिक विशिष्ट समाचार : पूर्वाभासरहित अकस्मात् ही जब घटना घट जाती है तो उससे सम्बद्ध समाचार का विशेष महत्व होता है।

व्यापी समाचार : अधिक समय तक अधिकाधिक व्यक्तियों को प्रभावित करने वाला समाचार व्यापी कहा जा सकता है।

- ▪ अपराध, स्थान-विशेष, डाक, रेडियो और टेलीविजन से सम्बद्ध समाचारों को संक्षेप में प्रस्तुत किया जा रहा है-
- ▪ अपराध समाचार

- स्थानीय समाचार-राशन की दुकानों पर भ्रष्टाचार, विद्यालयों में प्रवेश सम्बन्धी धाँधली, कर वसूली में ज्यादती, भीषण गंदगी और यातायात के साधनों की असुविधा सम्बन्धी क्षेत्रीय समाचारों का प्रकाशन समाचारपत्र और पाठकों के मध्य तादात्म्य भाव स्थापित कराते हैं।
- डाक समाचा
- रेडियो समाचार
- टीवी समाचार
- अपेक्षित और आकस्मिक समाचार ;भ्वज छमूेद्ध—डायरी समाचार को 'अपेक्षित समाचार' तथा गर्म समाचार को 'आकस्मिक समाचार' के नाम से भी जाना जाता है। विविध समारोहों, गोष्ठियों, जन-सभाओं, विधानसभा, विधान-परिषद, लोकसभा और राज्यसभा के ऐसे समाचार जो सुनियोजित ढंग से प्राप्त होते है उन्हें डायरी समाचार कहा जाता है। हत्या, ट्रेन-बस दुर्घटना, घोर अव्यवस्था और प्राकृतिक आपदा सम्बन्धी बातें जो आकस्मिक रूप से घट जाती है जो अनपेक्षित होती है, 'गर्म समाचार' के अन्तर्गत आती है।

फीचर (रूपक)

समसामयिक घटनाओं एवं विविध क्षेत्र के अद्यतन परिवर्तन के सचित्र और मनोरम विवरण को फीचर या रूपक कहा जा सकता है। मिस्टर ब्रेन निकोलस ने रूपक को समाचारपत्र की आत्मा के रूप में वर्णित किया है।

समाचार तथ्यों का विवरण तथा विचार देकर सन्तुष्ट हो जाता है जबकि रूपक में घटना के परिवेश, विविध प्रतिक्रियाएँ एवं इसके दूरगामी परिणाम का संकेत प्राप्त होता है। रूपक-लेखक घटना के सम्बन्ध में अपनी प्रतिक्रिया पाठकों को बतलाता है तथा उसकी कल्पना-शक्ति को प्रभावित करता है।

तथ्यों के प्रस्तुतीकरण के अतिरिक्त रूपक घटनाओं के सम्बद्ध उन सभी महत्वपूर्ण और गूढ़ बातों को बतलाता है जिनकी ओर सामान्य पाठकों की दृष्टि नहीं जाती।

कब, क्यों, कैसे, कहाँ, कौन को सुस्पष्ट करने वाले समाचारों से आगे बढ़कर कल्पना-सम्पृक्त प्रस्तुति द्वारा रूपक अपना विशेष प्रभाव छोड़ता है।

फीचर में सत्य, कल्पना, जिज्ञासा, सहानुभूति हास्य और आश्चर्य होता है।

रोचक विषय का मनोरम और विशद प्रस्तुतीकरण ही फीचर है। इसमें दैनिक समाचार, सामयिक विषय अथवा बहुसंख्यक पाठकों की रूचि वाले विषय की चर्चा होती है। इसका लक्ष्य मनोरंजन करना, सूचना देना तथा जनता को कार्य करने का व्यावहारिक निर्देशन प्रदान करता है।

समाचारपत्र का वह लेख जिसमें गहन अध्ययन, शोध और साक्षात्कार द्वारा सामयिक विषयों की व्याख्या होती है औ उनका विस्तार प्रकाट होता है। तथ्यों की गणेषणा ही रूपक है जिसका लक्ष्य प्रशिक्षण, निर्देशन और मनोरंजन है।

फीचर का वर्गीकरण

समाचार फीचर, विशेष घटना जैसे अकाल दंगा और युद्ध, व्यक्तिपरक फीचर, लोकरूचि पर आधारित फीचर, अनुभव और पूछ-ताछ पर आधारित फीचर, मेला, मनोरंजन सभा, खेल आदि, संस्था ओर विज्ञान की उपलब्धि सम्बन्धी फीचर , सोद्‌देश्य फीचर

समाचार और फीचर

घटना से सम्बन्धित तथ्यों को तटस्थ भाव से सुस्पष्ट करना समाचार का लक्ष्य है जबकि फीचर संवादों की गहरायी में जाता है। समग्र जानकारी, सूचित तथा प्रशिक्षण,

संक्षिप्तता समाचार की आत्मा है जबकि विचार फीचर का गुण है।

संवाददाता अपने समाचारों पर शीर्षक नहीं होता, शीर्षक तो उपसम्पादक बनाता है। फीचर-लेखक अपने मनोनुकूल शीर्षक देता है तथा अपने नाम से उसे प्रकाशित करवाता है।

फीचर (रूपक) लेखन की प्रक्रियाएँ

सम्बन्धित तथ्यों का संकलन

प्रतिपाद्य लक्ष्य का निर्णय

मनोरंजक, सरस और सुबोध ढंग से प्रस्तुतीकरण।

आमुख और शीर्षक का निर्धारण

तथ्यों को चित्रों और शब्दों की सहायता से रंगीन और आकर्षण स्वरूप देना।

लेखन और फीचर :- गूढ़ अध्ययन पर आधारित गम्भीर विद्वतापूर्ण प्रामणिक रचना ही लेख है जबकि पाठकों की रूचि के अनुरूप नाटकीयता से परिपूर्ण हल्की-फुल्की पाठ्‌य-वस्तु फीचर है। एक का सम्बन्ध मस्तिष्क से है तो दूसरे का हृदय से। फीचर को मजेदार, दिलचस्प और दिलपकड़ होना पड़ेगा...फीचर एक प्रकार का गद्य-गीत है जो नीरस, लम्बा, गम्भीर नहीं हो सकता।

उत्तम रूपक लेखक के लिए निम्नलिखित सुझाव है—

प्रस्तुत विषय का गहन अध्ययन करें।

रूपक में सामयिकता का पुट हो।

रूपक में हास्य का पुट दें। सूक्ति, सुभाषित से उसे सजाएँ।
पाठकों को मनोरंजन के साथ शिक्षा दें।
प्रासंगिक चित्रों के साथ रूपक को विश्वसनीयता प्रदान करें।

समाचार

तीन मुख्य उद्देश्य :- समाचार का पहला उद्देश्य जनता की इच्छाओं, विचारों को समझना और उन्हें व्यक्त करना है। दूसरा उद्देश्य जनता में वांछनीय भावनाओं को जाग्रत् करना है। तीसरा उद्देश्य सार्वजनिक दोषों को निर्भयतापूर्वक प्रकट करना है। (महात्मा गांधी 1908 ई0)

''समाचारपत्र समाज का थर्मामीटर है, जिससे समाज के तापमान को मापा जाता है। भविष्य की घटनाओं को संकेतित करने के कारण यह दूरबीन भी है।'' डॉ0 अर्जुन तिवारी

''पहिले-पहिल समाचारपत्रों का जन्म विशेष कर्मचारियों या संवाददाताओं द्वारा अधिकारियों के पास भेजी जानेवाली चिट्ठियों से हुआ। ये चिट्ठियाँ एकसाथ जिल्द बांधकर सार्वजनिक मिसल (च्नइसपब त्मबवतक) की भाँति रखी जाती थी। इसलिए पहिले नाम 'न्यूज बुक' या समाचार-ग्रंथ रखा गया। फिर जब एक संवाददाता अनेक अधिकारियों के पास समाचार चिट्ठियाँ भेजने लगा, तब इसका नाम 'न्यूजलेटर' (समाचार चिट्ठी) तथा कुछ आगे चलकर 'न्यूज शीट' (समाचार कागज) पड़ा। इसके बाद धीरे-धीरे समाचारपत्रों की विशेष उन्नति हुई और इनका नाम 'न्यूजपेपर (समाचारपत्र) पड़ा। हिन्दी ने इसी नाम को अपना लिया।''

भारतीय प्रेस एक्ट के अनुसार समाचार-पत्र ऐस नियतकालिक पत्र को कहते हैं जिसमें सार्वजनिक समाचार होते हैं या उससे सम्बन्धित टिप्पणी प्राप्त होती है।

''समाचारपत्र एक अजिल्द धारावाही प्रकाशन है, जो नियमित समय के अन्तर से प्रकाशित होता है और जिसमें समाचारों को प्रमुखता दी जाती है। अधिकांश समाचारपत्र दैनिक या साप्ताहिक होते हैं। कुछ अर्ध साप्ताहिक भी होते है। पाक्षिक और मासिक समाचारपत्रों के उदाहरण शायद ही कभी मिले हों। समाचारपत्र और पत्रिका का अन्तर भी रोचक है, विशेष रूप से साप्ताहिक प्रकाशनों के बीच। यदि प्रकाशन सजिल्द है, तो उसे पत्रिका कहा जाता है। समाचारपत्रों के लिए पृष्ठ संख्या और आकार का निर्धारण कभी नहीं किया गया।''

समाचार पत्र की विशेषताएँ

1. समाचारपत्र सप्ताह में कम से कम एक बार प्रकाशित हो।

2. हस्तलिखित पत्रों से भिन्न रूप में यांत्रिक माध्यम से इसका मुद्रण हो।
3. वर्ग अथवा रूचि-विशेष का ध्यान न रखकर यह उन सभी को सुलभ कराय जाय जो मूल्य देने के लिए तत्पर हों।
4. समाचारपत्र धार्मिक एवं व्यापारिक प्रकाशनों की अपेक्षा आम जनता की रूचि के अनुरूप तथ्यों से पूर्ण हो।
5. साधारण तौर पर साक्षर व्यक्तियों की रूचि को प्रभावित करने में पत्र सक्षम हो।
6. तकनीकी विकास के परिप्रेक्ष्य में इसका प्रकाशन नियत समय पर हो।
7. पत्रों के प्रकाशन में स्थायित्व हो, पूर्वकालिक पत्रों की भाँति अल्पजीवी न हो।

अमरीकी दृष्टि से सप्ताह में एक बार प्रकाशित पत्र समाचारपत्रों की श्रेणी में आ जाते है परन्तु भारत में दैनिक, साप्ताहिक, पाक्षिक, मासिक एवं त्रैमासिक पत्र-पत्रिकाएँ आती है।

पत्रों के प्रकार

(क) प्रकाशन-अवधि की दृष्टि से-दैनिक, द्वि-दैनिक, अर्ध साप्ताहिक, साप्ताहिक, पाक्षिक, मासिक, द्विमासिक, त्रैमासिक, अर्धवार्षिक आदि अनेक पत्र प्रकाशित होते है।

(ख) विक्रय संख्या की दृष्टि से- प्रतियों की विक्रय संख्या कर आधार पर पत्रों के तीन प्रकार निम्नलिखित है-

1. बड़ा दैनिक समाचारपत्र	:	50,000 से अधिक प्रतियाँ
2. मध्यम श्रेणी का दैनिक समाचारपत्र	:	15,000 से 50,000 तक
3. छोटा दैनिक पत्र	:	15,000 तक की बिक्रीवाला पत्र छोटा दैनिक पत्र माना गया

समाचारपत्रों के कर्तव्य

सामाजिक चेतना, अन्याय को मिटाना, राष्ट्र की उन्नति, आदर्शो को फैलाना, प्रतिदिन की न्यूनतम घटनाओं की सही सही जानकारी, विचारों के आदान-प्रदान का सफल माध्यम, अग्रलेखों, समाचार समीक्षाओं, स्तम्भों एवं विशिष्ट लेखों द्वारा स्वस्थ जनमत का निर्माण करना, समाजोपयोगी एवं स्वस्थ मनोरंजन के साधन उपलब्ध कराना, राष्ट्र की सुरक्षा के प्रति सतर्क रहना और राष्ट्रीय एकता को प्रोत्साहन देना।

पत्रों के आदर्श

शासन और शक्तिमान पूँजीपतियों के हाथ की कठपुतली न बनें।

तथ्यों को सही-सही प्रकाशित करें और विचार प्रकट करते समय पक्षपात न करें।

वे सर्वसाधारण को वैधानिक, राजनीतिक, आर्थिक और सामाजिक समस्याओं के विषय में प्रबुद्ध करने के लिए ईमानदारी से प्रयास करें और इस प्रकार प्रभावकारी लोकमत तैयार करें।

वे न्यायालयों का व्यक्तित्व प्रतिबिम्बित करने का प्रयास करें, क्योंकि अन्ततः न्यायालय की विधि-व्यवस्था के संरक्षक है। विधि-व्यवस्था अथवा कानून बनाये रखने में शासन और प्रेस, ये दोनों एक-दूसरे के लिए कार्य करते है। प्रेस की स्वतंत्रा की रक्षा कानून करता है, बदलमें कानून की मर्यादा प्रेस कायम रखता है।

समाचार संकलन

समाचार के स्रोत

1. प्रत्याशित स्रोत - पुलिस स्टेशन, नगरपालिका, अस्पताल, संस्थाएँ, श्मशान, विविध समितियों की बैठकें, संसद और विधानसभा, पत्रकार सम्मेलन, सार्वजनिक वक्तव्य, संस्थाओं के सम्मेलना एवं विभिन्न सभा-स्थल ये सभी समाचार के प्रत्याशित स्रोत है।
2. पूर्वानुमानित - गंदी बस्तियाँ, शिक्षा-संस्थान, कल-कारखाने और कार्यालयों के सन्दर्भ में पहले से अनुमान लगाकर समाचारों को खेज निकाला जा सकता है।
3. अप्रत्याशित - समाचार-चेतना, तर्कशक्ति, अनुभव और दूरदृष्टि के बल पर पत्रकार असंगत एवं अप्रतीक्षित घटनाओं से समाचार ढूँढ लेते है।

समाचार-समितियाँ—समाचार-समितियाँ हैं जिनका लक्ष्य होता है कि निष्पक्ष, सर्वतोमुखी तथा सत्य समाचार सुलभ करावें। सम्प्रति संसार में पाँच महत्वपूर्ण समाचार समितियाँ हैं। रायटर (ब्रिटेन), एम0पी0 (अमेरिका), यू.पी0आई0 (अमेरिका), ए0एफ0पी 1957 से एक स्वशासी संगठन के रूप में काम करता है जिसेसरकार से वार्षिक अनुदान प्राप्त होता है। रायटर का संचालन संयुक्त रूप से ब्रिटेन की न्यूजपेपर पब्लिशर्स एरोसिएशन, प्रेस एसोसिएशन, आस्ट्रेलिया के एसोसिएटेड प्रेस और न्यूजीलैंड की प्रेस एसोसिएशन करते हैं। रायटर प्रतिवर्ष चार करोड़ पाउण्ड से भी अधिक मूल्य का समाचार बेचता है जबकि सोसिएटेड प्रेस 10 करोड़ डॉलर का। 1835 ई0 में फ्रांस में 'हावास' नाम की संस्था के साथ संसार में समाचार समितियों की शुरूआत हुई।

भारत में कार्यरत निम्नलिखित समितियाँ—

प्रेस ट्रस्ट ऑफ इण्डिया (PTI)—पहले इसे 'एसोसिएटेड प्रेस ऑफ इण्डिया' के नाम से जाना जाता था जिस पर ब्रिटिश न्यूज एजेन्सी 'रायटर' का स्वामित्व था। 1 फरवरी सन 1949 ई0 में सरदार वल्लभभाई पटेल की सहायता से इसका भारतीयकरण हुआ। पूरे भारत में इसके टेलीप्रिंटर का जाल बिछा हुआ है। इसका मुख्यालय 357, डॉ0 दादाभाई नौरोजी रोड, मुम्बई-3 में है।

यूनाईटेड न्यूज ऑफ इण्डिया (यू0एन0आई0)-सन 1960 में डॉ0 बी0सी0 राय द्वारा स्थापित इस समिति का सम्बन्ध अमेरिका की एसोसिएटेड प्रेस (ए0पी0), निश्चिम जर्मनी की डी.पी.ए. और युगोस्लाविया की 'तानयुग' से है। 9 रफी मार्ग, नई दिल्ली में स्थित इसका मुख्यालय समाचार-प्रेषण में स्वस्थ स्पर्धा कर रहा है।

हिन्दुस्तान समाचार (हि0 स0)-एस.एस आप्टे द्वारा स्थापित एजेन्सी को हिन्दी के शुभेच्छु रफी अहमद किदवई की सक्रियता से रियती दरों पर टेलीप्रिंटर दिलाने की व्यवस्था हुई। नागरी टेलीप्रिंटरों का प्रयोग करने वाली यह प्रामि समाचार समिति है। सहकारी संस्था के रूप में कार्यरत 'हिन्दुस्तान समाचार' का मुख्यालय मंडी हाउस, नयी दिल्ली में है।

समाचार भारती-1 जनवरी, 1967 से समाचार-वितरण में संलग्न इस समिति का प्रसार दिनों-दिन बढ़ रहा है। देशी भाषाओं में संवाद-प्रेषण के लक्ष्य को 'भारती' पूरा कर रही है। इसके प्रथम अध्यक्ष जयप्रकाश नारायण थे।

यूनीवार्ता- 1 मई 1982 से भारतीय भाषाओं में समाचार सम्प्रेषण में रत 'यूनीवार्त' यूएनआई संगठन के अधीन है। 9, रफी मार्ग, नई दिल्ली में इसका प्रधान कार्यालया है।

इनफा (INFA) इण्डियन न्यूज एण्ड फीचर्स एलायन्स, मुख्यालय- जीवनदीप बिल्डिंग, पार्लियामेण्ट स्ट्रीट, नयी दिल्ली, इण्डिया प्रेस एजेन्सी (IPA, 14बी, हनुमान लेन, नई दिल्ली), ईस्टर्न न्यूज़ एजेन्सी (ENA, 66, कॉलेज स्ट्रीट, कोलकाता), यूनीवर्सल प्रेस सर्विस (UPS), न्यूज़ फीचर्स ऑफ इण्डिया (NFI), पब्लिकेशन सिण्डिकेट (PS) आदि भारतीय एजेन्सियाँ हैं जो समाचार, लेख, फीचर एवं सामयिक सामग्री द्वारा पत्रों की सेवा करती है।

प्रेस रिलीज़

1. प्रेस कम्यूनिक्स (Press Communiques) : शासन के अति महत्वपूर्ण निर्णय जैसे मंत्रिमण्डल का हेर-फेर, विदेशी राज्याध्यक्षों के साथ हुए समझौते और अन्य विशिष्ट मसलों पर प्रेस कम्यूनिक्स जारी होते है।
2. प्रेस नोट्स : प्रेस कम्यूनिक्स की अपेक्षा यह कम औपचारिक होता है।

कराधान सम्बन्धी परिवर्तन, रेल भाड़ा अथवा ब्याज दर में वृद्धि से सम्बन्धित प्रमुख शासकीय मसलों पर इसे जारी किया जाता है।

3. हैंड-आउट : दिन-प्रतिदिन के विविध विषयों, मंत्रलयों के क्रिया-कलाप, प्रमुख राजपुरूषों के भाषण और संसद के प्रश्नोत्तर आदि मसलों पर हैंड-आउट जारी किये जाते है।

साक्षात्कार

प्रकाशनोपयोगी तथ्यों को प्राप्त करने की कला ही साक्षात्कार है। साक्षात्कार द्वारा पत्रकार समाचारों से सम्बद्ध अधिकारी से पक्ष-विपक्ष, गुण-दोष एवं जनमत के प्रभाव की ठोस बाते ज्ञात करता है। दूसरे शब्दों में भेंट-वार्ता, समालाप या साक्षात्कार द्वारा समाचार के 'क्यां' और 'कैसे' की गहरी जानकारी मिलती है, समाचार पूर्णता और प्राप्त होता है। समालापक का व्यक्तित्व, प्रश्न पूछने की विनीत शेली, अन्वेषक दृष्टि, व्यवहार-कुशलता तथा हाजिर-जवाबी से समालाप्य व्यक्ति के मन की गूढ़ बातों को प्राप्त किया जा सकता है।

साक्षात्कार का लेखन : व्यक्ति का पूरा परिचय, वार्ता का परिवेश तथा समालापक की प्रतिक्रिया का उल्लेख होता है। इसे निबन्ध और प्रश्नात्तर के रूप में लिखा जाता है।

पत्रकार सम्मेलन-पत्रकार-सम्मेलन में स्थन-विशेष के सभी मान्यप्राप्त संवाददाताओं को आहूत किया जाता है। शासन के प्रवक्ता, राजनीतिक दलों के प्रमुख नेता, संगठनों के अधिकारी तथा विशिष्ट व्यक्तियों के लिए पत्रकार-सम्मेलन आयोजित किया जाता है ताकि पत्र-प्रतिनिधियों से भेंट कर अपना पक्ष प्रस्तुत किया जा सकते।

समाचार का अनुवर्तन (फॉलो-अप)-गत दिवस के समाचारों की अगली और नवीन सूचना प्राप्ति की प्रक्रिया को समाचारों का अनुवर्तन कहा जाताहै।

समाचार लेखन

समाचार-चयनकर्ता—समाचार-भण्डार से मुद्रण द्वार तक की यात्र में समाचारों के रोके जाने, छोड़े जाने, आगे बढ़ाये जाने की नियन्त्रण प्रक्रिया को 'गैटकीपिंग' (Gatekeeping) कहा जाता है। Selection, Filter, Screening ये सभी शब्द इसे 'गेटकीपिंग' से मिलते-जुलते हैं। प्रकाश्य समाचारों के चयनकर्ता को गेटकीपर कहा जाता है।

समाचारों के चयन में निम्नलिखित तथ्यों का ध्यान दिया जाता है–

1. जनाकर्षण- सामयिकता, सामीप्य, आकार-प्रकार तथा महत्व इन चार विशेषताओं से परिपूर्ण समाचार आकर्षण होते हैं जिनके चयन पर बल दिया जाता है।
2. जनरूचि- जनरूचि, जातिरूचि और समूहरूचि को तुष्ट करने वाले समाचार वरेण्य होते है।
3. तथ्यों की पवित्रता
4. समाचार पर बेलन-समाचा-चयन के आदर्शों के सम्मुख व्यावहारिकता का पलड़ा भारी हो जाता है। फलतः समाचारों पर बेलन फेरने की आवश्यकता पड़ जाती है। श्री प्रेमनाथ चतुर्वेदी ने अपनी पुस्तक 'समाचार सम्पादन' में निम्नलिखित तत्वों को बेलन फेरने के लिए उत्तरदायी बताया है-

✓ प्रकाशन, प्रधान सम्पादक ओर सम्पाद की मान्यता, धारणा, दृष्टिकोण और सनक
✓ प्रसार क्षेत्र की आवश्यकताएँ।
✓ पाठकों का शिक्षा-स्तर
✓ पृष्ठ पर कितना और कैसा स्थान
✓ समय का बंधन
✓ आपातूकाल, संकट-काल, सेंसर तथा अधिकारियों की हठधर्मिता।
✓ विज्ञापनदाता का हित
✓ पत्र तथा पत्रकारों के हिताहित का ध्यान
✓ राष्ट्र की मर्यादा, परम्परपा एवं आदर्श

समाचार-लेखन

समाचार लेखन में निम्नलिखित प्रक्रियाएँ पूरी की जाती है–

1. समग्र तथ्यों को संकलित करना।
2. कथा की काया की योजना बनाा एवं लिखना।
3. आमुख लिखना।
4. परिच्छेदों का निर्धारण करना।
5. वक्ता के 'कथन' को अविकल रूप में प्रस्तुत करना।
6. सूत्रों के संकेत को उद्धृत करना।

प्रथम अनुच्छेद में घटना की जानकारी हो जाय। पुनः घटना के उद्देश्य, उसकी प्रक्रिया, पृष्ठभूमि तथा प्रतिक्रिया को स्पष्ट करना चाहिए। तत्पश्चात्

समाचार का पास्परिक सम्बन्ध उल्लेख्य होता है।

समाचार-लेखन में वही पत्रकार सफल माना जाता है जो भाषाविद् हो। सरल, प्रवाहपूर्ण, स्पष्ट और चटपटी भाषा में लिखित समाचार सर्वग्राहृय होता है। छोटे वाक्य, छोटे अनुच्छेद, स्वीकारात्मक भाव और जोशीली भाषा का प्रयोग कर कोई सुलेखक हो सकता है।

आमुख (Intro)—अंगेंजी के 'Introductio' का लघु रूप 'Intro' है जिसे अमेरिकी पत्रकारिता में लीड (Lead) कहा जाता है। हिन्दी में 'आमुख' या 'मुखड़ा' इसका पर्याय है।

समाचार का पहला अनुच्छे जिसमें संवाद का सार-सर्वस्व निहित हो, आमुख होता है। क्या, कहाँ, कब, किसने, क्यों और कैसे की तुलना सीधे-सपाट और छोटे वाक्यों में पाने के लिए आमुख दिया जाता है। यह पूरे समाचार का प्रदर्शन कक्ष (Show-Window) है जिससे कथ्य का परिचय तो प्राप्त होता ही है, पाठकों को आकर्षित भी किया जाता है? आमुख तो समाचर-दुर्ग का प्रवेश द्वार है।

आमुख लेखन-

1. संवाद के ब, क्या, कहाँ, कैसे, कौन और किसका की खोज।
2. आमुख में समाहित किये जाने वाले तथ्यों का निर्णय।
3. समाचार के मूल-तत्व का चयन
4. मूल-तत्व एवं महत्वपूर्ण सूचनाओं की संक्षेप में प्रस्तुति।
5. आमुख कीपूर्णता एवं सुस्पष्टता की जाँच।

समाचरों के प्रकृति के अनुसार निम्नवत् रूप में आमुख प्रस्तुत होते है—

1. विस्तृत आमुख (Summary Lead)—प्रमुख घटना के सम्बद्ध सभी बातों को लिखा जाता है। कभी-कभी दो-तीन अनुच्छेदों का प्रयोग हो जाता है।
2. विस्तृत आमुख (Comprehensive)—प्रमुख घटना से सम्बद्ध सभी बातों को लिखा जाता है। कभी-कभी दो-तीन अनुच्छेदों का प्रयोग हो जाता है।
3. दुर्घटना आमुख (Accident Lead)—घटना सम्बन्धी आमुख में व्यक्तियों का नाम और अन्य विवरण सविस्तार लिखा जाता है।
4. पंच आमुख (Punch Lead)—संवाद के सर्वाधिक महत्वपूर्ण घटनाक्रम को क्रमशः लिखा जाता है।
5. आश्चर्यजनक आमुख (Astonisher Lead)—बिना विस्मयादिबोधक चिन्ह का प्रयोग किए ही आश्चर्यजनक तथ्यों की प्रस्तुति होती है।

6. कारतूस आमुख (Cartridge Lead)—बड़ी घटना को पैने स्वर एवं सीधे वाक्य में लिखा जाता है। इसका प्रामि अनुच्छेद प्रायः शीर्षक सदृश प्रतीत होता है।
7. उद्धरण आमुख (Quote Lead)—सभी सभाओं और गोष्ठियों में व्यक्त विचारों को समाचार का रूप देने के लिए इस प्रकार की लीड का प्रयोग चलता है।
8. आलंकारिक आमुख (Figurative Lead)—काव्यमय आलंकारिक शब्दावली का प्रयोग होता है।
9. सूक्ति आमुख (Epigram Lead)—सार्वभौम सत्य को सूक्ति आमुख के रूप में रखते हैं।

लीड : वरीयता की दृष्टि से प्रथम कोटि के अनेक समाचार हो सकते हैं जिन्हें फर्स्ट लीड, सेकण्ड लीड, थर्ड लीड के रूप में आरेखित किया जाता है। प्रथम लीड वह समाचार है जो पृष्ठ के बाँयी और ऊपर की तरफ सर्वाधिक मोटे शीर्षक में प्रतिष्ठित होता है। द्वितीय लीड अपेक्षाकृत कम महत्व के चलते दाँयी ओर या मध्य में प्रकाशित होता है।

लीड के चयन में निम्नलिखित आधार है—

1. व्यापक प्रभावकता
2. अप्रत्याशित भीषणता
3. राजनीतिक, सांस्कृतिक, आर्थिक महत्ता
4. परिवर्तन की पराकाष्ठा

समाचारों में संक्षेपण : संक्षेपण एक कला है। संक्षेपणकर्ता अपनी सारग्राही प्रतिभा के बल पर बृहदकाय समाचारों को कुछ पंक्तियों में लिख देता है। अंग्रेजी में संक्षेपण की क्रिया को कटिंग (Cutting), ट्रिमिंग (Trimming), ब्वॉयलिंग (Boiling) तथा स्लैशिंग (Slashing) कहते हैं।

समाचारों के संक्षेपण हेतु निम्नलिखित तथ्य ध्यातव्य है—

1. मूल विषय-वस्तु को बार-बार पढ़कार इसकी मुख्य बातें संगृहीत हों।
2. अनावश्यक शब्द हटा दिए जायँ। विशेषणों का प्रयोग अत्यल्प हो।
3. भाषणों के संक्षेपण मे वक्ता की पुनरूक्ति पर विशेष ध्यान दिया जाय। उदाहरण चुटकुले से बचा जाये।
4. छोटे-छोटे वाक्यों में समस्त तथ्य भर दिए जायँ। कर्मवाच्य और नकारात्मक वाक्यों का प्रयोग न हो।
5. विचारों की क्रमबद्धता भंग न हो।

6. संवाददाता के अभिमत को हटा दिया जाय।
7. संक्षेपण का अभिलेख यथासम्भव अन्य पुरूष में ही तैयार किया जाय।
8. सरल, स्पष्ट, मँजी हुई प्रवाहपूर्ण भाषा का प्रयोग हो।
9. वर्तनी, व्याकरण तथा वाक्य-गठन सम्बन्धी शुद्धता पर ध्यान दिया जाय।

शीर्षक : सजग, सचेत, गुणग्राही, उपसम्पादक समाचारों के शीर्षक ऐसे बनाते हैं जो आकर्षक हों, सुबोध हों, पैने एवं चटपटे हों तथा विश्वसनीय हों।

वाक्यांश शीर्षक के निम्नलिखित उद्देश्य हैः

1. शीघ्रता से प्रथम दृष्टया समाचार के मूल भाव को बताना ।
2. रूचि के अनुसार समाचार ढँढ़ने में पाठकों की मदद करना।
3. समाचार को आकर्षक बनाना।
4. पृष्ठ-सज्जा को प्रभावपूर्ण बनाना।
5. पत्र के व्यक्तित्व को सम्मानजनक बनाना।
6. ग्राहकों को पत्र क्रय हेतु आकर्षित करना।

समाचार के शीर्षक बड़े मुखर होते हैं। वे पाठकों को पुकारते हैं। बार-बार यही दोहरातें—मैं महत्वपूर्ण हूँ। वस्तुतः शीर्षक तो सार-तत्व का संग्रही कैप्स्यूल है।

टाईप का आकार जितना बड़ा होगा, उसका स्वर उतना ही ऊँचा होगा। परन्तु 'लीड' की शब्दावली एवं शीर्षक के शब्दों में पुनरावृत्ति नहीं होनी चाहिए। लम्बे समाचार में दो-तीन उपशीर्षकों का प्रयोग अच्छा माना जाता है। निम्नलिखित बिन्दुओं का अवश्य ध्यान देना चाहिए।

1. शीर्षक में समाचार का मूलभाव निहित हो।
2. शीर्षक में 'विशेषण' अथवा 'अभिमत' न प्रकट हो।
3. शीर्षक से समाचार की रोचकता बढ़े।
4. शीर्षक पढ़कर सरलता से शीघ्र ही तत्व-बोध हो जाय।
5. समाचारपत्र के पृष्ठ की सजावट शीर्षक से हो।
6. शीर्षक भूतकाल में न लिखा जाय।
7. द्वयर्थक (Two-faced) शीर्षक का प्रयोग वर्जित है।
8. शीर्षक में मात्र सुविख्यात व्यक्ति के 'नाम' या 'उपनाम' का प्रयोग हो।
9. शीर्षक के आश्रित उपवाक्यों को किसी संयोजक के द्वारा न जोड़कर उसके अर्धविराम चिन्ह का प्रयोग हो जैसे

दो ट्रेनों में टक्कर,

एक चालक की मृत्यु

10. अकर्मक क्रिया का यथासम्भव कम प्रयोग हो

शीर्षक संरचना :

1. क्रॉसलाट (The Crossline)—इसे 'की लाईन' भी कहते है। समाचारपत्र के एक कॉलम या मध्य भाग में रखे गये केवल एक पंक्ति के लघु शीर्षक को क्रॉसलाइन शीर्षक के नाम से जाना जाता है। यथा-शिक्षक प्रदर्शन करेंगे
2. ड्रॉपलाइन (The Dropline)—इसमें दो या कभी-कभी तीन पंक्तियाँ होती है। बायीं ओर से दायीं ओर को बढ़ाकर एक के बाद एक शब्द लिखे जाते हैं जो सीढ़ीनुमा प्रतीत होते है। ड्रॉप लाइन को 'स्टेपहेड' भी कहते है। यथा—

अनियमित विद्युत आपूर्ति
उपभोक्ता परेशान
अधिकारी निश्चित

3. पूर्णपाती (The Full Line) इसको समान रूप से बराबर रखा जाता है। समाचारपत्रों में इसका प्रायः प्रचलन है। शीर्षक के अक्षरों की संख्या में एक कॉलम की चौड़ाई से अधिक नहीं होनी चाहिए। यथा
उपराष्ट्रपति बम्बई में
4. विलोम सोपानी (The Antidrop)—इस शीर्षक की पंक्तियाँ बायीं ओर से आरम्भ होकर क्रमशः नीचे की ओर छोटी हो जाती है।
प्रदेश के मुख्यमन्त्री का
पद से हटाया जाना
प्रायः सुनिश्चित
5. फ्लशलेफ्ट (The Flush Left) प्रथम पंक्ति तो बायीं ओर से शुरू होती हैं पर दूसरी, तीसरी पंक्ति का क्र अनिश्चत रहता है। यथा
मुख्यमन्त्री का
शिक्षकों के
विरूद्ध सख्त चेतावनी
6. विलोम स्तूपी (The inverted Pyramid)—इसमें स्तूप का निचला भाग ऊपर भाग नीचे आ जाता है। पहली पंक्ति पूरे कॉलम की चौड़ाई में तथा दूसरी, तीसरी में दोनों तरफ ज्यादा स्थान छोड़ा जाता है-
नकली शराब फैक्ट्री में
पुलिस का छापा
पाँच गिरफ्तार
7. हैंगिंग इण्डेंशन (The Hanging Indention) : इसमें प्रथम पंक्ति पूरे कॉलम की होती है। दूसरी, तीसरी पंक्तियों को बायीं ओर समान स्थान

छोड़कर लिखा जाता है-
नकली शराब फैक्ट्री में
पुलिस का छापा
का कीर्तिमान

8. स्क्वायर इण्डेंशन (The squire Indention) : पूरे कॉलम में फैले तीन या चार पंक्तियाँ वाला शीर्षक इण्डेंशन कहलाता है। ब्रिटेन और अमेरिका मे उसका प्रयोग अधिक होता है।
9. कटि शीर्षक–डमरू अथवा युवती की कमर के समान शीर्ष्क ऊपर और नीचे चौड़ा तथा मध्य में पतला शीर्षक को 'कटि' शीर्ष कहा जाता है। इसमें पहली औरतीसरी पंक्तियाँ पूरी होती है। दूसरी पंक्ति दोनों तरफ से समान रूप में छोटी लिखी जाती है-

   कर्मचारियों को दिए गए
   अश्वासनों से
   प्रशासन दुविधा में

10. कपाली शीर्षक : मुख्य शीर्षक के ऊपर छोटे टाइप में दिए जाने वाले शीर्षक को कपाली शीर्षक कहा जाता है। इसके नीचे सीधा रूल डाल दिया जाता है

   'ई-जर्नलिज्म्' का लोकार्पण समारोह
   पत्रकारिता को विकृतियों से बचाने की जरूरत : प्रो0 मिश्रा

11. पताका (Banner) शीर्षक - नामपट्टी के नीचे पूरी चौड़ाई में आठ कॉलम में सबसे मोटे टाइप में दिया जाने वाला शीर्षक पताका (बैनर) या स्ट्रमर शीर्षक कहलाता है-

   सोनिया बेमिसाल : पी0एम0 की कुर्सी ठुकराई

12. गगन रेखा (स्काई लाईन) : विशेष स्थिति में इसका प्रयोग होता है। समाचारपत्र के नामपट्ट के ऊपर सर्वाधिक मोटे टाइप में लिखा जाता है।

शीर्षक के लेखन की प्रक्रिया–

1. आमुख से केन्द्र-बिन्दु का चयन।
2. टेलिग्राफिक वाक्यों का निर्माण
3. क्रिया के शुद्ध रूप का प्रयोग।
4. विषय-सार का आकर्षक रूप में प्रस्तुतीकरण।
5. निर्धारित स्थान में शीर्षक को समाविष्ट कराने का प्रयास।

बाक्स तथा इनसेट

पृष्ठ-सज्जा

''समाचारपत्र का पहला कर्तव्य यह है कि वह सुन्दर दीखे, दूसरा यह है कि सच बोले।''

'डिजाइन', प्रारूप (ले-आउट) और 'मेकअप' ये सभी शब्द थोड़े बहुत अन्तर के साथ पृष्ठ-सज्जा हेतु ही प्रयुक्त होते है। ''डिजानइ'' का तात्पर्य सम्पूर्ण आकृति से या संरचना से है जिसे समाचारपत्र के व्यक्तित्व का गठन होता है। 'ले-आउट' का अर्थ आकल्पन या प्रारूप से है। सम्पादकीय विभाग या कला विभाग द्वारा एक चित्र-नक्शा या सम्भावित प्रारूप कम्पोजिंग विभाग को प्रस्तुत होता है जिसके अनुसार पृष्ठों का निर्धारण एवं निर्माण होता है। इसे कुछ लोग 'ले-आउट' और कुछ लो 'डमी' कहते है। सभी समाचार, ब्लॉक एवं विज्ञापन को पृष्ठ पर जमाने, सँवारने की प्रक्रिया ही मेकअप (पृष्ठ-सज्जा है।)

पृष्ठ सज्जा के उद्देश्य

1. समाचारपत्र को आकर्षक बनाने हेतु नये रंग, ढंग से प्रस्तुत करना।
2. महत्व के अनुसार समाचार के लिए अपेक्षित आकार तथा स्थान को निर्धारित करना।
3. पत्र की सजीवता को विकसित कर उसके व्यक्तित्व को लोकप्रिय बनाना।
4. समाचारों को क्रमबद्ध करना तथा पाठकों को मनोनुकूल समाचार प्राप्त करने में सहयोग करना।
5. समकालीन समाचारपत्रों के बीच स्वस्थ स्पर्धा स्थापित करना।

समाचार, शीर्षक, चित्र, विज्ञापान, रूपक, अग्रलेख, कार्टून आदि समस्त प्रकाश्य सामग्रियों को विविध पृष्ठों पर सजाने-सँवारने की विधि पृष्ठ-सज्जा है।

साज सज्जा के तत्व

1. सन्तुलन (Balance)–इसके अंतर्गत पत्र में प्रकाश्य सम्पूर्ण समाग्री के शीर्षक, विज्ञापन और चित्र को एक मनोरम अनुपात में आकर्षकपूर्ण तरीके से सुव्यवस्थित किया जाता है जिससे पत्र गंभी और विश्वसनीय हो जाय।
2. विरोधावास (Contrast)–किसी समाचार को अपेक्षाकृत अधिक महत्व देने के लिए तथा पृष्ठ सजाने-सँवारने हेतु विरोधाभास का प्रयोग होता

है। रोमन, इटैलिक, लाइट फेस, बोल्ड फेस, काले फेस वाले टाइप एवं लाइन ब्लॉक, हाफ टोन ब्लॉक द्वारा विरोध प्रकट होता है।

3. फोकस बिन्दु (Focus Point)—भाषा की प्रकृति, साज-सज्जा का प्रभाव और पाठकों के पत्र पढ़ने का ढंग इन तीनों द्वारा मुख्य फोकस बिन्दु का निर्धारण होता है।
4. गति (Movement)—गति का अर्थ नेत्रें की उस स्थिति से है जो पत्र में विभिन्न स्थानों पर क्रमशः और लगातार सक्रिय होती है।
5. संगति (Harmony)—पत्रों की सुन्दर प्रतीति

कुछ प्रमुख प्रकार की सज्जा

सरकस साज-सज्जा : सभी सिद्धांत, नियमों से हटकर विशेष रूप से पृष्ठ की साज-सज्जा होती है।

ब्रोकन पेज मेकअप : इस तरह की साज-सज्जा में किसी विशेष समाचार को विशेष महत्व न देकर सभी समाचारों की ओर ध्यान आकर्षित किया जाता है

टेबल्वायड पत्र मेकअप : 'टेबल्वायड' शब्द का अर्थ पत्र का छोटा आकार है परन्तु आजकल 'सनसनीखेज' समाचारपत्रों के पर्याय के रूप मे इसका प्रयोग हो रहा है।

समाचारपत्रों के विविध पृष्ठों को सजाने-सँवारने के क्रम में निम्नलिखित निर्देशों पर ध्यान देना चाहिए-

1. महत्वपूर्ण समाचार सबसे ऊपर दिया जाय।
2. महत्व के अनुरूप टाइप के आकार का प्रयोग हो।
3. शीर्षको में संतुलन स्थापित रहे।
4. समाचार एवं शीर्षक के टाइपों में विविधता रहे।
5. लम्बे समाचार में दो-दो स्टिक पर उपशीर्षक दिए जायँ ताकि समाचार के प्रति रूचि बनी रहे।
6. विज्ञापन या चित्र से सटा हुआ बाक्स समाचार पृष्ठ पर न प्रस्तुत हो।
7. चित्र के अभाव में छझोटा-बड़ा बॉक्स बनाकर पृष्ठों को सुशोभित किया जा सकता है।
8. पृष्ढक का ऊपरी बाँया भाग अति महत्व का होता है। सबकी निगाहें पहले बायीं और ही पड़ती है औरवह भी ऊपर की ओर। इसीलिए

विशेष महत्वपूर्ण समाचार बायीं ओर ही देना उचित है।

9. समाचार का शेषांश आगे के पृष्ठों पर अथवा कॉलमों में देना समीचीन है। अतः शेषांश सदैव अगले स्तम्भ या पृष्ठ पर हो। दूसरे, चौथे और छठे पृष्ठ का शेषांश क्रमशः पहले, तीसरे और पाँचवे पर देना बुद्धिमानी नहीं है।

समाचारों के विविध पृष्ठ : समाचारपत्र की नाम पट्टी वाला पृष्ठ पूरे पत्र का 'शो विण्डो' होता है। प्रथम पृष्ठ समाचार मूलक चित्र, कार्टून, बॉक्स और इनसेट से सुसज्ज होता है। द्वितीय पृष्ठ पर प्रान्तीय समाचारों के अतिरिक्त फुटकर विज्ञापन छपते हैं। तृतीय पृष्ठ स्थानीय समाचारों से भरा होता है। चतुर्थ पृष्ठ सम्पादकीय पृष्ठ होता है। अधिकांश पत्र अंतिम पृष्ठ पर खेलकूद समाचार छापते है।

सम्पादकीय पृष्ठ : अग्रलेख, विशेष सामयिक लेख, फीचर, समाचार सम्बन्धी विचार, सम्पादक के नाम पत्र, राजनीतिक, साहित्यिक और सांस्कृतिक समीक्षा एवं व्यंग्य-विनोद से सम्पादक कार्टून चित्र तथा विविध स्तम्भ सम्पादकीय पृष्इ में ही समादृत होते हैं।

अग्रलेख (Editorial) : अग्रलेख पत्र के चरित्र को स्पष्ट करता है। यही पत्र की आवाज है। इसमे घटना-विशेष सम्बन्धी तथ्यों का लेखन पूर्वापर प्रसंग एवं विविध पक्षों के विचार का प्रस्तुतीकरण तथा संभावित प्रभाव की ओर संकेत रहता है।

अग्रलेख के प्रकार

1. उत्साहवर्द्धक अग्रलेख
2. कर्तव्यबोधक अग्रलेख
3. आन्दोलनात्मक अग्रलेख
4. आन्दोलनात्मक अग्रलेख
5. समसामयिक अग्रलेख
6. पक्ष समर्थक अग्रलेख

सम्पूर्ण तथ्यों का ईमानदारी से प्रस्तुतीकरण, पुष्ट प्रमाणों पर आधारित निष्कर्ष-प्राप्ति, पक्षपात से विरति, मत-मतान्तर का प्रकाशन, अपने विवादास्पद निर्णय में संशोधन हेतु तत्परता, अन्तरात्मा के प्रतिकूल विचार न प्रकाशित करने की दृढ़ता तथा सहयोगियों के प्रति निष्ठा की भावना, यही सम्पादकों की सुनीति है।

अग्रलेख की प्रस्तुति : अग्रलेख तैयार करने के लिए सर्वप्रथम सम्पादक विविध घटनाओं, भाषाओं एवं विचारों के संदर्भ में अपने सहयोगियों से विचार-विमर्श करता है। संदर्भ ग्रंथों एवं संचित कतरनों की सहायता से अग्रलेख

प्रस्तुत करता है। प्रथम अनुच्छेद में परिचय, द्वितीय में विश्लेषण तथा तृतीय में निष्कर्ष, सुझाव और सम्यक् परिणति सम्बन्धी बातें लिखी जाती है।

समीक्षा : आर्थिक, सामाजिक एवं सांस्कृतिक समीक्षाएँ विविध गतिविधियों पर प्रकाश डालती है।

सम्पादक के नाम पत्र - 'जनवाणी' लोकवाणी, लोकमंत्र और सम्पादक के नाम पत्र के अंतर्गत पाठकों की प्रतिक्रियाएँ तथा उनके व्यक्तिगत विचार प्रायः उनके ही शब्दों में छपते हैं।

पुस्तक समीक्षा : इस स्तम्भ के अंतर्गत नूतन प्रकाशित ग्रंथों के गुण-दोष पर प्रकाश डाला जाता है। दैनिक समाचारपत्रों के सम्पादकीय पृष्ठ पर सद्यः प्रकाशित ग्रंथों-प्रकाशन की सूचना से पाठकों को अवगत कराना है। उसमें ग्रंथ के सार तत्व के उल्लेख से पाठक पुस्तक की उपयोगिता का अनुमान लगा लेता है।

स्तम्भ लेखन : स्थायी शीर्षक के अन्तर्गत एक ही लेखक के नियमित रूप से प्रकाशित लेख स्तम्भ के रूप में जाना जाता है, जिसमें स्वतन्त्रतापूर्वक विचार व्यक्त होते है। लेखक को पत्र की रीति-नीति से कोई लेना-देना नहीं होता।

स्तम्भ को निम्नलिखित रूप में वर्गीकृत किया गया है—

1. वाक्पीठ स्तम्भ (Forum columns)—इसके अन्तगत चर्चा, परिचय, विचार आमंत्रित किये जाते हैं।

2. परामर्श स्तम्भ (Advice columns)—पाठकों की समस्याओं के समाधान का परामर्श दिया जाता है। स्वास्थ्य प्रश्नोत्तरी इसी का अंग है।

3. मनोरंजन—इसे व्यंग्य-विनोदात्मक स्तम्भ भी कहते है। पाठकों के स्वस्थ मनोरंजन हेतु पत्रों द्वारा निम्नलिखित दो प्रकार की मनोरंजन सामग्री प्रस्तुत की जाती है।

(क) उपाख्यान और गपशप स्तम्भ

(ख) अनुच्छेदन स्तम्भ—विशिष्ट समाचार को पहले छोटे अनुच्छेद में लिखकर उसके नीचे संक्षिप्त व्यंग्यात्मक टिप्पणी दी जाती है।

- किसी पत्र का सम्पादन करके या उसके लिए कुछ लिखकर जो अपनी जीविका चलाता है उसे पत्रकार कहते है।''
- ''पत्रकार वह व्यक्ति है थोड़े-थोड़े समय के अन्तर पर प्रकाशित अपनी रचनाओं से जनमत को एक निश्चित दिशा में प्रभावित करना चाहता है।'
- ब्रिटेन में पत्रकारिता के प्रारम्भिक काल में 'गुप्तचरों' को संवाददाता 'रजिस्टर-निरीक्षकों' को सम्पादक तथा 'क्लर्कों को उपसम्पादक कहा गया।
- लार्थ नॉर्थक्लिफ के अनुसार ''संवाददाता अखबार लिखता है और उपसम्पादक उसे बनाता है।''

- संवाददाता, विशेष संवाददाता, सहायक सम्पादक, अग्रलेखों के लेखक, स्तम्भ-लेखक ये सभी पत्रकार कहलाते हैं जो संसार में अपनी आँखों को सदैव खुला रखते हैं, जिनके कान कभी बन्द नहीं होते, जो समय पर और वे सभी परिवर्तन को प्रतिबिम्बित करने में दक्ष हों।

पत्रकार के दस धर्म

- अपने पत्र के सुनाम पर गर्व कीजिये। जोश के साथ अपना उत्साह दिखलाइये, पर व्यर्थ का घमण्ड मत कीजिये।
- पत्रकारिता में जड़ता मृत्युवत् और एक ही रट मृत्यु है।
- अवसर न खेइये, बहुज्ञानी बनिये। नवीनता प्रदर्शन से मत चूकिये।
- व्यक्ति से बड़ा समाज है। सरकार से बड़ा देश है। मनुष्य मरणशील है, संस्था और सिद्धांत अमर है।
- शत्रु और मित्र दोनों बनाइये। मित्र ऐसे हों जो आपसे आदर प्राप्त करें और शत्रु ऐसे हों, जिनसे आप द्वेष न कर सकें।
- आर्थिक और साहित्यिक क्षेत्रों में आक्रमण का सामना आक्रमण से करिये। शान्ति से रहना हो तो अपनी रक्षा करने के लिए हमेशा तैयार रहिये।
- तलवार और पैसा ये दोनों कलम के दुश्मन है। आवश्कता पड़े तो सम्मान-रक्षा के लिए जीवन और धन की बलि दीजिये।
- दृढ रहिये पर हठी नहीं। परिवर्तनीय बनिये पर कमजोर नहीं। उदार बनिये पर हाथ बिल्कुल ढीला पत छोड़िये।
- स्पष्टवादी, सगर्व, सचेष्ट और स्फूर्तिमान रहिए, तभी आपका सम्मान होगा। कमजोरी परलोक के लिए अच्छी है, नहीं तो नपुसंकता है।
- जो कुछ छपा हो, सबकी जिम्मेदारी लीजिये। व्यर्थ दोषारोपण पाप है। प्रतिष्ठा की हानि करने वाली चीज न छापिये। घूस लेना पाप है। साथी पत्रकार की जगह लेने की इच्छा रखना, कम वेतन पर काम स्वीकार कर साथी पत्रकार को निकालन भी पाप है। रहस्य जतन से रखिये। पत्र-स्वातन्त्र्य या पत्र की शक्ति का व्यक्तिगत उपयोग कभी न कीजिये।
- समाचारपत्र के व्यवस्थारूपी शरीर में सम्पादकीय रूपी आत्मा का निवास है। पुष्ट शरीर में ही पुष्ट आत्मा सम्भव है।

2. संचार एवं जनसंचार

Halt communication and the life processes whither and die.

–Keval J. Kumar

बड़ी मार कबीर की चित से दिया उतार

"मनुष्य समाज में रहकर ही अपना विकास कर सकता है लेकिन इसके लिए जरूरी है कि समय पर सूचना मिलती रहे।" (अरस्तू)

जनसंचार स्वरूप - अंग्रेजी में 'संचार' को Communication कहते है जो लैटिन के 'Communis से बना है जिसका मन्तव्य है–'किसी वस्तु या विषय का सबके लिए साझा होना।' संचार एक ऐसा प्रयास है जिसके द्वारा एक व्यक्ति दूसरे व्यक्ति के विचारों, मनोवृत्तियों में सहभागी होता है। उन समस्त विधियों को 'संचार' कहा जाता है जिनसे एक व्यक्ति दूसरे को प्रभावित करता है। अभिव्यक्ति के वे सभी रूप 'संचार' है जो पारस्परिक समझदारी के उद्देश्य की पूर्ति करते है– Communication is a process which increases commonality (Denis Mcquail)

संचार एक प्रक्रिया है जिसमें दो या दसे से अधिक लोगों के बीच विचारों, अनुभवों, प्रतिक्रियाओं, तथ्यों और प्रभावों का इस प्रकार से आदान-प्रदान होता है जिससे दोनों के संदेश के बारे में सामन्य ज्ञान होता है। संचार ऐसी प्रक्रिया है जिसमें सम्प्रेषक और संग्राहक के बीच सामंजस्य स्थापित हो, उनमें जागरूकता उत्पन्न हो, यह सम्प्रेषण की ऐसी कार्रवाई है जिसके द्वारा जनता के ज्ञान, विचार और अभिवृत्ति को बनाया जाता है या परिवर्तित किया जाता है।

संचार का महत्व (Importance of Communication)

1. संचार सामुदायिक भावना का विकास करता है।
2. संचार समाज का निर्माण करता है, उसके अस्तित्व को बनाए रखता है।
3. संचार के माध्यम से बंधुत्व व एकता, परस्पर सद्भाव की भावना का समाज में विकास होता है।
4. संचार समाज के लक्ष्य प्राप्ति के लिए एक सामान्य व्याख्या का बोध कराता है।
5. मानव संचार समाज में सहमति का आधार है। यह सहमति मूल्यों,

विश्वासों, स्थितियों, भावनाओं, निर्णयों में पायी जा सकती है।

6. संचार गतिशीलता का एक माध्यम है। प्रगति, विकास और परिवर्तन इस गतिशीलता से ही सम्बन्धित है।

संचार का विकास

कभी अग्नि, बादल, कबूतर से समाचार प्रेषित होते थे। वैज्ञानिकों की अनवरत साधना ने टेलीग्राफ, टेलीफोन, कॉर्डलेस फोन, फैक्स, ई-मेल, पेजर, जैसे साधन दिये।

सुदूर स्थित दो स्थानों के बीच संचार का सबसे पुराना साधन टेलीग्राफ था। 1876 में अलेक्जैण्डर ग्राहम बेल ने टेलीफोन की खोज की जिससे मनुष्य की आवाज का एक स्थान से दूसरे स्थान तक प्रसारण हो सका। मार्कोनी द्वारा बेतार तकनीक की खोज के पश्चात संचार तकनीकों में आंदोलनकारी परिवर्तन हुए। इसके विपरीत, विद्युत चुम्बकीय तरंगों, जिनकी खोज मैक्सवेल ने 1873 में की थी, के उपयोग से एक स्थान से दूसरे स्थान तक सूचना-संदेश भेजना संभव हो सका।

भारत के इनसेट-1 ए तथा जुलाई 1992 में प्रक्षेपित किये गये इनसैट-2 ए, समकालिक में स्थित ऐसे ही उपग्रह है। कम्प्यूटरों के वृहतर जाल लार्ज एरिया नेटवर्क (एल.ए.एन) से ही रेलवे तथा एअरलाइन्स में सुदूर स्थानों के बीच के आरक्षण, सुदूर, स्थित बैंकों की सेवाएँ तथा मौसम से सम्बन्धित आँकड़ों का संग्रहण और आकलन सम्भव है।

संचार मॉडल

संचार के तीन सिद्धांत

- प्रथम सिद्धांत के अनुरूप संचार या प्राणतत्व संदेश है।

प्रथम सिद्धांत के अनुरूप संचार या प्राणतत्व संदेश है। संचार के द्वितीय सिद्धांत के पोषक माध्यम को ही अपरिहार्य मानते हैं। वे माध्यम को ही संदेश कहते है। तीसरे सिद्धांत के मानने वालों ने संदेश और माध्यम की अपेक्षा सम्प्रेषक (वक्ता) को महत्वपूर्ण माना गया है।

संचार के क्षेत्र

- मौखिक, अमौखिक, व्यापक, संचार का क्षेत्र 'प्रबंध' के रूप में

संचार-प्रकिया

- "ज्ञान, अनुभव, संवेदना, विचार और यहाँ तक कि अस्तित्व में होने वाले अभिनव परिवर्तनों की साझेदारी ही संचार है और साझेदारी की यह प्रक्रिया ही संचार-प्रक्रिया कहलाती है।"
- प्रो0 लासवेल ने कहा कि कौन क्या कहता है? किस माध्यम से कहते है? किससे कहता है और किस भाव से कहता है? इस आधार पर संचार के 6 प्रमुख घटक होते है-
- orce----Message----Media----Audience----Result-----Feedback
- चार-प्रक्रिया के चार प्रमुख स्वरूप है—
- व्यक्तित एवं आन्तरिक संचार (Intra Personal Communication)—यह विशुद्ध रूप से एक मनोवैज्ञानिक प्रक्रिया है। इसमें व्यक्ति स्वयं प्रश्न-उत्तर करता है। व्यक्तित्व-विकास के लिए अन्तःवैचारिक संचार आवश्यक होता है।
- अन्तर्व्यक्ति संचार (Inter Person Communication)—एक व्यक्ति द्वारा दूसरे व्यक्ति अथवा छोटे समूह में व्यक्तिगत रूप से उपस्थित होकर संदेश दिया जाता है।
- समूह संचार (Group communication)—समान हित या उद्देश्य लेकर जो समूह एकत्रित हो उसके मध्य संदेश संचारित करना समूह संचार है।
- जनसंचार (Mass Communication) यत्र-तत्र बिखरे लोगों तक संदेश पहुँचाना जनसंचार है।

संचार-प्रक्रिया के तत्व

(Elements of Communication Process)

- सम्प्रेषक या स्रोत (Communicator or Source)—संचार-प्रक्रिया को कार्यान्वित करने वाला संचारकर्ता या सम्प्रेषक कहलाता है जैसे वक्ता, कार्यकर्ता, पड़ोसी, नेता, अधिकारी, विषय-विशेषज्ञ, सम्बन्धी, मित्र आदि। सम्प्रेषक 'संदेश' की पूर्ण जानकारी रखता है। वह 'संदेश' के परिणाम और उसके मूल्यांकन, संचार-प्रक्रिया, संचार-माध्यमों के प्रति सर्तक रहता है।
- संदेश (Message or Content)—'संदेश' वह सूचना है जिसे सम्प्रेषक अपने श्रोताओं द्वारा ग्रहण करते, समझने, स्वीकृत करने या उस पर क्रियान्वयन करना चाहता है।

(क) संदेश-संकेत (Message Code)—संदेश को प्रतीकों द्वारा सार्थक बनाया जा सकता है। यदि भाषा का प्रयोग संदेश-प्रेषक हेतु हो रहा हो तो यहाँ भाषा ही संकेत है।

(ख) संदेश की विषय-वस्तु (Message Content)—चयन प्रयोजन के अनुरूप

करता है।

(ग) संदेश-प्रतिपादन (Treatment Of Message)–वह-सामग्री का प्रयोग की तकनीक, बोलने की शैली और ठीक-ठीक ढंग से संचार-सामग्री का प्रयोग करके संदेश के बारे में प्रेरणा देता है। संचार-प्रक्रिया के लिए आवश्यक है कि जो भी संदेश लिया जाय उसको ठीक समय पर उपयुक्त लोगों तक पहुँचाया जाय। सम्प्रेषक संदेश को प्रभावकारी बनाने के लिए निम्नलिखित प्रश्नों का उत्तर अच्छी तरह जान लेता है–

1. वह कौन-सा संदेश है जो सर्वाधिक महत्वपूर्ण है?
2. सबसे अच्छी कौन-सी विधि है जिसके द्वारा संदेश का प्रतिवेदन किया जा सकता है?
3. संदेश को पहुँचाने के लिए आप क्यों प्रयास करते है?
4. कौन-कौन से संचार-माध्यम है जिनके द्वारा श्रोतागणों तक सरलता से पहुँचा जा सकता है?

'अंधे' को अंधा न कहकर 'सूरदास' कहना तथा 'नाई' को 'राजा' पुकारना संदेश प्रतिपादन की कुशलता है।

- संचार-माध्यम या संचार-सरणी (Communication Channels)
- संकेतीकरण (Encoding)
- संकेत वाचन (Decoding)
- संग्राहक या संचार प्राप्तकर्ता (Receiver)–संदेश को प्राप्त करने वाला संग्राहक है। यह सर्वज्ञ या अल्पज्ञ है, धैर्यपूर्वक सुनने वाला या अधीर हो सकता है, स्पष्ट रूप से सोचने-समझने वाला या भ्रामक श्रोता हो सकता है।

संदेश-संकेतीकरण और संकेत-वाचन

संकेतीकरण (Encoding)–सम्प्रेषक जब भावों या विचारों को 'संकेत' के रूप में परिवर्तित कर रचनात्मक विधि से श्रोताओं तक पहुँचाता है तो इसे संकेतीकरण कहते है। अर्थ-अज्ञानता के कारण अच्छे से अच्छे शब्द निरर्थक और अनुपयोगी रह जाते है।

संकेत-वाचन (Decoding)–सम्प्रेषक की योग्यता पर संकेतीकरण निर्भर है तथा 'संकेत-वाचन' से हो रहा है। सम्प्रेषक की योग्यता पर संकेतीकरण निर्भर है तथा संग्राहक की क्षमता पर ही संकेत-वाचन निर्भर है। संग्राहक सूचना लेने से पूर्व अपने तरीके से सूचना को समझता है तथा उसे ग्रहण करता है जिसे 'संकेत-वाचन' कहते है।

संचार-विघ्न (Communication)–'संदेश' जब किन्हीं अड़चनों, बाधाओं,

अवरोधों के कारण अभीष्ट तक नहीं पहुँचता अथवा संचार-क्रिया विविध कारणों से वाधित होती है तो यही संचार-विघ्न है।

निर्वचन (Interpretation)–'संदेश', सूचना, भाव, विचार को व्याख्यायित करना है, सुस्पष्ट करना ही निर्वचन है। संकेत-वाचन पर ही संदेश-निर्वचन की सफलता निर्भर है।

निदेश तन्त्र (Frame of Refrence)–प्रत्येक वाणी किसी संदेश का तात्पर्य अपने अनुभव के आधार पर लगता है। वे सभी कारण या परिस्थिति निर्देश-तन्त्र है जो अर्थानुमान में सहायक होती है। कई संथाएँ संचार-प्रक्रिया के लिए स्वनिर्मित निर्देश-तन्त्र का प्रयोग करती है।

संचार ह्रास (Loss of Communication)–सम्प्रेषक जिस संदेश को जिस अर्थ और लक्ष्य-पूर्ति हेतू भेजता है और संग्राहक उसे उसी रूप में न ग्रहण कर अलग ही अर्थ या उद्देश्य से ग्रहण करता है तो यही संचार-ह्रास है।

संचार-माध्यम या संचार-श्रेणियाँ

(Communication Channels)

संदेश को जिस माध्यम से सम्प्रेषक संग्राहक के पास पहुँचाता है वही संचार-माध्यम है।

ज्ञानेन्द्रियों के आधार पर माध्यमों का वर्गीकरण

1. श्रव्य - रेडियों, टेपरिकार्डर, लाउडस्पीकर, नारे, गाने।
2. दृश्य- पोस्टर, चार्ट, फोटोग्राफ, बोर्ड, कार्टून, स्लाइड, साहित्य।
3. श्रव्य-दृश्य-दूरदर्शन, चलचित्र, ड्रामा, नाच-गाना, कठपुतली।

उपर्युक्त संचार-माध्यमों को निम्नलिखित रूप में भी वर्गीकृत किया जा सकता है-

1. परम्परागत माध्यम - कठपुतली, लोकनृत्य, लोकनाट्य, गीत।
2. इलेक्ट्रॉनिक माध्यम - आकाशवाणी और दूरदर्शन।
3. मुद्रित माध्यम - मुद्रित साहित्य समाचारपत्र, विज्ञापन।
4. मौखिक माध्यम- जनसभा, गोष्ठी, सम्पर्क।
5. बाह्य माध्यम - पोस्टर्स, सिनेमा, स्लाइड, होर्डिंग्स।

जनसंचार की अवधारणा

जनसंचार–'संचार' तथा 'माध्यम' 'जन' (mass) से जुड़कर 'जनसंचार' (Mass-Communication) और 'जन-माध्यम' (mass-dedia) शब्द बने है। 'मास कम्यूनिकेशन' और 'मास मीडिया' के रूप में प्रचलित 'जनसंचार' और 'जन

माध्यम' है। ब्लूमर ने 'जन' (Mass) के समतुल्य शब्दावलियों, जैसे-समूह (Group), भीड़ (Crowd) तथा जन-समुदाय (Public) के विविध रूपों का प्रयोग किया है

समूह (Group) : के सभी सदस्य एक-दूसरे को जानते है। वे प्रायः आपस में मिलते रहते हैं और किसी उद्देश्य को प्राप्त करने के लिए अपने समूह की सदस्यता बनाए रखते है। **भीड़** (Crowd) का स्वरूप 'समूह' की तुलना में बड़ा होता है। इसका अस्तित्व अस्थायी होता है। 'समूह' की गतिविधियाँ प्रायः भावनात्मक होती है।

जनसंचार की प्रक्रिया बड़े पैमाने पर होती है, तो वह 'जनसंचार' कहलाता है। किसी भाव या विचार या जानकारी को दूसरों तक पहुँचाते हैं और यह प्रक्रिया सामूहिक पैमाने पर होती है, तो यही 'जनसंचार' है। जनसंचार का उद्देश्य जानकारी या विचारों को समाज के उन तमाम लोगों तक पहुँचाना है, जो इनसे सम्बन्ध रखते हैं अथवा जिनके लिए यह जानकारी पहुँचाना आवश्यक है, ताकि सभी लोग उस जानकारी से अगत हो जायें, उससे लाभ उठा सकें।

किसी तथ्य, सूचना, ज्ञान, विचार और मनोरंजक को व्यापक ढंग के जन सामान्य तक पहुँचाने की प्रक्रिया जनसंचार है।

मौखिक जनसंचार माध्यम

संकेतों की सहायता से जब भावभिव्यक्ति हो तो वह संचार की सूक्ष्म स्थिति और जब भाषा का प्रयोग हो तो वह संचार की स्थूल स्थिति होती है। सूक्ष्म स्थिति में सम्प्रेषक की दक्षता की परख होती है। मौखिक संचार की विधाओं में बातचीत, वार्तालाप, वार्ता, कथोपकथन, भाषण या वकृता, प्रवचन, वादविवाद, परिसंवाद आदि प्रमुख है।

विवाद-विमर्श के विविध प्रकार निम्नलिखित है–

- **डिबेट**–व्याख्यान के रूप में जब वक्ता पक्ष या विपक्ष में बोलता है तो यही डिबेट है।
- **सिम्पोजियम**–व्याख्यान की यह छोटी श्रृंखला है जिसमें 2 से 5 वक्ता तक भाग लेते है। सहयोगी विषय से सम्बन्ध प्रश्न पूछते है जिनका उत्तर वक्ता या सहभागियों द्वारा दिया जाता है।
- **सेमिनार**
- **पैनल वार्तालाप**–विशेषज्ञों का छोटा समूह बड़े समूह के समक्ष वार्तालाप करता है तो उसे पैनल वार्तालाप पुकारा जाता है।

भाषण–एलकाट का कथन सत्य है कि विवाद तो मूर्ख भी कर सकते हैं पर

संतुलित विचार-विनिमय कर सकना विवेकवान् बुद्धिमानों के लिए ही संभव है।

भाषण के गुण—आत्मीयता, क्रमबद्धता, अभिनेयता, संक्षिप्तता, निर्भीकता

विकास और जनसंचार

- अपने यहाँ भौतिक उत्कर्ष भी विकास का एक आवश्यक अंग माना गया है।
- "मैन, मशीन, मनी और मीडिया ही चार आधार भूत तत्व हैं जिन पर विकास निर्भर है।
- विकास का अर्थ केवल आर्थिक वृद्धि ही नहीं वरन् उसके जीवन की सामाजिक दशाओं की उन्नति से भी सम्बन्धित होता है। विकास का अर्थ केवल आर्थिक वृद्धि ही नहीं, बल्कि इसमें सामाजिक, सांस्कृतिक, संस्थागत तथा आर्थिक परिवर्तन सभी निहित है।"
- चित्र कल्पना और विचार का मूर्तिमंत रूप है। चित्र मूक कविता है और कविता बोलती हुई तस्वीर है। चित्र और काव्य दोनों का प्रभाव स्थायी होता है। एक अच्छा चित्र दस हजार शब्दों के बराबर माना जाता है।
- विकास का अर्थ है समाजिक, आर्थिक, सांस्कृतिक, शैक्षणिक, प्रोद्योगिकी विकास द्वारा सामाजिक सुव्यवस्था में सुधार, सामाजिक-राष्ट्रीय सुरक्षा में सुधार। समूचे देश में सुख-समृद्धि में वृद्धि। हर तरह के शोषण, भेद्भाव, पक्षपात, अन्याय, विषमता जैसी अमानवीय बुराइयों की समाप्ति। शिक्षा एवं ज्ञान का फैलाव, स्वास्थ्य एवं जीवन की आवश्यक सुविधाओं का विकास। सबको समान अवसर और लोक-कल्याणकारी राज्य एवं समाज की स्थापना की कोशिश। नैतिक, मानसिक, आध्यात्मिक गति के साथ-साथ जीवन-मूल्यों को जीवन में आचरण द्वारा प्रतिष्ठापित करने की कोशिश। पिछड़ापन, बर्बरता, संकुचितता, निरंकुशता, भाग्यवाद का क्रमशः अंत। निर्धनता, विपन्नता, असहाय अवस्था, निष्क्रियता, हीनता, दिशाहीनता और अज्ञान की जकड़न से निकलकर क्रमशः सम्पन्नता, आत्मनिर्भरता, स्वाभिमानपूर्ण व्यक्तिगत, सामाजिक-राष्ट्रीय जीवन की स्थापना और इंसानियत की प्रतिष्ठा की ओर कदम बढ़ाना ही विकास है।
- वैसे केवल परिवर्तन ही विकास नहीं है।
- सकारात्मक दिशा में संख्यात्मक एवं गुणात्मक परिवर्तन की निरंतर चलते वाली प्रक्रिया है।

मीडिया और कानून

A free Press is to be feared more than thousand bayonests. (Napoleon)

****

A free and vibrant Press is the best safeguard for democracy and all the values it implies. (Ramoji Rao)

****

A free press is the unsleeping guardian of every other right that free men prize.

****

If I had to chose between having a government without newpaper on the one hand and newspaper withouta government on the other hand. I would have no histation in prefering the latter. (President Jafferson)

व्यापक अर्थो में समाचारों की स्वतन्त्रता केवल एक नारा नहीं है अपितु लोकतांत्रि प्रक्रिया की एक आवश्यक विशेषता है। (प. जवाहरलाल नेहरू)

तुम्हारे एक-एक शब्द से मैं असहमत हूँ लेकिन उन शब्दों को बघारने का तुम्हारा अधिकार कोई छीनना चाहे तो उसके लिए मैं जी-जान से लड़ँगा। (रूसी)

भारतीय नागरिकों के मौलिक अधिकार

1. समानता का अधिकार (अनु. 14 से 18)
2. स्वतन्त्रता का अधिकार (अनु. 19 से 23) -भाषण एवं अभिव्यक्ति की स्वतन्त्रता, शस्त्ररहित शान्तिपूर्ण एकत्र होने की स्वतन्त्रता, संस्था या संघ बनाने की स्वतन्त्रता, भारतीय राज्य क्षेत्र में स्वतन्त्र विचरण एवं निवास की स्वतन्त्रता, सम्पत्ति के अर्जन, धारण और व्यय की स्वतन्त्रता, कोई वृत्ति, व्यापार, आजीविका/उपजीविका या कारोबार करने की स्वतन्त्रता।
3. शोषण के विरूद्ध अधिकार (अनु. 23 व 24)
4. धार्मिक स्वतन्त्रता का अधिकार (अनु. 25 से 28)
5. शिक्षा एवं संस्कृति सम्बन्धी अधिकार (अनु. 29 से 30)
6. सम्पत्ति का अधिकार (अनु. 31 क, ख) -कोई भी चल या अचल सम्पत्ति जब कानूनी तरीके से राज्य द्वारा अर्जित की जाएगी तो उसके लिए उचित क्षतिपूर्ति निर्धारित की जानी चाहिए।
7. **संवैधानिक उपचारों का अधिकार (अनु. 32)**- इसमें कहा गया है कि मौलिक अधिकारों को प्रवर्तित कराने के लिए सर्वोच्च न्यायालय उचित कार्यवाही करेगा। ऐसी उचित कार्यवाहियों में न्यायालय जो 5 प्रकार के आदेश, निर्देश या लेख जारी करता है वे निम्न है–

- बंदी प्रत्यक्षीकरण -Habeas Corpus)

- परमादेश (Mandamus)
- प्रतिषेध (Prohibition)
- उत्प्रेषण (Certiorari)
- अधिकार पृच्छा (Quo-Warranto)

वाक् एवं अभिव्यक्ति की स्वतन्त्रता

- 19 वें अनुच्छेद में वाक् एवं अभिव्यक्ति की स्वतन्त्रता का प्रावधान है। भाषण एवं अभिव्यक्ति की स्वतन्त्रता पर निम्न सात प्रतिबन्ध लागू है-
- राज्य की सुरक्षा, विदेशी राज्यों के साथ मैत्रीपूर्ण सम्बन्ध, लोक-व्यवस्था, सदाचार या नैतिकता, न्यायालय की अवमानना, मानहानि, हिंसा को प्रोत्साहन।

प्रमुख प्रेसविधि

- मीडिया-जगत में प्रेस शब्द का अर्थ समाचारपत्र समझा जाता है।
- प्रेस की स्वतन्त्रता ('वाक् एवं अभिव्यक्ति') का कानूनी अभिप्रायः इस प्रकार है—
  - समाचारों और विचारों का मुद्रण एवं प्रकाशन।
  - मुद्रित सामग्री का जनता में प्रसारण।
  - सार्वजनिक विषयों पर खुली बहस।
  - सरकार, लोक सेवकों और सार्वजनिक प्राधिकरणों के कार्यों की समीक्षा और आलोचना।
  - सरकार के एकाधिकार व नियन्त्रण से मुक्त होकर विभिन्न और परस्पर सूत्रें से तथा स्पर्धा के आधार पर सूचनाएँ एकत्रि करना है।
  - सरकारी निर्देशन से मुक्त होकर प्रकाशन सामग्री का चयन, पत्र का प्रसार और मूल्य निर्धारण आदि करना।
  - पत्रकारों व प्रेस से सम्बद्ध अन्य कर्मचारियों का किसी बाहरी निर्देशन या नियन्त्रण के बिना चयन करना।
  - प्रेस की स्वतन्त्रता में पुस्तिकाएँ, पत्रक और सूचना और विचारों के संवाहक हर प्रकार के प्रकाशन शामिल हैं।

प्रेस और पुस्तक पंजीकरण अधिनियम, 1867

(Press and Books Registration Act of 1867)

सन 1867 ई0 में प्रभावी प्रेस बुक्स रजिस्ट्रेशन एक्ट आज भी विभिन्न

संशोधनों के साथ जारी है। इसका उद्देश्य प्रेस की स्वतन्त्रता पर नियन्त्रण नहीं अपितु प्रिंटिंग प्रेस एवं समाचारपत्रों के लिए पंजीकरण प्रणाली का नियमन तथा उसके साथ भारत में पुस्तकों तथा अन्य प्रकाशित सामग्री की प्रक्रिया सुरक्षित रखना था जैसा कि पी0 महापात्र का कथन है-

"The objective of the rule is to inform to the public all the relevant details about the printer, publisher of a particular publication who would he respinsible for any unlawful matter therin."

इस अधिनियम की मुख्य धाराएँ इस प्रकार है–

- प्रत्येक प्रकाशित समाचार-पत्र में मुद्रक, प्रकाशक, प्रकाशन-स्थल का नाम स्पष्ट रूप से होना चाहिए।
- वही मुद्रक पत्र छाप सकता है जिसने जिला प्रेसीडेन्सी तथा सबडिविजनल मजिस्ट्रेट की अनुमति प्रेस चलाने के लिए ले रखी है।
- समाचार-पत्र के प्रत्येक अंक पर मालिक और सम्पादक का नाम अंकित होना चाहिए।
- किसी पत्र प्रकाशन के लिए मुद्रक और प्रकाशक की जिला, प्रेसीडेन्सी अथवा सब-डिविजनल मजिस्ट्रेट के समक्ष घोषणा पत्र पर हस्ताक्षर करने होंगे। इसके साथ ही प्रकाशन की भाषा और काल की भी जानकारी देनी होगी। मुद्रक को पत्र के मालिक का लिखित अधिकार पत्र भी अपने घोषणा पत्र के साथ संलग्न करना जरूरी है।
- पत्र के नाम, भाषा, काल, मालिक, मुद्रक आदि में होनेवाले किसी परिवर्तन की सूचना सम्बन्धित अधिकारियों को देकर नया आज्ञा-पत्र प्राप्त करना आवश्यक है।
- घोषणा-पत्र की स्वीकृति के बाद यदि कोई साप्ताहिक-पत्र छः सप्ताह तक तथा समाचार-पत्र तीन माह तक प्रकाशितनहीं हो पाता है तो आज्ञा पत्र रद्द या बेकार या अमान्य हो जायेगा।
- यदि तीन माह की अवधि में दैनिक, साप्ताहिक, अर्ध साप्ताहिक और पाक्षिक पत्र अपनी नियमित संख्या के आधे से भी कम में प्रकाशित होने लगे तो उनका घोषणा-पत्र रद्द हो जायेगा।
- एक वर्ष की अवधि तक पत्र का प्रकाशन न होने पर भी घोषणा-पत्र रद्द ही जायेगा।
- यदि कभी गलती से किसी पत्र के अंक में उसके सम्पादक कानाम गलत छप गया है और वह यह दावा करे कि उक्त अंक का सम्पादक वह नहीं था तो उसे चाहिए कि वह सब-डिबिजनल मजिस्ट्रेट के समक्ष अपना दावा प्रस्तुत करके उससे प्रमाण-पत्र प्राप्त कर ले।

- प्रेस रजिस्ट्रार अथवा अन्य किसी व्यक्ति की माँग पर पूरी जाँच पड़ताल का आदेश देकर मजिस्ट्रेट घोषणा-पत्र को रद्द करने का अधिकारी है।
- घोषणा-पत्र रद्द होने पर उसकी अपील 60 दिनों के अन्दर प्रेस और रजिस्ट्रेशन अपील बोर्ड के सामने की जा सकती है।
- प्रत्येक प्रकाशित पत्र की एक प्रति प्रेस रजिस्ट्रार को तथा दो प्रतियाँ राज्य सरकार को निःशुल्क भेजनी होगी।
- प्रेस नियमों का उल्लंघन करने पर सम्पदक, प्रकाशक और मुद्रक को दो हजार रूपय का जुर्माना तथा छः महीने की सजा दी जा सकती है।
- प्रेस रजिस्ट्रार और सरकार को प्रकाशित अंक की प्रतियाँ न भेजने पर पचास-पचास रूपए तक जुर्माना किया जा सकता है।
- पत्र के मुद्रक, प्रकाशक या सम्पादक न रहें तो इस विषय की सूचना मजिस्ट्रेट को शीघ्र देना आवश्यक है, अन्यथा दो सौ रूपए तक जुर्माना किया जा सकता है।
- पत्र का सम्पूर्ण विवरण प्रेस रजिस्ट्रार को प्रत्येक वर्ष में देना आवश्यक है और प्रेस रजिस्ट्रार को गलत सूचना देने पर पाँच सौ रूपए का दण्ड दिया जा सकता है।
- यदि कोई राज्य सरकार चाहे तो केन्द्रीय सरकार की अनुमति लेकर किसी समाचार-पत्र पर प्रेस कानून को आंशिक अथवा सम्पूर्ण रूप से लागू न करने की विज्ञप्ति सरकारी गजट में जारी कर सकती है।
- पत्र प्रकाशकों से प्राप्त जानकारी के आधार पर प्रेस रजिस्ट्रार प्रति वर्ष अपनी रिपोर्ट तैयार करता है।
- भारत के सभी भागों पर यह प्रेस कानून लागू होगा।

वर्नाक्यूलर प्रेस एक्ट-1878

(Vernacular Press Act-1878)

वर्नाक्यूलर का शब्दिक अर्थ स्थानीय भाषा, देशी भाषा, स्वदेशी भाषा तथा बोलीगत भाषा है। स्थानी भाषा के समाचार-पत्रों पर नियन्त्र्ण हेतु यह बना। लार्ड नार्थबुक के बाद सन् 1876 में लार्ड लिंटन भारत के वायसराय बने। वे साम्राज्यवादी विचारधारा के लिए विख्यात थे। उन्होने भारतीय भाषाओं के समाचार-पत्रों पर नियन्त्र्ण करने के लिए 1 मार्च, 1878 को विशेष अधिनियम पारित किया जो 'वर्नाक्यूलर प्रेस एक्ट-1878' के नाम से प्रसिद्ध है।

प्रमुख बातें।

- समाचार-पत्रों पर कठोर नियन्त्रण एवं दण्डित करने का अधिकार

- अनुबन्ध -पत्र पर हस्ताक्षर कर यह आश्वासन दे कि वे ऐसा समाचार प्रकाशित नहीं करेंगे जिससे सरकार के प्रति असंतोष की भावना पैदा हो।
- इस प्रकार की कार्यवाही के विरूद्ध किसी भी न्यायालय में अपील नहीं की जा सकती थी।

लार्ड रिपन की उदारता

सन 1880 में लार्ड रिपन भारत के वायसराय बने। 7 दिसम्बर, 1881 को यह घोषणा की कि 'सरकार की दृष्टि में वर्नाक्यूलर प्रेस एक्ट' की कोई आवश्यकता नहीं रही। लार्ड रिपन ने कहा कि-''मुझे बड़ा संतोष है कि मेरे समय में ऐसे कानून को रद्द किया जा रहा है।'' अब केवल 'डाकखाने को यह अधिकार रह गया कि ऐसी सामग्री जिसमें भेद-भाव अथवा अशांति फैलती हो, प्रसार से रोक सकता है।

कृतिस्वसम्य अधिनियम 1957

इसे प्रतिलिप्याधिकार अधिनियम 1957 भी कहते है। प्रतिलिप्याधिकार कानून का कार्य मनुष्य के बौद्धिक श्रम कौशल और रूचि से किए गए सर्जन के फल को अन्य व्यक्तियों द्वारा हड़पे जाने से रोकना है।

यह कानून वस्तुतः लेखकों और प्रकाशकों के हितों की रक्षा के लिए बनाया गया है। लेखकों और प्रकाशकों की पुर्वानुमति के बिना किसी भी कृति का कोई अंश या खण्ड प्रकाशित करना इसक कानून का उल्लंघन माना गया है।

कृतिस्वाम्य कानून लेखक के जीवनक ाकल और उसकी मृत्यु के 50 वर्ष बाद तक उसमें ही निहित रहता है। इसी प्रकार फोटोग्राफी, चलचित्र, रिकार्डों, सरकारी कृतियों में उनके प्रथम प्रकाशन के ठीक कलेण्डर वर्ष के आरम्भ से पचास वर्ष तक यह नियम अस्तित्व में रहेगा।

सार्वजनिक भाषणों, घोषणाओं अथवा समाचार-वृत्त पर कृति स्वाम्य कानून लागू नहीं होता। समाचारों पर भी कृति स्वाम्य कानून लागू नहीं है, क्योंकि समाचार पत्र और पत्रिकाओं का कार्य समाचार देना है। फिर भी समाचार प्रस्तुतीकरण, शैली, वाक्य आदि के द्वारा ही इस कानून की गिरफ्त से बचार जा सकता है।

कॉपीराइट एक्ट की धारा 57 में यह स्पष्ट प्रबन्ध है कि किसी कृति को विकृत करने, उसे खण्डित करना या उसमें अन्य परिवर्तन करना वर्जित है, भले की कॉपीराइट को हस्तान्तरित किया गया हो।

कॉपीराइट कानून 1957 की धारा 52 (1) ए के अनुसार, शोध, व्यक्तिगत

पढ़ाई, आलोचना या समीक्षा के लिए किसी साहित्यिक, नाट्य, संगीत या कलात्मक कृति के अंशों का सही आवश्यक इस्तेमाल कॉपीराइट उल्लंघन नहीं माना जाता।

अवमानना

संसद को यह अधिकार है कि वह अपने सदस्यों या अधिकारियों के अतिरिक्त किसी अजनबी को सदन में प्रवेश की अनुमति दे अथवा नहीं या उसका नियमन करे। सदन की विभिन्न दीर्घाओं, जिनमें प्रेस दीर्घा भी शामिल है, में प्रवेश के लिए संसद प्रवेशपत्र जारी करती है। स्पीकर या सभापति इस प्रवेशपत्र को कभी भी बिना कारण बताए रद्द कर सकता है या वापस भी ले जा सकता है। जानबूझकर इसका उल्लंघन करने पर अध्यक्ष या सभापति द्वारा ऐसे व्यक्ति को बलपूर्वक भी बाहर निकाला जा सकता है। आदेश का उल्लंघन संसद की अवमानना मानी जाएगी।

संसद की कार्यवाही का प्रकाशन

संसद की कार्यवाही के प्रकाशन के प्रबंध में भारत के फिरोज गाँधी एक्ट के नाम से प्रसिद्ध संसदीय कार्यवाही (Parliamentary Proceeding of Publication Act) अस्तित्व में है, जिसके द्वारा समाचारपत्र, रेडियो द्वारा समाचारपत्र, रेडियों द्वारा प्रकाशन/प्रसारण के निम्नअधिकार है-

1. प्रकाशन सत्य और तथ्यात्मक हो,
2. संसद की कार्यवाही की रिपोर्ट का ही प्रकाशन हो
3. प्रकाशन जनहित में हो
4. प्रकाशन दुर्भावना पर आधारित हो।

प्रेस द्वारा संसद की अवमानना

जब स्वतन्त्र भारत का संविधान बना तब उसके अनुच्छेद 105 (3) में भारतीय शासन अधिनियम (Govt. of India Act) 1935 की 28(3) (4) के प्रावधान समाप्त कर दिए गए, और यह प्रावधान किया गया है कि जब तक संसद बपने कोई कानून नहीं बनाती, उसके विशेषाधिकार ब्रिटेन की सामान्य सभा की तरह ही रहेंगे और उसे तथा अन्य राज्य विधानमंडलों को विशेषाधिकार भंग के लिए दंड देने के भी ब्रिटेन समान्य सभा की तरह अधिकार रहेंगे।

मुख्य रूप से निम्न मामले संसद की अवमानना हो सकते हैः—

1. ऐसा प्रकाशन हो कि संसद या उसकी किसी समिति के सम्मान को ठेस पहुँचाता हो (भले ही इससे सदन के किसी विशेषाधिकार का उल्लंघन न हो या ऐसे अपराध का कोई परंपरागत दृष्टांत न हो)।
2. सदन के आचरण, व्यवहार या कार्यवाही पर प्रभाव डालने वाले शब्दों का प्रकाशन।
3. किसी सदस्य के सदन का सदस्य होने की हैसियत से किए जाने वाले कार्य पर टिप्पणी सम्बन्धी प्रकाशन। जैसे ऐसा कोई लेख जिसमें किसी ऐसे सदस्य की नशे, रिश्वत या ऐसे अन्य प्रभाव में होना बताया गया हो।
4. किसी सदस्य का सदन में किया गया वक्तव्य या भाषण किसी अन्य सदस्य के नाम पर प्रकाशित करना।
5. किसी सदस्य के बारे में आपत्तिजनक तरीके से की गयी ऐसी टिप्पणी का प्रकाशन जिसमें यह आभार हो कि किसी मामले में उसने सदन में पक्ष या विपक्ष में वोट किस कारण दिया।
6. सदन की किसी कार्यवाही, अव्यवस्था, आचरण को लेकर सदन की अवमानना करने विषयक किसी टिप्पणी का प्रकाशन या अध्यक्ष को अपमानजनक पत्र लिखना।
7. सदन या किसी कमेटी की बहस या कार्यवाही के सम्बन्ध में कोई गलत या झूठी रिपोर्ट का प्रकाशन।
8. किसी सदस्य के भाषण को जानबूझ प्रकाशन से रोकना।
9. किसी जाली दस्तावेज को संसद का दस्तावेज मानकर प्रकाशित करना।
10. कार्यवाही से लोप किए गए शब्द, अंश या उद्धरण का प्रकाशन।
11. किसी कमेटी की रिपोर्ट विचारधारा तक मामले, उसके पक्ष-विपक्ष में प्रस्तुत राय या टिप्पणी या सदन में प्रस्तुत किए जाने के पूर्व प्रकाशन।
12. अध्यक्ष या विशेषाधिकार समिति के विचाराधीन किसी मामले पर टिप्पणी या राय का प्रकाशन।
13. संसद के दोनो सदनों की सार्वजनिक हित के किसी मामले की जाँच करने, लोगों की गवाही लेने, पत्रकार सहित किसी भी व्यक्ति से पूछताछ करने का अधिकार है इसलिए ऐसी किसी जाँच के दोरान उपर्युक्त उत्तर या जानकारी नहीं देना, समाचारका स्रोत बनाने से इनकार करना, अपने आधिपत्य मे होने के बाद भी दस्तावेज नहीं देना या धोखा देने के उद्देश्य से जाली दस्तावेज देना भी संसद की अवमानना है।

संसद की अवमानना पर दंड

1. चेतावनी और प्रताड़ना–जब चेतावनी दी जानी होती है तब संसद की अवमानना करने वसले को सदन के बार (Bar) द के सामने उपस्थित होने को कहा जाता है और स्पीकर उस व्यक्ति की निन्दा करता है। प्रताड़ना भी एक तरह की चेतावनी है जिसे देने के लिए सम्बन्धित व्यक्ति को बलपूर्वक सदन में लाया जाता है।
2. कारावास-संसद और विधानमंडलों ने संसद की अवमानना के लिए कई बार कई व्यक्तियों को 15-15 दिनों तक की सजा भी दी है।
3. प्रेस गैलरी से हटाना- कतिपय ऐसे मामलों में संसद या विधानमंडल की अवमानना पर सम्बन्धित समाचारपत्र के प्रेस प्रतिनिधि का प्रेस कार्ड भी रद्द कर दिया जाता है।
4. क्षमादान–कई मामलों में संसद की अवमानना पर सम्बन्धित समाचारपत्र या उसके सम्बन्धित व्यक्ति को बिन शर्त माफी माँगने पर क्षमा कर दिया जाता है।

अवमानना के रूप (Nature of Contempt)

यह अवमानना दो प्रकार की हो सकती है–(i) दीवानी (सिविल) तथा (ii) फौजदारी।

दीवानी अवमानना से तात्पर्य जानबूझ कर अदालत के निर्णय, डिक्री, निर्देश, आदेश, रिट अथवा अदालती प्रक्रिया की अवज्ञा या अदालत में दी गयी शपथ का उल्लंघन किया जाए। फौजदारी या दाण्डिक अवमानना से तात्पर्य ऐसे प्रकाशन से है, जो न्याय-प्रकाशन में बाधा पहुँचाता हो या उसकी बाधा पहुँचाने प्रवृत्ति हो, जिससे न्यायालय की गरिमा और प्रतिष्ठा पर प्रतिकूल प्रभाव पड़ता है।

न्यायालय की अवमानना का दोषी पाए जाने पर छह माह की कैद या 2000 रू0 जमाना अथवा दोनों सजाएँ हो सकती है।

न्यायालय की अवमानना के क्षेत्र

निम्नलिखित परिस्थितियों में कोई व्यक्ति न्यायालय की अवमानना का दोषी हो सकता है।

1. न्यायालय के न्यायाधीश पर अनौचित्य और अयोग्यता का आरोप लगाया जाए अथवा उसके चरित्र-हनन का प्रयास किया जाए।
2. न्यायपालिका की प्रतिष्ठा, गरिमा, अधिकार अथवा निष्पक्षता पर संदेह प्रकट किया जाए।

3. न्यायालय में विचाराधीन मामलों पर टिप्पणियाँ प्रकाशित की जाएँ, जिनमें उन मामलों के संदर्भ में आम जनता भ्रमित हो या किसी प्रकार से पूर्वाग्रह से ग्रस्त हो।
4. विचाराधीन मामलों से सम्बन्धित जज, जूरी, पक्षकारों तथा साक्षियों को प्रभावित करने का प्रयत्न किया जाए अथवा उन पर किसी प्रकार के आक्षेप लगाए जाएँ।
5. न्याय-प्रशासन में किसी प्रकार का हस्तक्षेप करना या उसमें बाधा पहुँचाना।
6. गवाहों को किसी प्रकार की धमकी देना।
7. पुलिस की पुछताछ में रूकावट डालने का प्रयत्न किया जाए।
8. न्यायाधीश की आज्ञा के विरूद्ध अदालत की कार्यवाही का अथवा अभियुक्त के चित्र का प्रकाशन।
9. चोरी-चिपके अदालत की कार्यवाही की रिपोर्ट प्रकाशित करना।
10. अदालत की कार्यवाही का गलत एवं तथ्यों का तोड़-मरोड़कर भ्रामक रूप से प्रकाशन।

मानहानि

(Defamation)

किसी भी व्यक्ति की प्रतिष्ठा को ठेस पहुँचाना 'मानहानि' है। मानहानि के लिए उत्तरदायी व्यक्ति इस आधार परनहीं बच सकता है कि उसका इरादा बदनाम करने का नहीं था या उसकी नीयत वादी को बदनाम करने की नहीं थी।

मानहानि के निम्नलिखित आधार होते हैः–

1. वक्तव्य को आवश्यक रूप से मानहानिजनक होना चाहिए।
2. वक्तव्य को वादी का आवश्यक रूप से उल्लेख होना चाहिए।
3. वक्तव्य को आवश्यकरूप से प्रतिवादी द्वारा प्रकाशित होना चाहिए।
4. वक्तव्य आवश्यक रूप से झूठा होना चाहिए।

मानहानि अपराध के तत्व

(Elements of Defamation Crime)

ये निम्नांकित हो सकते है–

1. किसी व्यक्ति के बारे में कोई दोषारोपण या उसका प्रकाशन करना।
   (i) शब्दों को बोलकर, (ii) संकेत से, (iii) दृष्टिगत प्रदर्शन द्वारा।
2. चित्र व अभिनव से ।

1. लाछन—कुछ भी जिसमें किसी व्यक्ति का अवमान हो, मानहानिकारक लांछन है। केवल अपमान करना लांछन नहीं है। एक की तारीफ दूसरों के लिए लांछन नहीं है। अनुकल्प के रूप में अथवा व्यंग्योक्ति के रूप में अभिव्यक्ति लांछन भी मानहानि की कोटि में आ सकता है। कोई लांछन किसी व्यक्ति की ख्याति की अपकृति करने वाला तब तक नहीं कहा जा सकता जब तक वह लांछन दूसरे की दृष्टि में प्रत्यक्षतः या अप्रत्यक्षतः उस व्यक्ति के नैतिक या बौद्धिक स्वरूप को नहीं गिराये। उस व्यक्ति की जाति के या उसकी आजीविका के सम्बन्ध में उसके शील को नहीं गिरायें।

2. नैतिक—कानून में किसी प्रतिबंधित कार्य का दोषारोपण करना ही लांछन नहीं है। जरूरी है कि समाज के सद्विचारवान् लोगों की निगाह में पीड़ित व्यक्ति को नीचा गिराना जैसे किसी नारी के सतीत्व पर लांछन लगाना, किसी की अवैध सन्तान कहना, किसी को धोखेबाज, झूठा या काला धन्धा करने वाला कहना, किसी को भ्रष्ट, पापी, बेईमान कहना, मंत्रियों पर भ्रष्टाचार और भाई-भतीजावाद का दोष लगाना, लांछन है जो मानहानि का कारण हो सकता है। किसी को अशिष्ट, अभद्र, चिड़चिड़ा, अव्यवस्थित, पिछड़ा व अनाड़ी कहना लांछन नही है।

3. जाति और व्यवसाय के सम्बन्ध—किसी वैदिक ब्राह्मण केलिए कहना कि वह धर्मशास्त्रों से अनभिज्ञ है या किसी को 'कोरी-चमार' कहना उसकी जाति के सम्बन्ध में लांछन है।

4. साख गिराने वाले लांछन—किसी अभिनेत्री की वास्तविक आयु को अधिक बताना भी लांछन हो सकता है।

5. किसी व्यक्ति से सम्बन्धित

6. अभिप्राय, आशय की सिद्धि

मानहानि के लिए दण्ड

(Punitive for Defamation)

धारा 500—यदि कोई व्यक्ति किसी की मानहानि करता है तो उसे आई0पी0सी0 की इस धारा के अन्तर्गत दो वर्षों तक की अवधि का सादा कारावास या अर्थदण्ड दोनों दिए जा सकते है।

धारा 502—कोई भी व्यक्ति जानबूझकर मुद्रित मानहानि की सामग्री बेचता है या बिक्री के लिए देता है तो अधिकतम दो वर्षों तक की सादी सजा या अर्थदण्ड या दोनों प्रकार के दण्ड से दंडित किया जा सकेगा।

धारा 503—किसी बयान, अफवाह यारिपोर्ट की

(अ) इस आशय या संभावना से कि भारत की सेना, जलसेना या वायुसेना

का कोई पदाधिकारी, सैनिक, नाविक या वायुसेनाकर्मी विद्रोह करने के लिए प्रेरित हो या अपनी वैसी हैसियत में कर्तव्य का पालन न करने या असफलता के लिए प्रेरित हो, या

(ख) वह इस आशय से या जिससे कि संभावना है कि जनता का कोई वर्ग या समुदाय किसी दूसरे वर्ग या समुदायके विरूद्ध अपराध करने के लिए उत्तेजित किया जाए, रचता है, प्रकाशित करता है या प्रसारित करता है तो वह कारावास से जो दो वर्षों तक का हो सकता है, जुर्माने से या दोनों से दण्डित किया जाएगा।

श्रमजीवी पत्रकार और समाचारपत्र

परिभाषाएँ

श्रमजीवी पत्रकार वह है जिसका मुख्य व्यवसाय पत्रकारिता हो और वह किसी समाचारपत्र स्थापन में या उसके सम्बन्ध में पत्रकार की हैसियत से नौकरी करता हो। इसके अंतर्गत सम्पादक, अग्रलेख-लेखक, समाचार सम्पादक, उप सम्पादक, फीचर-लेखक, प्रकाशन विवेचक (कॉपी टेस्टर), रिपोर्टर, संवाददाता, व्यंग्य चित्रकार, समाचार फोटोग्राफर और प्रूफरीडर आते है।

कई पत्रों के लिए अंशकालिक कार्य करने वाला पत्रकार भी श्रमजीवी पत्रकार है, यदि उसकी आजीविका का मुख्य साधन अर्थात् मुख्य व्यवसाय पत्रकारिता है।

समाचारपत्र से अभिप्राय ऐसी छपी हुई नियतकालिक कृति से है जिसमें राजनीतिक समाचार या सार्वजनिक समाचारों पर टीका-टिप्पणियाँ हों। इसके अंतर्गत छीपी हुई नियतकालिक कृति की ऐसी अन्य श्रेणी भी आती है जिसे सरकार इस निमित्त राजपत्र में अनुसूचित करे।

ग्रेच्युटी-धारा 5 में यह प्रावधान है कि किसी समाचारपत्र स्थापन में लगातार तीन वर्षों तक कार्य करने वाले श्रमजीवी पत्रकारों को अनुशासन की कार्रवाई के तौर पर या सेवानिवृत्ति की आयु हो जाने पर, उसके सेवानिवृत्त होने पर या सेवाकाल के दौरान उसकी मृत्यु हो जाने पर दस वर्षों तक नौकरी के बाद किसी कारणवश स्वेच्छा से इस्तीफा देने पर उसे मालिक द्वारा सेवाकाल के हरपूरे किए वर्ष या उसके छह मास से अधिक के किसी भाग पर 15 दिनों के औसत वेतन के बराबर धनराशि दी जाएगी। स्वेच्छा से इस्तीफा देने वाले श्रमजीवी पत्रकार को अधिकाधिक साढ़े बारह मास के औसत वेतन के बराबर ग्रेच्युटी मिलेगी।

यदि कोई श्रमजीवी पत्रकार कम-से-कम तीन वर्षों की सेवा के बाद अंतःकरण

की आवाज के आधार पर इस्तीफाा देता है तो उसे भी इसी हिसाब से गेच्युटी दी जाएगी।

काम और विश्राम

- लगातार चार सप्ताहों की किसी अवधि के दौरान (भोजन के समयों को छोड़कर) 144 घंटों से ज्यादा काम नहीं लिया जा सकता है।
- हर श्रमजीवी पत्रकार को लगातार सात दिनों की अवधि के दौरान कम-से-कम लगातार 24 घंटों का विश्राम दिया जाना चाहिए। सप्ताह शनिवार की मध्य रात्रि से आरम्भ समझा जाता है। धारा (6)
- श्रमजीवी पत्रकारों के लिए दो प्रकार की छुट्टियाँ-उपार्जित छुट्टी और चिकित्सा छुट्टी का स्पष्ट प्रावधान इस कानून में कर दिया गया है। उपार्जित छुट्टी काम पर व्यतीत अवधि की 1/11 से कम नहीं होगी और यह पूरी तनख्वाह पर मिलेगी। चिकित्सा प्रमाणपत्र, चिकित्सा छुट्टियाँ कार्य कर यतीत अवधि की 1/18 से कम नहीं होगी। यह आधी तनख्वाह पर दी जाएगी। इसका अर्थ मोटे तौर पर यह है कि श्रमजीवी पत्रकार को वर्ष में एक मास की उपार्जित छुट्टी और चिकित्सा प्रमाणपत्र के आधार पर आधी तनख्वाह पर चार सप्ताह की छुट्टी दी जानी चाहिए। (7)

३. प्रचार विज्ञापन एवं जनसम्पर्क

Propaganda is a good word gone wrong.

******

Adverisement may be defined as publicity which call attention to the existence and merits of certain goods and services.

*****

"जनसम्पर्क अनुकूल जनमत निर्माण की एक प्रभावकारी कला है जिसमें सार्वजनिक अनुमोदन प्राप्त किया जाता है।" (डॉ0 अर्जुन तिवारी)

प्रचार

(Progpaganda)

- 'प्रचार' के लिए अंग्रेजी में प्रोपगण्डा (त्तवचंहंदकं) शब्द प्रयुक्त होता है जो लैटिन के प्रोपैगेयर (त्तवचंहंतम) से बना है जिसका अर्थ किसी कृत्रिम वातावरण में पौधे को वांछित ढंग से बढ़ाना होता है।
- प्रचार-कार्य के लिए जनसंचार-माध्यमों का उपयोग होता है।
- प्रचार एक सूचनावृत्ति है जिसमें जनहित के साथ-साथ प्रचारक के हितों का सम्पादन होता है।
- प्रचार वही सर्वोत्तम होता है जिसमें अधिकांश जनता की आर्थिक आवश्यकताएँ अधिकाधिक काल तक सामाजिक तथा आर्थिक दृष्टि से परितुष्ट होती रहें।
- "प्रचार मूलतः संकेतों तथा अन्य सम्बन्धित मनोवैज्ञानिक प्रविधियों द्वारा प्रतीक का सुनियोजित एवं सुव्यवस्थित प्रयोग है जिसका पहला उद्‌देश्य मतों एवं प्रचारों और मान्यताओं को परिवर्तित करना है औश्र अन्ततोगत्वा पूर्णतः निश्चित आधार पर बाह्य क्रियाओं में परिवर्तन लाना है।"(किम्बल यंग)

प्रचार के प्रकार

- परिवर्तनात्मक प्रचार
- विभेदात्मक प्रचार—'फूट डालों और राज्य करो' की नीति पर ऐसा प्रचार होता है।

- संगठनात्मक प्रचार

प्रचार का मनोविज्ञान—रूचि, प्रलोभन, संवेग, नैराश्य, प्रेरणा, ध्यान्, सुझाव, पुरस्कार, दण्ड आदि कुछ ऐसे मनोवैज्ञानिक तत्व है। जिनसे प्रचार-कार्य प्रभावित होता है।

प्रचारात्मक प्रतीकों के प्रयोग के समय ध्यान देना चाहिए कि-

1. प्रचारात्मक प्रतीक जिन लोगों में प्रचार किया जा रहा है उनकी इच्छाओं और आवश्यकताओं से जुड़े हों।
2. प्रचार जिस वर्ग में हो रहा हो, प्रतीक उनके संवेगों को जाग्रत् करने में सफल हो।
3. प्रतीक सुस्पष्ट, सरल, सुबोध हो।
4. प्रचारात्मक प्रतीक जनता-जनार्दन के आदर्शों के अनुरूप हो।

प्रचार के सिद्धांत

1. प्रचारक के अभिप्राय का सिद्धांत (Principles of Progaganda) प्रत्येक प्रचार का विशिष्ट उद्‌देश्य होता है, यह जानबूझकर किया जाता है। अपनी योजनाओं, लक्ष्यों तथा अभीष्ट सिद्धि को ध्यान में रखकर ही प्रचारक जब कार्यरत होता है तो उसे सफलता मिलती है।
2. प्रत्यक्षीकरण का सिद्धांत (Principles of Percention)—जनता यदि प्रचार को रचनात्मक, लाभकारी मानती है तो वह प्रभावशाली है अन्यथा नहीं। प्रधान नेता का फोटो छपवाना जनता में प्रचार-सामग्री प्रत्यक्षीकरण है।
3. सम्बन्धित अभिवृत्तियों का सिद्धांत (Principles of Related Attitudes)—जनता की अभिवृत्तियों को प्रभावित कर प्रचारक अपने लक्ष्य को प्रस्तुत करता है तथा अपने कार्य में सफल होता है।
4. वांछित संगठन का सिद्धांत (Principles of Desired Integration)—प्रचार की योजना को सुसंगठित कर जनता को प्रभावित किया जाता है। साइनबोर्ड, इश्तहार, पत्र-विज्ञापन देकर प्रचार को प्रभावशाली बनाया जाता है।
5. विरोधी प्रचार का सिद्धांत (Principles of Counter Propaganda)—विरोधियों द्वारा बाधा पहुँचने पर जब सफल प्रचार नहीं हो पाता तो प्रचारक प्रतिद्वंदियों की जमकर निन्दा करता है और अपने को सर्वांगीण दोषमुक्त, गुणयुक्त बतलाता है।

प्रचार की प्रविधियाँ

1. नामकरण विधि (Name Calling Device)—अपने मुँह मियाँ मिट्ठू बनने

तथा विरोधियों को समाज की दृष्टि से गिराने के लिए विचित्र शब्दों, मुहावरों का प्रयोग होता है।

2. प्रमाणपत्र विधि (Testimonial Device)—महान नायकों, समाजसेवियों, कलाकारों तथा ख्यातिलब्ध विचारकों की सम्मतियों को जोड़ा जाता है।
3. लुभावक शब्द विधि (Glittering Generality Device)
4. सरल जनसमूह विधि (Plain Folk Device)—समाजसेवकों का हरिजनों के साथ भोजन, मंत्रियों का गरीबों के बीच जाना-ये सब क्रिया-कलाप ऐसे हैं जिससे सरल स्वभाव वाली जनता प्रचारक को अपना समझती है।
5. छद्‌म विज्ञापन विधि (Card Staking Device)—इस विधि द्वारा प्रचारक वास्तविकता को छिपाता है, गलत बातों का प्रचार करता है ताकि उसके उद्‌देश्य पूरे हो जायँ।
6. सार्वभौमिकता विधि (Band Wagon Device)—सामान्यतः व्यक्ति की प्रवृत्ति होती है कि वह बहुमत की ओर झुका रहता है। प्रायः चुनाव में कहा जाता है कि वह कमजोर वाला है, उसका समर्थन करना अपना मत-बर्बाद करना है—इस तरह की बातों से लोग बहुमत की ओर आकृष्ट हो जाते है।
7. स्थानांतरण विधि (Transfer Device)—प्रचारक अपनी नीतियों को सार्वभौमिक रूप से सम्मानित प्रतीक जैसे-क्रॉस, देवता, देवी, अलौकिक शक्ति के साथ सम्बन्धित करता है तथा इस प्रकार हस्तान्तरण से अपनी नीतियों को जनता तक पहुँचाकर उनसे समर्थन प्राप्त कर लेता है।

प्रचार के उपकरण

(क) सम्बोधन-उपकरण - माइक्रोफोन, एम्प्लीफायर, लाउडस्पीकर, मोबाइल।

(ख) दृश्यात्मक उपकरण - फिल्म प्रोजेक्टर, जेनरेटर, स्लाइड, प्रोजेक्टर, वी0सी0पी0, टीवी।

(ग) प्रचारात्मक उपकरण-मुद्रित साहित्य,पोस्टर्स, सूचनात्मक निर्देश।

प्रचार के आधार-व्यक्तिगत सम्पर्क, सन्देश प्रेषण, साहित्य-वितरण, फिल्म-प्रदर्शन, प्रदर्शनी-आयोजन, शिविर-आयोजन

प्रचार के मुख्य तथ्य - प्रचार के आवश्यक तथ्य निम्नवत् है—

- सामाजिक चेतना का विकास।
- राष्ट्रीयता, सद्‌भावना, साम्प्रदायिकत सौहार्द का विस्तार।

- कला, साहित्य तथा सांस्कृतिक धरोहर के प्रति आत्मीय भावना का जागरणं
- कृषि-उत्पादन, हरित क्रान्ति, श्वेत क्रान्ति का प्रचार।
- वृक्षोरापण, वन संरक्षण एवं पर्यावरण का प्रचार।
- परिवार कल्याण का प्रचार।
- कमजोर वर्ग, अल्पमत वर्ग, महिलाओं हेतु कल्याण कार्यक्रमों की सूचना।
- जन प्रतिक्रिया, संकलन एवं विश्लेषण
- जनसंचार-साधनों द्वारा सम्पर्क-विस्तार।

4. विज्ञापन

"विज्ञापनबाजी एक ऐसा विज्ञान है जिसके द्वारा इन्सान की बुद्धि को उस समय तक जकड़ा जाता है जब तक कि उसकीजेब से पैसे न निकाल लिए जाएँ।"(स्टीफन ली काक)

"विज्ञापन मनमोहिनी विक्रय कला है जो विलासिता की वस्तु को अपरिहार्य बनाती है।" (डॉ0 अर्जुन तिवारी)

- अंग्रेजी में विज्ञापन के लिए 'Advertising' शब्द प्रयुक्त होता है जो लैटिन के 'Advertere' से बना है जिसका अर्थ 'to turn to' या 'मस्तिष्क का केन्द्रीभूत होना है।
- 'इनसाइक्लोपीडिया ब्रिटानिका' के अनुसार किसी वस्तु के विक्रय अथवा किसी सेवा के प्रसार हेतु मूल्य चुका कर की गयी घोषणा ही विज्ञापन है। वास्तव में यह प्रचार का एक प्रभावशाली साधन है जिसके क्षरा वस्तुओं और सेवाओं के विक्रय का विकास होता है। विक्रय-व्यवस्था में विज्ञापन वस्तु का परिचय कराने, उसकी विशेषताएँ तथा उसके लाभ बताने का कार्य सम्पादित कर ग्राहकों को आकृष्ट करता है। उत्पादित वस्तु के ब्रांड को लोकप्रिय बनाना तथा कम्पनी के नाम को जनता के मन-मस्तिष्क में जमाने का कार्य विज्ञापन ही करता है।
- किसी व्यक्ति, वस्तु, सेवा या आन्दोलन को प्रस्तुत करने वाली मुद्रित सामग्री, लिखित शब्द, बोले गये शब्द का चित्रांकन विज्ञापन है जिसे विज्ञापन-दाता अपने खर्च पर बिक्री, प्रयोग, वोट या अन्य प्रकार की सहमति प्राप्ति के लिए खुल्लमखुल्ला प्रस्तुत करें। विज्ञापन उद्योग का जीवन रक्त है तथा संचार-माध्यमों हेतु यही पुष्ट आधार है।

विज्ञापन के गुण

1. विज्ञापन में ध्यान आकर्षित करने की क्षमता हो।
2. अभिनव एवं मौलिक साज-सज्जा हो।
3. विज्ञापित वस्तु की मुख्य विशेषता पर बल हो।
4. साक्षर और विद्वान सभी के लिए विज्ञापन सुबोध हो।

5. तथ्यों की तर्कपूर्ण प्रस्तुति हो।

6. विज्ञापन में गतिशीलता हो।

7. चित्र, लिखित तथ्य ट्रेडमार्क और शीर्षक आदि सभी में समन्विति हो। सबका मिला-जुला प्रभाव दर्श और पाठक पर पड़े।

8. विज्ञापन इस कौशल से प्रस्तुत हो कि वह रूचिकर हो, मनोरम लगे, बार-बार स्मृति को प्रभावित करे एवं खरीदने अथवा अपनाने हेतु सबको विवश कर दें।

विज्ञापन के प्रकार

समाचार पत्रों में प्रकाशित होने वाले विविध विज्ञापनों को निम्नलिखित चार रूपों में बाँटा जा सकता है।

- स्थानीय विज्ञापन, राष्ट्रीय विज्ञापन, वर्गीकृत विज्ञापन, प्रदर्शन विज्ञापन

  प्रभाव की दृष्टि से विज्ञापन के निम्नलिखित दो प्रकार है–

  1. विधयात्मक विज्ञापन, 2. निषेधात्मक विज्ञापन

  विधि दृष्टि से विज्ञापन के दो प्रकार है–

  1. तर्कयुक्त विज्ञापन, 2. निर्देशयुक्त विज्ञापन

विज्ञापन के कार्य

1. नयी वस्तुओं और सेवाओं की सूचना देना।
2. उपयोगिता एवं श्रेष्ठता बतलाकर वस्तु की ओर व्यक्तियों का ध्यान आकर्षित करना।
3. ग्राहकों में वस्तु के प्रति रूचि, विश्वास उत्पन्न करना तथा उसकी स्मृति को प्रभावित करना।
4. विशेष छूट और मूल्य परिवर्तन की जानकारी देना, उपभोक्ता माँग में वृद्धि करना।
5. खरीदने और अपनाने की प्रेरणा।

सफल विज्ञापन एजेन्सी पाठकों तथा ग्राहकों की मानसिक प्रक्रियाओं, प्रेरणा, ध्यान, रूचि, स्मृति तथा सुझाव के अनुरूप विज्ञापन छापती है। आकार, रंगों की गहरायी, गति, नवीनता एवं पुनरावृत्ति के मनोवैज्ञानिक आधार पर प्रस्तुत विज्ञापन में प्रभावोत्पादकता होती है जिसे लोग खरीदने के लिए उन्मुख होते है। चित्र शीर्षक, आलेख, व्यवसाय छाप तथा व्यवसाय नाम विज्ञापन के प्रमुख अंग है जो आकर्षण के आधार है।

विज्ञापन और आर्थिक पहलू

- प्रायः पत्रों के विक्रय से प्राप्त धन और विज्ञापन की आय में 1:2 का अनुपात

हो तो पत्र की आर्थिक स्थिति अच्छी मानी जाती है। प्रेस कमीशन की संस्तुति के अनुरूप पत्रों में पाठ्य-सामग्री और विज्ञापन में 60:40 का अनुपात होना चाहिए।

विज्ञापन का मनोवैज्ञानिक आधार

1. ध्यान (।जजमदजपवद)

- आकार, स्थिति, तीव्रता, गति, आवृत्ति, नवीनता

2. प्रेरणा तथा आवश्यकताएँ

प्राथमिक आवश्यकताएँ

- सुस्वादु भोजन , स्वादिष्ट पेय, सुखमय वातावरण, पीड़ा और खतरे से सुरक्षा, कामवासना की तृप्ति, सामाजिक मान्यता, खेल

गौण आवश्यकताएँ

- स्वास्थ्य, कार्यपटुता, सुविधा, आर्थिक लाभ, जिज्ञासा, सूचना तथा शिक्षा

3. रूचि
4. सुझाव
5. स्मृति

विज्ञान के अंग

- चित्र - यथार्थपूर्ण स्थिति, यथार्थपूर्ण किन्तु असंगत स्थिति, सौन्दर्यवर्धक स्थिति, कार्टून चित्र
- रंग
- विषय वस्तु - विज्ञापन किसका, किस स्तर के लिए और किसके लिए है? कथ्य रूचिकर, लाभप्रद, विश्वसनीय और संतोषप्रद हो। क्रय करने हेतु प्रेरित करता हो। कथ्य संक्षिप्त, सरल, सुस्पष्ट तथा सत्यता से परिपूर्ण हो।
- व्यवसाय नाम-डालडा, सूर्या टाटा, आदि।
- शीर्षक-सरल, संक्षिप्त, आकर्षक और रूचिकर हो। तत्व : विज्ञापन का लक्ष्य, जन सामान्य हेतु विज्ञापित वस्तु की आवश्यकता। विज्ञापित वस्तु का परिचय, उसकी प्रकृति। शीर्षक का रंग ओर शब्दों के आकार। सम्प्रति चार प्रकार के शीर्षक विज्ञापन-जगत में प्रचलित है-

विन्यास

1. विज्ञापन से कम और आकर्षक चित्र हों।
2. विषय-वस्तु लघु और सरल हो।

3. उत्पादन के प्रति अपील, सन्देश और नारे को विशेषतः उभरना चाहिए।
4. विन्यास में मौलिकता, सन्तुलन और नूतनता होनी चाहिए।
5. व्यवसाय-नाम उपयुक्त स्थान पर प्रदर्शित होना चाहिए।

विज्ञापन में आकर्षण

1. मूल्य और मितव्ययिता।
2. समय और शक्ति की बचत।
3. उत्पाद की गुणवत्ता, शुद्धता और उसका टिकाऊपन।
4. शारीरिक, मानसिक स्वास्थ्य हेतु आश्वासन।
5. रंग-रूप का दिखावा तथा फैशन की अनुरूपता।
6. सामाजिक अनुमोदन।

विज्ञापन की भाषा में संरचना-किसी वस्तु से परिचित कराना, उसके प्रति अभिरूचि जाग्रत करना, उसे अपनाने हेतु सुझाव देना-यह सब भाषा की क्षमता पर ही निर्भर है। विज्ञापन की भाषा साहित्य से अलग एक ऐसी भाषा है जो उपभोक्ता की मानसिकता के अनुकूल होती है, उसे प्रभावित करने में सक्षम होती है।

विज्ञापन की भाषा की विशिष्टनाएँ

1. विज्ञापन की भाषा और काव्यात्मकता -अब गंगा की गोद में एक नया गंगा जो कम गले, ज्यादा चले गंगा से नहाना, तो दिन बने सुहाना।
2. प्रभावोत्पादकता—शब्द, स्वर, रंग और गुणवत्ता को प्रदर्शित करने वाले चित्र बड़े प्रभावशाली होते हैं।
3. विक्रयशीलता-विक्रय ही विज्ञापन का मूलाधार है। आज्ञार्थक, निश्चयार्थक, विस्मयादिबोधक, प्रश्नात्मक, व्याख्यात्मक, गुणवत्ता बोधक वाक्यों द्वारा विक्रय के लिए प्रोत्साहित करना विज्ञापन की सार्थकता है—
   कौन देगा मुझे नौकरी
   ...कमीज भी साफ नहीं।
4. विश्वसनीयता : विज्ञापन प्रति यदि उपभोक्ताओं को आश्वस्त-विश्वस्त नहीं करता तो दो कौड़ी की होती है।
   ये हाथ जीवन बीमा के हैं।

विज्ञापन माध्यम के विविध रूप

- बाह्य विज्ञापन
- विण्डो (खिड़की) विज्ञापन

- प्रेस विज्ञापन
- उपहार विज्ञापन
- डाक विज्ञापन
- इलेक्ट्रॉनिक विज्ञापन

विज्ञापन प्रति- विज्ञापन द्वारा जन-जन तक प्रेषित होने वाले संदेश के लिखित प्रारूप को प्रति कहते है। सरलता, समग्रता, संक्षिप्तता, ईमानदारी (सिडनी के एक स्ट्रीट में जूतों की तीन फर्मों ने भयंकर स्पर्धा दिखलायी। एक ने अपनी दुकान के सामने लिखवाया कि ''हम सारे देश में सबसे अच्छे जूते बेचते है।'' पड़ोसी फर्म-मालिक पीछे क्यो रहे? उसने लिखवाया कि ''हम सारे विश्व में सबसे अच्छे जूते बेचते है।'' तीसरा सीधा-सादा था। उसे अतिरंजित बातें पसंद नहीं थी। उसने लिखवाया कि ''हम इस स्ट्रीट में सबसे अच्छे जूते बेचते है।'' अपनी ईमानदारी, सीधेपन तथा बुद्धि-कौशल के बल पर तीसरा फर्म मालिक बाजी मार ले गया।),

5. शीर्षक और नारा
6. चित्र और पेटेन्ट ब्रांड नाम

विज्ञापन की आचार-संहिता

(Code of Conduct in Advertisement)

कार्य को सुरूचिपूर्ण एवं नियोजित तरीके से करने के लिए सामाजिक तथा कानूनी तौर पर मान्य प्रक्रियाएँ' आचार-संहिता' कहलाती है। विज्ञापन के लिए इंडियन न्यूज़पेपर सोसायटी, एडवरटाइजिंग स्टैण्डर्स कौंसिल ऑफ इंडिया, डी0ए0वी0पी एडवरटाइजिंग एजेन्सीज एसोसिएशन ऑफ इंडिया आदि संस्थाओं व समितियों ने कुछ आचार-संहिताएँ बनायी है। सभी संस्थानों की आचार-संहिता के प्रमुख बिन्दु निम्नलिखित है–

1. विज्ञापन मे दिखायी गयी जानकारी की सत्यता को सुनिश्चित कर उपभोक्ता को भ्रामक व झूठे दावों तथा गुमराह करने वाली स्थितियों से मुक्ति दिलाना।
2. यह निश्चित करना कि सामाजिक व पारिवारिक मान्यताओं की अवहेलना न हो और 'सेक्स' का विकृत रूप सामने न आए। साथ ही व्यक्ति द्वारा नारी-सम्मान की गरिमा बनाए रखना।
3. ऐसी वस्तुओं के विज्ञापन में जो सार्वजनिक स्वास्थ्य व व्यक्तिगत तौर पर हानिप्रद हैं, के लिए 'चेतावनी' निश्चित करना व विज्ञापन के बेतहाशा उपयोग के विरूद्ध सुरक्षा प्रदान करना।
4. यह निश्चित करना कि गलाकाट प्रतिस्पर्धा के इस युग में विज्ञापन

ईमानदारी बरतें और उपभोक्ता को उसकी जरूरत की सही जानकारी के साथ सटीक सामग्री मिल सके।

यदि उपभोक्ता महसूस करता है कि उसे कहीं किसी रूप में ठगा गया है तो वह अपनी शिकायत 'एडवरटाइजिंग स्टैण्डर्ड कॉसिल ऑफ इंडिया' को भेज सकता है।

टीवी, रेडियो तथा फिल्मों में विज्ञापन हेतु आचार-संहिता

1. विज्ञापन इस प्रकार निर्मित किए जाएँ कि वह देश की धार्मिक मान्यताओं, कानूनों, नैतिकता आदि के विपरीत न हों।
2. जाति, व्यक्ति, रंगभेद, राष्ट्र-निन्दा, संविधान के प्रतिकूल आचरण व टिप्पणी वाले विज्ञापन स्वीकार्य व प्रसारित नहीं होंगे। साथ ही वे विज्ञापन जो अपराध, हिंसा या दंगो की पैरवी करते हों, दूसरे देशों से मैत्री सम्बन्ध को प्रभावित करते हों, राष्ट्रीय नेता या राष्ट्रीय प्रतीक की अवमानना करते हों, जिन विज्ञापनों का प्रबन्ध नशीले पदार्थों के सेवन व धम्रपान आदि से हो उन्हे पूरी तरह नकारा जाएगा।
3. नारी की गरिमा व पुरूष, नारी के बीच भेदभाव को दर्शाने वाले विज्ञापन स्वीकार्य नहीं होंगे।
4. धर्म व राजनीति से सम्बन्धित विज्ञापन भी स्वीकार्य नहीं होंगे।
5. जुआं व लॉटरी के विज्ञापन ग्राह्‌य नहीं है।
6. जादुई इलाज, भविष्यवाणी, सम्मोहन, घुड़दौड़ जैसी सामाजिक बुराइयों वाले विज्ञापन भी स्वीकार्य नहीं है।
7. द्विअर्थी व अश्लील विज्ञापन प्रसारित नहीं होंगे।
8. एक विज्ञापन, दूसरे निर्माता के उत्पाद या सेवाओं की अवमानना नहीं करेगा। विज्ञापन में प्रामाणिक व तथ्यात्मक जानकारी आवश्यक है।
9. हिंसा, बर्बरता, अपराध दर्शाने वाले विज्ञापन जानकारी आवश्यक नहीं है।
10. बच्चों की मानसिकता पर बुरा प्रभाव डालने वाले या हीनभावना पैदा करने वाले विज्ञापन प्रतिबंधित है।
11. जिन विज्ञापनों में नकल हो या तथ्यों को तोड़-मरोड़कर प्रस्तुत किया गया हो वे भी स्वीकार्य नहीं होंगे।

5. जनसम्पर्क

- मर्यादापुरूषोत्तम राम ने आर्य संस्कृति का प्रसार किया।
- सम्राट अशोक के शिलालेख और शंकराचार्य द्वारा स्थापित मठ सिद्धांतों और आदर्शों के प्रचार-प्रसार के सक्षम माध्यम है।
- गांधीजी की डांडी-यात्र। वे प्रार्थना-सभाओं, प्रवचनों तथा अपनी यात्रओं के दौरान जन-सामान्य से मिलते, से विश्वास में लेते और सत्कर्म हेतू प्रेरणा देते थे।
- वेबस्टर की New International Dictionary के अनुसार ''कोई उद्योग, यूनियन, कॉर्पोरेशन, व्यवसाय, सरकार या अन्य संस्था जब अपने ग्राहकों, कर्मचारियों, हिस्सेदारों या जन-साधारण के साथ स्वस्थ और उत्पादक सम्बन्ध स्थापित करने या उन्हें स्थायी बनाने के लिए प्रयत्न करें, जिनसे वह अपने आपकों समाज के अनुकूल बना सके अथवा अपना उद्देश्य समाज पर व्यक्त कर सके, उसके इन प्रयत्नों को जनसम्पर्क कहते है।''
- किसी पत्र में सेना की भर्ती का समाचार प्रकाशित हुआ तो इसे सूचना समझा जा सकता है। यदि देश-सेवा, बुढ़ापे में पेशन, परिवार को आर्थिक सुरक्षा पहुँचाने के संदर्भ में कई प्रेरक बातें हों तो वह प्रचार हुआ। सेना सम्बन्धी विविध आशंकाओं, पूर्ण धारणाओं को दूर कर, सेना की सेवाओं में पर्याप्त सुधार के प्रचार द्वारा जनता में साख बढ़ाना, सेना के प्रति श्रद्धा-भाव जगाना ही जनसम्पर्क हुआ।
    - अनुकूल जनमत-निर्माण हेतु सुव्यवस्थित प्रयत्न ही जनसम्पर्क है।
    - जनमत के निर्माण का विज्ञान ही जनसम्पर्क है।
    - जनसम्पर्क-प्रवृत्ति-नियंत्र्ण विज्ञान है।
    - 'ना' को 'हाँ' में बदलना ही जनसम्पर्क है।
    - जनसम्पर्क छवि बनाने की प्रभावी कला है।
    - जनसम्पर्क आधुनिक मानवीय विज्ञान है।
    - जनसम्पर्क का लघु रूप जनसम्पर्क ज0स0 यानी जस या यश है। जिस कार्य में यश की प्राप्ति हो वही जनसम्पर्क है।

- अंग्रेजी में 'Public Relation' जनसम्पर्क का पर्याय है।

PR	=	Public Relation
,,	=	Policy Recognition
,,	=	Performance Recognition
,,	=	Popularity Receipt

- जनसम्पर्क का सबसे आधुनिक नामकरण कॉरपौरेट कम्युनिकेशन है और इस प्रचलन में पीआरओ को स्पिन डॉक्टर्स कहा जाता है क्योंकि अब संगठन के सभी स्तरों के व्यक्तियों से निरंतर सम्पर्क में रहने के कारण उनकी भूमिका केन्द्रीय मानी जाने लगी है।
- जन-स्वर को दबाने नहीं अपितु जनता को जवाब दो। जनता की आवाज ही ईश्वर का ओदश है, इस प्रकार लोक-निर्णय को सर्वोपरि मानना जनसम्पर्क का मुख्य रहस्य है।
- विचारों में परिवर्तन लाने के लिए उत्प्रेरित करना, विकास हेतु उपर्युक्त वातावरण बनाना, प्रवृत्ति और परम्परा को प्रभावित करना, कृषकों, उद्योगकर्मियों, शिक्षकों, विकास कार्यकर्ताओं और अधिकारियों को शिक्षित-प्रशिक्षित करना जनसम्पर्क के मुख्य कार्य है।
- जनसम्पर्क एक योजनाबद्ध, सुचिन्तित तथा सतत प्रयास है, जो संगठन और लक्षित जनसमूह के बीच सदभाव/साख, आपसी समझ एवं अच्छे पारस्परिक सम्बन्ध बनाता है। वस्तुतः जनसम्पर्क-कर्म किसी कार्यक्रम की तरह संगठित एवं निरन्तर जारी रहने वाला क्रियाकलाप है। उल्लेखनीय है कि 'लक्षित जनसमूह' के अंतर्गत ग्राहक, सेल्समैन, प्रेस एवं मीडिया, यूनियन, राजनीतिज्ञ, प्रबंधक, गैर-सरकारी संगठन आदि सभी का समावेश है।
- जनसम्पर्क को समझाने-बुझाने की कला के रूप में भी परिभाषित किया जाता है।

जनसम्पर्क अधिकारी

- वह अपने संगठन के लिए हाथ, कान, नाक, मुँह और मस्तिष्क की भूमिका निभाता है। जनसम्पर्क अधिकारी अपने संगठन के उद्दिष्ट संदेश पर लोगों का ध्यान केन्द्रित कर सही समय पर और सही तरीके से उसका सम्प्रेषण करके संगठन के निर्धारित लक्ष्यों को हासिल करने में केन्द्रीय भूमिका अदा करता है।
- सम्प्रेषण जनसम्पर्क का महत्वपूर्ण तत्व है। संस्था का अपेक्षित संदेश ग्राहकों,

कर्मचारियों, आम जनता तथा अन्य सम्बन्धित व्यक्तियों तक पहुँचाया जाता है। सम्प्रेषण में देह भाषा का विशेष महत्व है। जिस बात को एक लाख शब्द भी व्यक्त नहीं कर पाते, उसी बात को भंगिमा कह देती है।

- सम्प्रेषण के आन्तरिक और बाह्य दो रूप है। आन्तरिक से आशय सम्बन्धित संस्था के स्टाफ से है। स्टाफ के पास अपनी बात पहुँचाने के तरीके इस प्रकार है-गृह पत्रिका/न्यूजलेटर, अनौपचारिक मिलन-गोष्ठी, प्रोत्साहन, प्रेरणा, पुरस्कार, हौसला-अफजायी, प्रशिक्षण इत्यादि। बाह्य से मतलब है-ग्राहक। ग्राहकों तक अपनी बात कई माध्यमों से पहुँचायी जा सकती है-जैसे सीधे सम्प्रेषण द्वारा, न्यूजलेटर/विवरणिका द्वारा, प्रेसनोट एवं विज्ञापन द्वारा विभिन्न दृश्य-श्रव्य माध्यमों द्वारा आदि।
- एक अच्छा जनसम्पर्क तथ्यात्मक, निष्पक्ष और आत्मप्रशंसा से मुक्त होता है।
- जनसम्पर्क के कार्यों के अंतर्गत मीडिया एवं लंक्षित जनसमूह के साथ बेहतर सम्बन्ध बनाना, मीडिया को संगठन की भावी योजनाओं की जानकारी मुहैया कराना, स्वागत-समारोह एवं पत्रकारवार्ता आयोजित कराना, विज्ञापन प्रेस विज्ञप्ति, छायाचित्र फीचर लेख जारी करना, प्रेस की सूची संकलित करना, प्रबंधन के लिए प्रेस, टीवी एवं रेडियो में साक्षात्कारों की व्यवस्था करना, संस्था की उपलब्धियों का समुचित लेखा-जोखा तैयार करना, शोध तथा आँकड़े एकत्र करना, देश में हो रहे आर्थिक परिवर्तनों पर दृष्टि रखना और उन्हें समझना, ग्राहकों को अपने उत्पादों एवं सेवाओं की ओर आकर्षित करना, विपणन के कामों में हाथ बँटाना, उत्पादों एवं सेवाओं की जानकारी देने के लिए प्रदर्शिनियाँ, उत्सव, मेले आदि आयोजित कराना, छायाचित्रकारों को अपनी संस्था-संगठन की गतिविधियों के बारे मे समझाना एवं चित्रों की लाईब्रेरी कायम करना, कार्यक्रम प्रायोजित कराना, प्रबंधन एवं कर्मचारियों के बीच निरन्तर संवाद एवं अंतक्रिया की परिस्थितियाँ पैदा करना, गृह पत्रिका का सम्पादन करना आदि समाहित है।
- दबाव की परिस्थितियों में संयम एवं संतुलन
- अन्य व्यक्तियों के तर्कसंगत एवं तथ्याधारित विचारों एवं भावों को विनम्रता एवं गरिमामय ढंग से स्वीकार करने का बड़प्पन होना चाहिए।

जनसम्पर्क के पाँच स्तर-जनसम्पर्ककर्तागण अपनी संस्था की गतिविधियों का अध्ययन करते हैं।

1. गवेषणा -इसमे जनता की सामाजिक, आर्थिक तथा राजनीतिक स्थितियों का सर्वेक्षण किया जाता है।

2. योजना-निर्माण - इसके द्वारा जनसम्पर्क के लक्ष्य निर्धारित होते है, इसकी

नीतियाँ तय होती है और यह सुनिश्चित किया जाता है कि किस समय कौन, किस माध्यम से जनसम्पर्क-कार्य करेगा और इस मद में कितना व्यय होगा।

3. समन्वय -किसी संस्था, विभाग या दल के प्रमुख लोगों के साथ सम्पर्क कर सूचना का आदान-प्रदान किया जाता है। जनसम्पर्क में लोगों के मत एवं लोक-मत से उन्हें अवगत कराया जाता है।

4. प्रबंध -जनसम्पर्क-कार्य के सुसंचालन हेतु आवश्यक व्यवस्था-विषयक कार्य होता है।

5. उत्पादन -इसके अन्तर्गत जनसम्पर्क सम्बन्धी सामग्री निम्नलिखित रूपों में तैयार की जाती है।

जनसम्पर्क के साधन

बोला हुआ शब्द - भाषण, कान्फ्रेंस इत्यादि
जनसंचार के साधन- प्रेस, टेलीविजन, उपग्रह, रेडियो आदि।
मुद्रित शब्द-सीधी डाक, पुस्तिकाएँ आदि।
दृश्य-श्रव्य माध्यम, फोटोग्राफी, स्लाइड्स इत्यादि।
प्रदर्शनी और मेले।
विज्ञापन।
फिल्म।
इलेक्ट्रानिक मीडिया के अन्य साधन

समाचार और जनसम्पर्क

अपने पाठकों से समाचारपत्र संवाद-स्तंभों तथा सम्पादकीय लेखों के माध्यम से वार्तालाप करता है। सार्वजनिक विषयों पर वाद्-विवाद का माध्यम समाचारपत्र ही है। पत्र के संवाददाता जन-मानस पर पड़े सामाजिक, सांस्कृतिक और आर्थिक प्रभावों से सुपरिचित होकर समाज को स्वस्थ दिशा प्रदान करते है।

संस्था पत्रिका (House Journal)

ओद्योगिक प्रतिष्ठान, व्यापारिक संस्थान, सार्वजनिक सेवा एवं व्यापार संघ द्वारा अपने सदस्यों, कर्मचारियों और ग्राहकों के हित में प्रकाशित पत्रिका 'संस्था पत्रिका' के रूप में जानी जाती है। ऐसी पत्रिकाओं का प्रकाशन आर्थिक लाभ के लिए नहीं अपितु संस्था से सम्बद्ध सभी में सौमनस्य स्थापित करने के उद्देश्य से होता है।

6. जनसम्पर्क एवं विज्ञापन

- विज्ञापन ने जहां जीवन के अभिनव स्वरूप को छुआ है वही ज्ञान व चेतना के विविध पहलुओं को भी आकार दिया है। साथ सम्पूर्ण दुनिया के वृहत् दायरे को एक सूत्र में पिरोने का कार्य भी इसने किया है।
- सकारात्मक पहल का सर्वप्रथम सूत्र इसी के माध्यम से विकसित होता है।

1. जनसम्पर्क : इतिहास एवं विकास

- अपने आरम्भिक काल से ही मानव की यह प्रवृत्ति रही है कि वह अपने वातावरण और स्वयं के मध्य सामंजस्य स्थापित करता चला आया है।
- प्राचीनकाल में राजा-महाराजा अपने देश बदल कर जनता के सुखःदुख की जानकारी रखते थे। प्रसिद्ध साम्राज्यों एवं वंशों में गुप्तचर, दूत आदि जनता के मध्य विभिन्न प्रकार से अपना सम्पर्क बनाए रखते थे।
- ऐसे शासक जो समाज की कल्याणकारी गतिविधियों के लिए जागरूक थे वे अपने महत्वपूर्ण निर्णयों एवं गतिविधियों को शिला-लेखों के रूप में राज्य केकई भागों में लगवा देते थे। सम्राट 'अशोक' का नाम इतिहास में इस प्रकार के 'जनसंपर्क' के रूप में विख्यात है।
- पौराणिक आख्यानों में 'नारद' को सार्थक जनसंपर्ककर्मी की भूमिका में स्थापित किया गया है।
- शासक व शासित के बीच की दूरी को कम करने के लिए जनसंपर्क सेतु का कार्य करता है।
- शाब्दिक तौर पर 'जनसंपर्क' का प्रयोग पहली बार 1807 में अमेरिकी राष्टपति थॉमस जैफरसन द्वारा प्रयुक्त किया गया। अमेरिकी के विशेषज्ञों क्रमशः आइवी ली, एडवर्ड बार्नेज ने जनसंपर्क को उसकी अवधारणा एवं सिद्धांत के साथ प्रस्तुत किया।
- आधुनिक काल के भारत की समारात्मक सोच और भविष्य निर्माण की प्रक्रिया में जनसंपर्क की नींव 1892 में टाटा समूह ने रखी। इस समूह ने असाधारण प्रतिभाशाली युवकों को विदेश में उच्च-शिक्षा के लिए भेजने का बीड़ा उठाया। 1911-12 में टाटा लौह व स्टील उद्योग की स्थापना की।

जनससम्पर्क : अवधारणा एवं परिभाषाएं

सकारात्मक दिशा में 'जनमत' निर्मित करना ही जनसंपर्क का महत्वपूर्ण उद्देश्य है। यह बड़ी संख्या में लोगों को प्रभावित करता है। सूचना देना भी इसका एकपक्षीय उद्देश्य है। जनसंपर्क का आधार सत्य का आधार सत्य और यथार्थ सूचनाओं पर निर्भर करता है। यह अपने स्वरूप में द्विपक्षीय प्रक्रिया है जो सूचना देता है और उसका फीड-बैक (Feed Back) भी प्राप्त करता है। यह जनमत के निर्माण में अपनी महत्वपूर्ण भूमिका रखते है।

जनसम्पर्क के तीन आधार है।

- सूचना (Information) %
- शिक्षा (Education) %
- मनोरंजन (Entertainment) %
- व्यक्ति या संस्था के प्रकार्यों आदि के बारे में जनता के विचारों का अनुमान लगाए, उसे प्रभावित व नियन्त्रित करने के साथ ही यह भी निश्चित करें कि उसका अन्तिम परिणाम उस व्यक्ति या संस्था के हित में हो। जनसंपर्क विभाग अपने संस्थान की कमियों को आकलित कर उनके निवारण के उचित प्रयत्न करता है। जनसंपर्ककर्मी नकारात्मकताओं को दूर कर सकारात्मकताओं को पनपाने का प्रयास करते हैं। वे जनता के विश्वास को हासिल करने और संस्थान की कमियों को परख कर उन्हें सुधार हेतु उचित प्रबन्ध करते है। संगठन, व्यक्ति या समाज के किसी पक्ष की नकारात्मकता पर पर्दा डालना या उसे उजागर न करना इसका कार्य नहीं है।
- जनसंपर्क वह प्रेरणा है, जिसके माध्यम से कोई भी संगठन अपने पर्यावरण के अनुरूप आने आपको ढालता है और समाज के समक्ष अपनी नीतियों, उद्देश्यों, कार्यक्रमों को व्याख्यायित करता है।

अन्य परिभाषाएं :

1. आर्थर रॉलमैन : ''वास्तविक रूप में जनसंपर्क दो पक्षों का संप्रेषण ;ब्वउउनदपबंजपवदद्ध है जिसमें सहमति का आधार सम्पूर्ण सत्य का ज्ञान तथा पूर्ण सूचनाएं होती हैं। इनसे तनाव कम होता है, आपसी सौहार्द पनपता है। इनका मुख्य कार्य जन-मन को प्रभावित करना है।''
2. सैमे ब्लैक : ''जनसंपर्क विभिन्न सामाजिक विज्ञानों का सम्मिश्रण है जो हमें व्यक्ति औश्र समूह की प्रतिक्रिया से अवगत कराता है। यह संप्रेषण कावह विज्ञान है जो तनाव को दूर कर बेहतर सम्बन्ध बनाते हुए सहमति का निर्माण करता है।''

3. ग्रेट-ब्रिटेन जनसंपर्क संस्थान- ''जनसंपर्क का कार्य विवेकपूर्ण, योजनाबद्ध तथा सतत् प्रयास द्वारा संगठन और उसकी जनता के बीच परस्पर सहमति बनाए रखना है।'' ''आधुनिक प्रशासन में जनसंपर्क तथा प्रसार-प्रचार का सीधा सा अर्थ है उद्योग मे मानवीय दृष्टिकोण काअध्ययन तथा शासन मे इसका विस्तार।''
4. बेब्रनर : जनसंपर्क के आवश्यक तत्व
   - जनता की इच्छाओं व भावनाओं का ज्ञान
   - अधिकारियों व जनता के मध्य सन्तोषजनक सोच-विचार व समन्वय।
5. भारतीय जनसंपर्ककर्मी—''जनसंपर्क विचारों के संप्रेषण का वह शिल्प है जो विभिन्न प्रकार का जनता के साथ सम्पर्क कर इच्छित परिणाम की और उन्मुख होता है। इसे प्रबन्ध का कर्तव्य भी कहा जा सकता है, जो जनता की रूचियों व अभिमत का ध्यान रखता है, उसका विश्लेषण करता है और उसके अनुरूप इस शिल्प के समाचार अपने संगठन की नीतियों, प्रक्रियाओं एवं कार्यक्रमों को जन-अभिमुख बनाने व प्रतिष्ठा करने के उद्देश्य से संचालित करता है।''

आम अवधारणा आज के परिप्रेक्ष्य में विकसित हुई है कि 'जनसम्पर्क' परिष्कृत व उजली छवि को ही प्रचारित-प्रसारित करता है। वह वास्तव में अपनी नकारात्मकताओं को सामने नहीं लाता।

इसे एक उदाहरण के रूप में इस प्रकार समझा जा सकता है कि किसी 'कोल्ड ड्रिंक' निर्माता कम्पनी में उसका विपणन नेटवर्क, सरकारी नीतियां, उपभोक्ता, दृश्य-श्रव्य-प्रिन्ट माध्यम आदि उसकी 'बाहृय' जनता है। जबकि कम्पनी के कर्मचारी, शेयर होल्डर, निर्माता आदि उसकी 'आन्तरिक' जनता के रूप में आते हैं।

जनसंपर्क अभियानों में जहां कम्पनी के अपने प्रयास व रीति-नीति प्रभावी होते हैं वहीं निम्नलिखित पक्षों पर दृष्टि रखने से परिणाम प्रभावी व व्यापक होते है :

1. रूचि
2. सामान्य एवं आकस्मिक व्यवहार,
3. आर्थिक वर्गीकरण
4. सामाजिक वर्गीकरण
5. शैक्षिक स्तर
6. सोच एवं जीवन शैली

हांलाकि जनसंपर्क के उद्देश्य परिस्थिति व अवधारणा के अनुसार तार्किक स्वरूप किए होते हैं। पर व्यावहारिक रूप में यह आवश्यक होता है कि उससे सभी पक्ष सुनियोजित (Planned) व सुविचारित (Deliberate) हों। इससे जनसंपर्क के

महत्वाकांक्षी उद्देश्यों को प्राप्त करने में एक ओर जहां सटीकता मिलती है वहीं प्राप्त परिणाम भी प्रभावी होते हैं।

किसी भी संगठन व जनता के मध्य पारस्परिक संवाद की स्थिति जितनी व्यापक और सशक्त होगी उतना ही 'जनसंपर्क' का पक्ष प्रभावी होगा। संवाद के लिए यह आवश्यक है कि उसके प्रभावी पक्षों का विशेष पक्षों का विशेष ध्यान रखा जाए। ये प्रभावी पक्ष हैः

- संवाद हेतु प्रयोग किया गया माध्यम।
- संवाद हेतु प्रयोग की गई भाषा।
- संवाद की प्रस्तुति का प्रकार

क्योंकि जनसंपर्क की प्रक्रिया 'दो पक्षों' के बीच सम्पादित होती है ऐसे में सर्वाधिक बल इस बात पर दिया जाना चाहिए कि उन दोनों पक्षों के मध्य तालमेल सटीक हो। जनता से प्राप्त 'फीड-बैक' को यदि संस्था तत्परता से लेती है औश्र उसके अनुरूप ढलती है तो जनता व संस्था के मध्य आपसी समझ विकसित होती है और दोनों के बीच सम्बन्ध सुदृढ़ हाते है।

जनसंपर्क : विकास एवं संभावनाएं

(Public Relation : Growth & Scope)

- स्वतंत्रता से पूर्व देश की राजधानी दिल्ली में भारत-सरकार का एक छोटा कार्यालय था जिसमें कुछ अधिकारी 'जनसंपर्क' हेतु नियुक्त थे। किन्तु उनके दायित्व व कार्य अत्यन्त सीमित थे। राज्यों में जनसंपर्क निदेशालयों का अस्तित्व तो था पर वह उपस्थिति मात्र तक ही सीमित था। रेलवे में भी तत्कालीन समय में जनसंपर्क अधिकारी थे।
- दूसरे विश्वयुद्ध में सेना और उससे जुड़ी गतिविधियों के बारे में जानकारी देने की आवश्यकता महसूस हुई। लड़ाई के लिए तब विभिन्न मोर्चे होते हुए भी एक मोर्चा 'प्रचार' पर केन्द्रित था। ऐसे में तात्कालिक परिपाटी के अनुसार जनसंपर्क अधिकारी संवाददाताओं को खबरों के साथ सहायक सुविधाएं भी उपलब्ध कराते थे। साथ ही वे अपने मुख्यालयों को सूचना भी भेजते थे। मुख्यालय से सूचनाएं अखबारों तक प्रेस विज्ञप्ति के रूप में पहुंचा करती थी। इस महायुद्ध की परिस्थितियों के चलते ही केन्द्र व राज्यों में जनसंपर्क का विस्तार हुआ।

जनसम्पर्क व सम्बन्धित विधाएं

(Public Relation and Allied Disciplines)

प्रचार

- जब सूचना का प्रसार-प्रचार किसी 'साजिश' का अंग बन जाता है तो वह प्रोपॅगन्डा बन जाता है। साथ ही सइसमें नकारात्मक तथ्यों का समावेश होने से यह जनसंपर्क का विरोधी पक्ष होता है।
- 'सत्य' (Truth) 'तथ्य' (Fact) पर आधारित प्रचार सदैव ही प्रभावी एवं उपयोगी होता है।
- यदि सही तरीके से तथ्यों व सत्य का प्रचार नहीं होता है तो संस्था व जनता के मध्य 'जुड़ाव' की कड़ी ढीली हो जाती है। सफल जनसंपर्क हेतु प्रचार का मुद्‌दा अहम है।
- हालांकि प्रत्यक्ष स्वरूप में प्रचार एकपक्षीय प्रक्रिया है। उसका मुख्य ध्येय, इसी पर केन्द्रित रहता है कि किस प्रकार की तकनीक, विधियों, माध्यमों आदि के प्रयोग से इसे व्यापक बनाया जा सकता है।
- प्रोपगंन्डा के मूल में 'वस्तार' की भावना जड़ जमाए होती है। अधिकाधिक लोगों और क्षेत्रों तक पहुंच व उनकी प्रभाविता ही इसका मूलाधार है। प्रोपगॅन्डा को नाजी आन्दोलन के समय हिटलर के प्रचारक 'गोबल्स' (Goebbls) ने स्थापित किया। उनका मानना था कि यह ''राजनीति का वह शस्त्र है जो शक्तिमान बनकर समाज-नियन्त्रण कर सकता है।''
- जनता को मानसिक, शारीरिक व प्रतिक्रियात्मक तौर पर प्रोपगॅन्डा के पक्ष में धकेलने का प्रयास होता है। इस प्रयोजन हेतु शब्दों की जादूगरी, मानसिक उत्तेजना, धर्म-जाति, वर्ग जैसे पहलुओं, संवेदनाओं, सामाजिक-पूर्वाग्रहों, एकपक्षीय तथ्यों, लाभ दर्शाने वाले पहलुओं आदि को भुनाया जाता है।
- प्रोपगॅन्डा वस्तुतः एकाकी दृष्टिकोण की घोषणा है यह उद्‌देश्य की ओर ले जाने वाली सच्चाई को रोकता है साथ ही सकारात्मक तत्वों को भी निष्क्रिय करता है। इस प्रयोजन हेतू इसमें मनोविश्लेषण के पहलुओं की सहायता लेकर भी हित-साधन किया जाता है। ईडिपस मनोग्रंथि (Oedipus Complex) जो व्यवस्था के प्रति क्रान्ति के लिए युवाओं को उकसाती है का प्रयोग राजनीतिक स्वार्थों के लिए अधिकतम किया जाता है। पर-पीड़न (Sadism) की ग्रन्थि में दूसरों को पीड़ा देकर व्यक्ति एक खुंखर किस्म की संतुष्टि महसूस करता है। इस ग्रन्थि को युद्ध व शत्रुओं के विनाश जैसी प्रक्रियाओं के लिए जगाया जाता है। ठीक इसी तरह आत्म-पीड़न (Masochism) ग्रन्थि जो कि स्वयं को दुखी करने का कारण बनती है का प्रयोग आत्म-बलिदान की भावना के लिए किया जाता है। इसी तरह आचरण

के लिए उत्तरदायी विभिन्न प्रतीकों, नारों, मतों व मनोदशाओं का प्रयोग प्रोपगॅन्डा के तात्कालिक उद्देश्य की पूर्ति के लिए किया जाता है।

- जनसंपर्क का कार्य गहन अवधारणा और सन्तुलन की मांग रखता है।
- जन-संगठन के माध्यम से संवाद की प्रक्रिया एक बड़े क्षेत्र में विसरित होती है और रीति-नीतियों को सम्बन्धित प्रक्रिया का हिस्सा मिलता है।

लॉबिंग

(Lobbying)

- सफल जनसंपर्क हेतु जनसंपर्ककर्मियों से यह अपेक्षा रहती है कि देश की राजधानी से लेकर राज्यों की राजधानियों तक नगरों से लेकर गांवों तक, कार्यालयों से चौपाल तक, सरकारी विभागों सेलेकर निजी संस्थानों तक, संसद से दूतावासों तक प्रत्येक जगह अपने 'पक्ष' को लोकमत निर्माता शक्तियों के सम्मुख इस प्रकार प्रस्तुत करें कि कार्य के क्रम में कोई यह जान न पाए कि इसका 'प्रेरण-केन्द्र' किस ओर है। क्योंकि प्रक्रिया पूरी होने से पूर्व रहस्य विदित हो जाने से उसके विरोध की स्थिति भी सम्भव है। जनसंपर्क की यह विशिष्टता लॉबिंग (Lobbying) है। महली उद्देश्यों, चुनाव-प्रचारों, व्यापारिक व सैन्य उद्दश्यों आदि में लॉबिंग का प्रभावी पक्ष दिखाई देता है।
- प्रथम चरण में उच्च-स्तरीय कार्यकर्ता जनमत के अध्ययन और विश्लेषण के अनुसार अपनी नीतियों व कार्यक्रमों को संयोजित करते हैं।
- उस रेखांकन के आधारपर 'संदेश-रचना' का कार्य किया जाता है। इन संदेशों का प्रचार-प्रसार-जनसंचार माध्यमों यथा समाचार-पत्रों, रेडियो, दूरदर्शन आदि द्वारा किया जाता है।
- अन्तिम चरण में अध्ययन-विश्लेषण व मूल्यांकन के माध्यम से सम्पूर्ण कार्यक्रम की भी समीक्षा की जाती है।
- लॉबिंग में जहां एक ओर स्थिर परिणामों व कार्यक्रम की ठोस सार्थकता हेतु उपर्युक्त चरणों की सुसंगता व सार्थकता आवश्यक है। वहीं जनसंपर्ककर्मियों व उनके सहायक नियामकों के लिए भी यह एक चुनौती है।

जनसंपर्क : प्रबन्धन प्रक्रिया के रूप गें

(P.R. as a Management Function)

अपनी संस्थागत नीतियों, तरीकों, लक्ष्यों को प्रभावी बनाने और अपने कार्यक्रमों को गति देने के लिए वे कई प्रक्रियाओं का सहारा लेते है। इस प्रयोजन हेतु 5 प्रकारों का प्रयोग किया जाता है। ये इस प्रकार है- 1. क्यों, 2. कहां, 3.

क्या, 4. कौन, 5. कब।

- खोज-बीन के आधार पर ही व्यावहारिक समस्याएं, रीति-नीति, सूचनाएं व तथ्य उभर कर सामने आते है। प्रबन्धन चाहता भी यही है कि उसके सम्मुख 'फीड-बैक' आए ताकि उसके आधार पर बेहतर प्रबन्धन को लाया जा सके।
- जनसंपर्ककर्मी प्रबंन्धन में उत्कृष्ट पहूल है 'सुनना'
- 'जनसम्पर्क' प्रबन्धन के क्षेत्र में सर्वाधिक उपयोगी आधारभूमि तैयार कर सकता है। यदि निम्नलिखित तथ्यों को स्पष्ट रूप से परिभाषित कर उनका पालन एवं उपयोग किया जाए।
  - ✓ मूल्यांकन के लक्ष्य व कार्यप्रणाली के बारे में सर्वसहमति हो।
  - ✓ संगठन या संस्था के लक्ष्यों के अनुरूप पूरे कार्यक्रमों का आधार निर्मित किया जाए।
  - ✓ लक्ष्य प्राप्ति हेतु कसौटियों की प्रायिकता सुनिश्चित की जाए।
  - ✓ उपयोगी सूचना एवं फीड-बैक प्राप्ति का तरीका सर्वश्रेष्ठ उपायात्मक हो।
  - ✓ सम्पूर्ण परियोजना के आधार बिन्दुओं का लेखा-जोखा अक्षुण्ण हो।
  - ✓ सम्पूर्ण मूल्यांकन के निष्कर्षों का उपयोग प्रबन्धन में आवश्यक रूप से हो।

अन्तर्राष्ट्रीय जनसम्पर्क

(International Public Relation)

- वर्तमान में अन्तर्राष्ट्रीय जनसंपर्क का एक सार्थक पक्ष 'भारत-पाक सम्बन्धों' के क्रम में दिखाई देता है। यह जनसंपर्क का ही कमाल है कि विश्व के अधिसंख्यक देश भारतीय पक्ष की मान्यता को प्रमुखता देने लगे है।
- इसी क्रम के चलते विदेशों में प्रचार-प्रभारत और दूतावासों की स्थापना की जाती है। भारतीय संस्कृति, जीवनशैली, कला व संस्कृति की जानकारी देना और भ्रांतियों का समुचित प्रत्युत्तर देना मुख्य कार्य है। इस प्रयोजन हेतु पुस्तकें, ब्रोशर, वृत्तचित्र, ऑडियों-विजुअल सामग्री जैसे टूल्स का प्रयोग किया जाता है। यह प्रभाग भारतीय मिशन के एक अभिन्न अंग के रूप में कार्य करते हैं। इन पर देश की सामाजिक, सांस्कृतिक, आर्थिक, औद्योगिक प्रगति को स्वस्थ स्वरूप में निभाने का उत्तरदायित्व होता है।
- सहयोग व परस्पर अंतःक्रिया (Interaction) की आवश्यकता होती है।

व्यावसायिक जनसंपर्क-संस्थान

(Professional Organization of P.R.)

यह संस्थान संविदा आधार पर अपने ग्राहकों हेतु सेवाएं उपलब्ध कराती है। इनमें से कुछ कार्य मार्गदर्शन के रूप में होते हैं तो कुछ कार्य निष्पादन के रूप में होते है। अपने क्लाइअन्ट (Client) के लिए कार्य करते समय यदि उसके विरोधी पक्ष या प्रतिद्वंन्द्विता वाला अन्य क्लाइअन्ट उनसे कार्य की अपेक्षा रखता है तो इस प्रयोजन हेतु इनकी नीति प्रोफेशनल (Professional) रहती है। एक ग्राहक के कार्य निष्पादन के बाद ही दूसरे का कार्य हाथ में लिया जाता है या दूसर के कार्य की अपेक्षा रखता है तो इस प्रयोजन हेतु इनकी नीति प्रोफेशनल (Professional) रहती है। एक ग्राहक के कार्य का निष्पादन के बाद ही दूसरे का कार्य हाथ में लिया जाता है या दूसरे व्यक्ति के कार्य के लिए पहले से पूर्वानुमति ले ली जाती है।

दो प्रतिद्वन्द्वियों के लिए कार्य करते समय वे दोनों के मध्य विरोधी प्रचार को स्वीकृति नहीं देते। साथ ही अपने दोनों ग्राहकों के व्यापारिक व गोपनीय तथ्यों को भी वे एक-दूसरे के प्रति प्रदर्शित नहीं करते हैं। इस क्रम में इनका रवैया पूर्णतः व्यावसायिक होता है।

व्यावसायिक जनसंपर्क संस्थानों का अपना एक बेहतर संगठन होता है। इसमें दृश्य-श्रव्य व मुद्रित जनसंचार माध्यमों के विक्रेताओं, कला व सज्जा निर्माताओं, पर्यवेक्षकों व विभिन्न क्षेत्रीय प्रोफेशनल्स की सेवाओं को प्राप्त करने की समुचित व्यवस्था होती है। इनकी सेवाएं लेने वाली संस्था का संपूर्ण प्रचार बजट और रूपरेखा के संस्थान इस लेखे-जोखे को देख-परख कर इन्हें कार्य निष्पादन हेतु प्रस्ताव पारित करती है। चाहे जाने पर इन संस्थानों की ओर से ग्राहक-कम्पनी के लिए प्रचार-अभियान, सभाएं, सम्मेलन, प्रदर्शनियों आदि की समुचित व्यवस्था की जाती है।

इस प्रकार यह इंगित है कि व्यावसायिक जनसंपर्क संस्थान प्रतियोगी आधार पर जनसंपर्क का कार्य सम्पन्न करते है। साथ ही इस प्रयोजन हेतु उनकी रीति-नीति व्यावसायिक होती है।

जनसंपर्क में उभरती धाराएं

(Emerging Trends in P.R.)

- जनसंपर्क मान्य विश्वविद्यालयों एवं संस्थानों से उपलब्धियां दी जाने लगी है। प्रत्येक संस्था, उद्योग, कार्यालय, मंत्रलय व अन्य सम्बन्धित क्षेत्रों में 'जनसंपर्क-विभाग' व कार्यालय होने लगे है।
- जनसंपर्क का पहलू : कर्मचारी व प्रबन्धन के बीच जनसंपर्क बनाना
- मीटिंग मूल्यांकन जैसे परिप्रेक्ष्य भी अपनाए जाने लगे हैं।

3. जनसम्पर्क : कानून एवं नीतिशास्त्र

मानहानि

- किसी भी व्यक्ति की प्रतिष्ठा को ठेस पहुंचाना 'मानहानि' है।
- इसे अबाधित-अधिकार ; ।इेवसनजम त्पहीजद्ध की संज्ञा दी गई है। मानहानि के लिए उत्तरदायी व्यक्ति इस आधार पर नहीं बच सकता है कि उसका उद्देश्य बदनामी का नहीं था। कोई भी पीड़ित व्यक्ति उस व्यक्ति पर मानहानि का दावा कर सकता है जिसके अपकृत्य से हानि पहुंच सकती है।
- दण्ड संहित की धारा 499 मे अपराधी साबित करती है यदि :
  - ✓ वक्तव्य मानहानी वाला हो
  - ✓ वक्तव्य में वादी आवश्यक रूप से उल्लेखित हो
  - ✓ वक्तव्य को आवश्यक रूप से प्रतिवादी द्वारा प्रकाशित होना चाहिए।
  - ✓ वक्तव्य आवश्यक रूप से झूठा होना चाहिए।
  - ✓ किसी व्यक्ति के विषय में दोषारोपण करना

  उपर्युक्त तथ्य के संदर्भ में विस्तृत व्याख्या इस प्रकार है।
- लांछन
- नैतिक अथावा बौद्धिक रूप : नारी के सतीत्व ाके लांछित करना, किसी को किसी की अवैध संतान कहना, धोखेबाज, झूठा या काले धंधे वाला सिद्ध करना, भ्रष्ट, पापी, बेईमान कहना, भ्रष्टाचार व भाई-भतीजाबाद का दोष लगाना लांछन है। किन्तु किसी व्यक्ति को अशिष्ट, चिड़चिड़ा अव्यवस्थित, पिछड़ा व अनाड़ी कहना लांछन नहीं है।
- जाति व व्यवसाय से संदर्भ मे
- साख गिराने वाले
- काया के रूप में : बदसूरज, बौना या लड़ाई झगड़े में काया आदि के सन्दर्भ में लूला-लंगड़ा, काना आदि बताना लांछन हो सकता है।
- वर्ग से सम्बन्धित
- अभिप्रया, आशय की सिद्धि : सद्भावना हेतु उच्चतम न्यायालय ने निम्नलिखित बातों पर ध्यान देने की आवश्यकता बताई है :
  - ✓ परिस्थितियां
  - ✓ दुर्भावना की कमी
  - ✓ लांछन के पूर्व की गई जांच
  - ✓ जांच में बरती गई सावधानी
  - ✓ सद्भावनाएं होने की संभावना अधिक होना।

7. मानहानि कानून एवं विशेषाधिकार

1. पूर्ण विशेषाधिकार

- संसदीय कार्यवाही के दौरान : प्रत्येक संसद सदस्य को संसद में बहस के समय कुछ भी बोलने का अधिकार है चाहे उसके माध्यम से तीरे को हानि ही क्यो न हो। भारत में संद-सदस्यों को यह अधिकार संविधान के अनुच्छेद 105 (2) और 194 (2) में दिया गया है।
- न्यायिक कार्यवाही के दौरान : कानूनसम्मत किसी न्यायालय के सामने किसी कार्यवाही के दौरान जज, वकील, गवाह अथवा पक्षकारों को कोई कथन यद्यपि दुर्भावनापूर्ण अथवा बिना किसी न्यायोचित आधार पर क्यों न हो, मानहानिकारक अपकृत्य नहीं माना जाता है। यही नियम अर्द्धन्यायिक कार्यवाही के सम्बन्ध में भी लागू होगा।
- सरकारी कार्यकलाप से सम्बन्धित

2. सापेक्ष विशेषाधिकार

मानहानि के अपकृत्य का खतरा नहीं रहता बशर्ते उसमें कोई दुर्भावना निहित न हो।

- कर्तव्य पालन हेतु कहा गया कथन : पूछे गए प्रश्नों का उत्तर देना सामाजिक कर्तव्य होता है, यदि पूछने वाले का उस विषय से कुछ कानूनी हित हो। जानकारी देना एक कर्तव्य हो।
- अपने हित की रक्षा में कहा गया कथन : मालिक अपने सेवक ो उसके साथियों के चरित्र के बारे में आगाह कर सकता है।

मानहानि के दीवानी कानून (Civil Law of Defamation) निम्नलिखित विभिन्न धाराओं में मानहानि हेतु दण्ड़ की व्यवस्था की गयी है :

- धारा 500 : यदि कोई व्यक्ति किसी की मानहानि करता है तो उसे आइ. पी.सी. की इस धारा के अन्तर्गत दो वर्ष्ज्ञ की अवधि तक का साधारण कारावास या आर्थिक दण्ड दोनों दिए जा सकते है।
- धारा 501 : कोई भी व्यक्ति मानहानि की कारक सामग्री छापता है यह

जानते हुए कि यह अपकृत्य है या मानहानि का विषय हो सकता है तो वह अधिकतम दो वर्ष तक की सजा या अर्थदझड या दोनों प्रकार के दण्ड से दंडित किया जाएगा।

- धारा 502 : कोई भी व्यक्ति जानबूझ कर मुद्रित मानहानि की सामग्री बेचता है या समुदाय किसी दूसरे वर्ग या समुदाय के विरूद्ध अपराध करने के लिए उत्तेजित किया जाए रचता है प्रकाशित करता है या प्रसारित करता है तो दो वर्ष तक का कारावास हो सकता है।

8. कॉपीराइट

धारा 14 के अनुसार इस अधिनियम के अधीन किसी साहित्य, नाट्य व संगीत की कृति के सम्बन्ध में प्रतिलिप्याधिकार का अर्थ निम्नलिखित कार्यों में से कोई कार्य करने केलिए अधिकृत करने का एकमात्र अधिकार-अधिकारी हैः

- ✓ कृति का सारवान रूप से पुनरूत्पादन,
- ✓ कृति का प्रकाशन
- ✓ कृति का सार्वजनिक प्रस्तुतीकरण
- ✓ कृति के किसी भाषांतर का उत्पादन, पुरूत्पादन, प्रस्तुतीकरण अथवा प्रकाशन
- ✓ कृति के आधार पर फिल्म बनाना, रिकार्ड तैयार करना
- ✓ कृति का रेडियो प्रसारण या अन्य ध्वनि प्रसारक यंत्रें से सार्वजनिक आदान-प्रदान,
- ✓ कृति का कोई भी अनुकूलन
- ✓ कृति के अनुवाद के अनुकूलन के प्रति उपर्युक्त में से कोई भी कार्य।

- प्रतिलिप्याधिकार के लिए पूर्णरूपेण मौलिकता होना जरूरी नहीं है।
- कृति के स्वभाव को देखते हुए इस प्रकार कृति का विवरण जिससे लोगों की आवश्यकता पूरी हो जाए। प्रतिलिप्याधिकार अप्रकाशित कृति के लिए भी लागू होता है।
- प्रतिलिप्याकारमंडल (धारा-11 में गठित) से धारा 39 में अनुवाद करने का लाइसेंस लिया जा सकता है।
- धारा 18 (1) में उसमें अधिकार प्राप्त किए बिना या बिना लाइसेंस लिए फिल्म या रिकॉर्ड तैयार करना इस अधिकार का अतिक्रमण माना जाएगा। धारा 13(3) व धारा 13(4) के अन्दर यह एक स्वतन्त्र प्रतिलिप्याधिकार है। धारा 2(ब) में किसी के रूपान्तरण को अनुकूलन कहा गया है।
- जब कृति समाचार-पत्र में प्रकाशन हेतु बनाई गई हो तो उस समाचार पत्रादि का मालिक उस कृति का प्रतिलिप्याधिकार का प्रथम स्वामी होगा।
- मालिक को रचयिता की नौकरी समाप्त करने का अधिकर हो, लेखन कार्य मालिक के व्यवसाय का एक अंग हो और रचयिता को नियमित वेतन पर

रखा गया हो।

- यदि स्वतन्त्र पत्रकार अथवा लेखक अपनी रचनांए किन्ही पूर्व निश्चित शर्तों पर समाचार पत्र में प्रकाशनार्थ भेजने के लिए बाध्य हो तो भी धारा 17 का परन्तुक खण्ड 'क' लागू नहीं होगा।
- प्रश्न-पत्रों के सम्बन्ध प्रतिलिप्याधिकार का स्वामी प्रश्न बनाने वाला परीक्षक है न कि वह विश्वविद्यालय जिसमें वह कर्मचारी शिक्षक है। यदि किसी कृति की रचना करना नौकरी का कर्तव्य नहीं हो तो समाचार-पत्र के मालिक को प्रतिलिप्याधिकर का प्रथम स्वामी नहीं माना जाएगा।
- यदि कोई संपादकीय कर्मचारी किसी भाषण का अन्य भाषा में पृथम करार के अन्तर्गत अनुवार करे तो उससे रचयिता का ही प्रतिलिप्याधिकर होगा।

भारतीय कॉपीराईट अधिनियम, 1957 में किए गए महत्वपूर्ण संशोधन

(Importan Amendement Done in Indian Copyright Act, 1957)

- संचार की दुनिया का एक आवश्यक अंग है कॉपीराइट। इस कानून का बुनियादी उद्देश्य रचनात्मक कार्यों से जुड़े लेखकों के अधिकारों और इन कार्यों के प्रसार से जुड़े लोगों के अनाधिकृत इस्तेमाल को टोलने के लिए कानूनी संरक्षण प्रदान करके समाज में गति लाना है।
- भारत में 1847 का कॉपीराइट अधिनियम कॉपीराइट से सम्बन्धित प्रारम्भिक कानून था। यह कानून ईस्ट इंडिया कम्पनी के शासन में अधिनियमित किया गया था। भारत के गर्वनर जनरल ने भारतीय कॉपीराइट अधिनियम 1914 (1914 का अधिनियम ψψ) को लागू किया था जो भारत में 1958 तक बिना किसी संशोधन के जारी रहा।
- 1955 में संसद में एक विधेयक प्रस्तुत किया गया अधिनियम 1957 का कॉपीराइट अधिनियम 4 जून 1957 को अधिनियम में 15 अध्याय और 79 खण्ड है। इस कानून के प्रावधानों के तहत पहली बार फिल्मों व प्रसारण में कॉपीराइट के उपाय किए गए।
- कॉपीराइट महा पंजीयक के नियन्त्रण में एक कॉपीराइट कार्यालय की स्थापना कॉपीराइट कार्य के लिए शिक्षा-मंत्रलय द्वारा की गई। 1957 के कॉपीराइट अधिनियम के तहत कॉपीराइट अवधि लेखक के पूरे जीवन काल और उसकी मृत्यु के बाद 50 वर्ष तक रखी गयी है। इसे संशोधन अध्यादेश 1991, के तहत 50 से 60 वर्ष तक बढ़ाया गया है। मृत्यु के बाद के समय की गणना उस कैलेण्डर वर्ष से की जाती है जिस वर्ष में लेखक का निधन हुआ था।

यदि कार्य संयुक्त रूप से किया गया है तो 60 वर्ष के कॉपीराइट संरक्षण की मृत्युपर्यन्त अवधि की गणना उस संयुक्त लेखक की तिथि से की जाती है जिसकी मृत्यु बाद में हुई हो।

- जून 1994 में कॉपीराइट अधिनियम में किए गए संशोधन अपने आप में कॉपीराइट कानून के विकास में एक मील का पत्थर सिद्ध हुए है।
  - ✓ कापीराइट रखने वाले के अधिकारों को
  - ✓ सॉफ्टवेयर के किरायों की स्थिति
  - ✓ स्थानापन्न प्रतियों के बनाने वाले के अधिकारों को
  - ✓ सर्वाधिक महत्व यह है कि यह संशोधन सॉफ्टवेयर कॉपीराइट के उल्लंघन हेतु भारी दंड और जुर्माने का प्रावधान करता है।
- 1994-95 में किए गए संशोधन के अनुरूप कोई भी व्यक्ति जो जानबूझ कर किसी कम्प्यूटर कार्यक्रम की नकल करता है और उसे प्रयोग में लाता है तो वह कैद और अर्थ दंड का भागी होगा।
- कॉपीराइट नोटिस मे निम्नलिखित तथ्य शामिल होते है :
  - ✓ कॉपीराइट शब्द
  - ✓ एक वृत में 'C' का निशान
  - ✓ प्रकाशन का वर्ष
  - ✓ कॉपीराइट रखने वाले स्वामी या लेखक का नाम
- जब दो या अधिक लेखक अन्तर निर्भर भागों के रूप में अपने योगदान को संयुक्त करने के लिए एकाग्रचित होकर किसी कार्य को तैयार करते हैं तब उस कार्य को संयुक्त कार्य माना जाता है। लेखक भी संयुक्त कॉपीराइट के रूप में स्वीकृत किए जाते है।
- कुछ निश्चित उपयोगों को कॉपीराइट नहीं माना जाता है:
  - ✓ आलोचना व टिप्पणी
  - ✓ समाचर लेखन
  - ✓ अनुसंधान एवं छात्र्वृत्ति
  - ✓ गैर-लाभकारी शैक्षणिक उपयोग
  - ✓ हास्योत्पादक तरीके से किसी कार्य की नकल करना।

एकांतता का प्रावधान

(Invasion of Privacy)

इन कानून के प्रावधानों के अन्तर्गत निम्नलिखित मुद्दों से सम्बन्धित पहलू शामिल है :

- ✓ व्यक्तिगत स्वतन्त्रता

✓ निजी विचारों, योजनाओं रचनाओं की रक्षा
✓ कृति स्वाम्य
✓ मानहानि

- कानूनी दायरे में देखा जाए तो एकांतता को दखल 'मानहानि' माना जा सकता है।
- अपनी एकांतता पर अतिक्रमण करने वाले के लिए दीवानी या फौजदारी अदालन के अनाधिकर प्रवेश का मामला चलाया जा सकता है।

पब्लिक रिलेशन सोसायटी ऑफ इंडिया

(Public Relation Society of India : PRSI)

- पब्लिक रिलेशन सोसायटी ऑफ इंडिया का गठन 1958 में राष्ट्रीय स्तर पर जनसंपर्ककर्मियों द्वारा किया गया था। इनका उद्देश्य इस संगठन द्वारा जनसंपर्क के क्षेत्र में व्यावसायिक स्तर पर गुणवत्ता व क्रियात्मकता के श्रेष्ठ स्तर को अपने कार्य में स्थापित करना था।
- अपनी एपेक्स (APEX) बॉडी के साथ इस संगठन में महती उद्देश्यों को नवीन दृष्टिकोण एवं क्षमता प्रदान कर रहे है।
- राजस्थान प्रखंड की अनौपचारिक शुरूआत जुलाई 1990 में आरम्भ हुई। किन्तु इसे औपचारिक रूप से 21 अप्रैल,1991 को राज्स्थान के राज्यपाल प्रो. डी.पी, चट्टोपध्याय द्वारा शुरू किया गया।

जनसंपर्क की आचार-संहित

(P.R.'s Code of Ethics)

पहली बार अन्तर्राष्ट्रीय जनसंपर्क संघ (International Public Relation Association) ने वेनिस में मई, 1961 में अपनी बैठक में आचार-संहित की व्यवस्था को रूपरेखा दी थी। तत्पश्चात एथेन्स में मई, 1965 में यूरोपियन पब्लिक रिलेशन सेन्टर तथा आई.पी.आर.ए ने संयुक्त रूप से एक आचार-संहित को आकार दिया। 21 अप्रैल, 1968 को अखिल भारतीय जनसंपर्क सम्मेलन की पहली बैठक नई दिल्ली में आयोजित हुई। इसमें निम्नलिखित बिन्दुओं पर आधारित आचार-संहिता को स्वीकृति दी गई :

समिति के प्रत्येक सदस्रू से अनिवार्य अपेक्षा है कि वह :

- इस प्रकार के सांस्कृतिक व नैतिक वातावरण का निर्माण करेगा जिसमें व्यक्ति मानवाधिकारों के विश्वजनीय घोषणापत्र के अधीन अपना पूरी तरह विकास तो करे ही साथ में इन अधिकारों के विश्वजनीय घोषणापत्र के अधीन अपना पूरी तरह विकार तो करे ही साथ में इन अधिकारों का प्रयोग भी बिना किसी बाधा के कर सके।

- संचार व्यवस्थाओं को इस प्रकार आयाम देगा कि आवश्यक सूचनाओं की प्राप्ति में कोई रूकावट न हो और इसके द्वारा वर्ग का प्रत्येक सदस्य इस बात को महसूस कर सके कि उसे पूरी तरह सूचनाएं प्राप्त हो रही है। साथ ही वह भी समुदाय के अन्य सदस्यों के साथ अपने उत्तरदायित्व का निर्वहन भली प्रकार से कर रहा है।
- वह किसी भी प्रकार की स्थिति एवं वातावरण में अपना व्यवहार सन्तुलित रखेगा ताकि सम्पर्क में आने वाले लोग उसका विश्वास अर्जित कर सकें।
- हमेशा इस बात को दृष्टिगत रखेगा कि उसके व्यवहार से कार्य के दौरान एवं व्यक्तिगत रूप से भी सम्पर्क में आने वाले लोग जनसंपर्क के प्रति सकारात्मक अवधारणा को लेकर जाएं।
- अपने व्यवसाय के कर्तव्यों का पालन करते समय मानवाधिकारों के विश्वसनीय घोषणा मे इंगित किए गए सिद्धांतों व नियमों की अनुपालना करेगा।
- प्रत्येक व्यक्ति के स्व-निर्णय के अधिकार की रक्षा करेगा।
- विभागीय परस्पर आदान-प्रदान के लिए नैतिक, बौद्धिक व मनोवैज्ञानिक माहौल की रचना मे सहयोग देगा। साथ सम्बद्ध क्षेत्र में अपने विचार व्यक्त करने के अधिकार को मान्यता देगा।
- विपरित से विपरित परिस्थितियों में भी वह अपने संस्थान के लिए तथा उससे जुड़े हितधारियों का ध्यान रखते हुए कार्य करेगा।
- अपनी रीति-नीति एवं कार्य में वह शाब्दिक अभिव्यक्ति को 'उचितता' का ध्यान रखते हुए करेगा ताकि किसी भ्रम की सम्भावना न रहे। अपने कार्य से वह समाज के सामने अपनी निष्ठाा, ईमानदारी व नेकनीयती को प्रस्तुत करेगा।
- 'सत्य' के पक्ष को सदा सर्वोपरि रखेगा।
- ऐसे तथ्य जो सत्य पर आधारित न हों तथा जिनकी सच्चाई जांची न जा सके, उन्हें वह सूचना के रूप में प्रयुक्त नहीं करेगा।
- अनैतिक, बेईमानी तथा मानव की प्रतिष्ठा को हानि पहुंचाने वाले किसी भी कार्य को सम्पादित नहीं करेगा।
- अपनी स्वार्थसिद्ध या कार्यों को पूरा करने के लिए प्रलोभन, धोखे या नकारात्मक तरीकों को प्रयुक्त नही करेगा।

जनसंपर्क हेतु 7 'C'

(Seven 'C' for P.R.)

- Condign समुचित

- Clear
- Complete
- Concise laf{kIr
- Correct
- Curteous

इन्हें कांग्रेस के सामान्य अध्यक्ष 'बेटमैन' के नाम पर 'बेटमैन' के आचरण सूत्र रूप में जाना जाता है।

1. मेरी मान्यता के अनुसार जनसंपर्क जैसे व्यवसाय में आमजन को उकसा कर या जोड़-तोड़ बैठाकर नहीं बल्कि जानकारी व जागरूकता के माध्यम से ही प्रेरित किया जाना चाहिए।
2. मैं मानता हूं कि जनसंपर्क द्वारा लक्ष्य वर्ग की उन्नति का प्रयास होना चाहिए। वह उनके पतन का कारण न बने। हमारी जानकारी के माध्यम से उनमें तर्क व निर्णय क्षमता का विकास होना चाहिए। ऐसा न हो कि उनमें उत्तेजना व भावोद्रेक पनपे।
3. मेरी मान्यता है कि अच्छा जनसंपर्क अच्छी नीतियों के आधर पर ही किया जा सकता है। केवल बातों-बातों में ऐसा नहीं हो सकता। सदैव सत्य का आधार लेने से इसमें निहित विचारों को स्पष्ट रूप से समझने में मदद मिलती है। तब भ्रांति की संभावना नहीं रहती है।
4. मैं यदि अपना एक दृष्टिकोण आमजन के सामने रखता हूं तो यह सामने वाले का अधिकरर है कि वह अपने दृष्टिकोण से ही मुझसे साम्यता रखे। स्थिति इससे भिन्न भी हो सकती है पर अलोकप्रिय उद्देश्य की अभिव्यक्ति का अधिकार भी होना चाहिए।
5. मैं मानता हूं कि राजनीति व आर्थिक पक्ष की भांति वैचारिक क्षेत्र में भी लोकतांत्रिक पद्धति लागू हो।
6. मैं मानता हूं कि जिलका मैं प्रतिनिधित्व करता हूं उसके हित की अपेक्षा लोकहित को प्राथमिकता मिलनी चाहिए। जब दोनों ही के हित एक जैसे नहीं हों तो मेरा यह दायित्व है कि मै। जनसाधारण के हितों के अनुरूप ही उनके हितों को जिनका मै। प्रतिनिधित्व करता हूं टालने में मदद करूं।
7. मैं मानता हूं कि मेरे कार्य का प्रभाव जनता के मन-मस्तिष्क पर पड़ता है। मानवीय मन-मस्तिष्क में अच्छे व बुरे की असीम संभावनाएं है अतः मेरे सारे प्रयास इस दिशा में होने चाहिए कि व्यक्ति के स्वनिर्णय के अधिकार को प्रतिष्ठा मिले।

9. मीडिया सम्बन्ध

संवाददाता-सम्मेलनों का आयोजन

(Organiaing Press Conferences)

घटना विशिष्ट हो तो उसे सही व सटीक परिप्रेक्ष्यों के लिए 'संवाददाता-सम्मेलन की आवश्यकता होती हैः मुद्दे निम्नलिखित हो सकते हैं-

- ✓ सविस्तार जानकारी व सूचना-संवर्धन हेतु।
- ✓ नयी व्यवस्थाओं, उत्पादन अथवा नीतिगत परिवर्तन हो जनसुलभ बनाने के लिए।
- ✓ नवीन घोषणाओं, वित्तीय योजनाओं, नियमों, कानूनों व प्रसंगां को सर्वसुलभ बनाने के उद्देश्य से।
- ✓ परिणामों, लक्ष्यों, उपलब्धियों आदि की सूचना के क्रम में।
- ✓ अपरिहार्य परिस्थितियों में जानकारी अथवा स्पष्टीकरण हेतु।
- ✓ राष्ट्रीय महत्व के मुद्दों को जनसामान्य हेतु प्रस्तुति के उद्देश्य हेतु।
- ✓ पत्रकार उनसे जो सवाल-जवाब करते है।

- प्रेस-कान्फ्रेंस की सफलता, जनसंपर्क अधिकारी की सफलता है।
- एक तो वह अपने सम्बन्धित अधिकारी, मन्त्री या प्रवक्ता को जारी सूचनाओं, स्थितियों व समस्याओं की जानकारी देता है तो दूसरी ओर प्रेस की ओर से उठने वाली समस्याओं, पूरक प्रश्नों, जिज्ञासाओं व सम्बन्धित पहलुओं के निराकरण की भी व्यवस्था करता है।
- प्रत्येक जनसंचार माध्यम में समाचार संकलन हेतु संवाददाता एक निश्चित क्षेत्र या **'बीट'** होती है। संवाददाता-सम्मेलन हेतु जनसंपर्ककर्मी को अनुभवानुसार उन्हीं क्षेत्रों के व्यक्तियों से सम्पर्क करना चाहिए जिस विषय पर संवाददाता सम्मेलन आयोजित किया जा रहा है।
- संवाददाता-सम्मेलन आयोजन के निमन्त्र्ण-पत्र सम्पादक या प्रभारी के नाम से ही होने चाहिए। व्यक्ति विशेष के चाहे जाने की जरूरत होने पर नियवन्त्र्ण उसी से सम्बोधित होना चाहिए। संवाददाता-सम्मेलन के आयोजक का नाम एवं पूरे कार्यक्रम की रूपरेखा का उल्लेख पत्र में होना चाहिए।
- सम्मेलन से पूर्व ध्यान रहे कि कोई विशिष्ट कार्यक्रम या अवसर न हो।

- परिचय व पद को दर्शाती तख्ती भी साथ हो।
- स्पीकर्स, ऑडियो व वीडियो संकलन की व्यवस्थाएं उपयुक्त होनी चाहिए।

मीटिंग एवं सेमिनार्स

(Meeting and Seminars)

- महत्वपूर्ण मुद्दों, निर्णयों व कर्मचारी-अधिकारी विमर्श हेतु मीटिंग्स का आयोजन अपरिहार्य है।
- मीटिंग के माध्यम से जहां भ्रांतियों का निवारण होता है वहीं किसी निर्णय के लिए एक आम राय भी बनती है। इसमें एक महत्वपूर्ण तथ्य यह है कि इसके माध्यम से मुद्दों की स्थितियों एवं पहलुओं पर प्रत्येक दृष्टिकोण से चर्चा हो जाती है। इस कारण गलतियों एवं नकारात्मकताओं की गुंजाइश कम हो जाती है।
- 'सेमिनार' का लाभ यह है कि तत्सम्बन्धित पहलू को सेमिनार्स के माध्यम से व्यापक जनसमूह तक संप्रेषित किया जा सकता है। इसमें प्रमुख वक्ता पहले विषय प्रवर्तन करता है और उस पर अपनी सम्मतियाँ देता है। इसके पश्चात श्रोता एवं अन्य व्यक्ति तत्सम्बन्धित पहलुओं को विवेचित-सम्मतियां देता है। इसके पश्चात् श्रोता एवं अन्य व्यक्ति तत्सम्बन्धित पहलुओं को विवेचित-विश्लेषित कर सकते है।

प्रेस ब्रीफ्स

(Press Briefs)

प्रेस ब्रिफ्स को 'विशिष्ट प्रेस विवरण' माना जाता है। संवाददाताओं को विशेष समाचार या घटनाक्रम की जानकारी देने के लिए जो विवरण प्रस्तुत किया जाता है वह प्रेस विवरण (Press Briefs) होता है।

मीडिया सम्बन्धों में नैतिक पक्ष

(Ethical Aspects in Media Relation)

- मीडिया-सम्बन्धों के नैतिक पहलुओं को देखें तो ज्ञात होगा कि सर्वाधिक महत्वपूर्ण मुद्दा, 'सत्य' व 'तथ्य' की स्थापना का है। सही जानकारी, विवेकपूर्ण प्रयास, व्यावहारिक मान्य नीतियां व कार्यवाही इसके सकारात्मक पक्ष है। सूचनाओं का उचित विश्लेषण एवं समन्वय अपेक्षित होता है। मीडिया सम्बन्धों के नैतिक पहलुओं में यह शामिल है कि किसी की परिप्रेक्ष्य में जनसंपर्ककर्मी पत्रकारों को धोखे में न रखे। साथ ही उन्हे झूठी सूचनाएं भी प्रदान न करे। किसी के प्रति पूर्वाग्रह न रखना और तथ्यों को अपनी ओर

मोड़ने हेतु 'खिलाने-पिलाने' जैसी परम्पराएं भी स्वीकार्य नहीं है।

- यह लोक शिक्षण से लेकर लोक-जागृति का साधन भी है।
- मीडिया सम्बन्ध स्वार्थप्रेरित न हो।

जनसंपर्क में नवीन तकनीकों का योगदान

(Role of New Technology in P.R.)

1. इंटरनेट
   - ✓ संचार (Communication)
   - ✓ ई-मेल (E-mail)
   - ✓ न्यूजग्रुप्स (Newsgroups)
   - ✓ चेटिंग (Chatting)
   - ✓ सर्च (Search)
   - ✓ डाऊनलोड (Download)
2. मोबाइल फोन
3. सेटेलाइट नेटवर्क

इंटरनेट से जनसंपर्क की प्रक्रिया

(P.R. Process via Internet)

- ✓ विदेश संचार निगम लिमिटेड
- ✓ सत्यम ऑनलाइन
- ✓ मंत्र ऑनलाईन
- ✓ डिशनेट

- नेट पर सूचनाएं डिजिटल रूप में संकलित होती है। इनके व्यवस्थित रूप को 'वेब पेज' कहा जाता है। सम्बन्धित सम्पूर्ण वेबपेज का संकलन 'वेब-साइट' कहलाता है। प्रत्येक वेबसाइट का शुरूआती पृष्ठ 'होम-पेज' कहलाता है। प्रत्येक वेब-पेज का एक समानीकृत पता है जिसे 'यूनीफार्म रिसोर्स लोकेटर (Uniform Resource Locator) कहा जाता है।
- टिम बर्नर्स ली (Tim Berners Lee) जो कि यूरोपियन प्रेक्टिकल फिजिक्स फिजिक्स लेबोरेटरी, जिनेवा, स्विट्जरलैण्ड के वैज्ञानिक ने वेबसाइट का आधारभूत ढांचा 1989 में प्रतिपादित किया था। यही वेबसाइट जिसे www के रूप में भी जाना जाता है, ने जनसंपर्क के रूप में क्रान्तिकारी पहल स्थापित की है।

जनसंपर्क एवं राजनीतिक दल

(Public Relation & Political Parties)

लोकतन्त्र के इस व्यापक आधार के पीछे सर्वाधिक महत्वपूर्ण पहलू राजनीतिक पार्टियां हैं। इन्हीं की रीति-नीति के आधार पर देश के भविष्य की रूपरेखा तय होती है।

- पार्टी की रीति-नीति का प्रचार
- जनमानस में छवि-निर्माण
- वोट-बैंक बनाना
- योजनाओं व नीतियों का क्रियान्वयन
- फीड-बैक प्राप्त करना
- संवाद व आकलन
- भ्रांति-निवारण व साथ क्रियान्वयन
- आम से खास नागरिक तक प्रत्येक स्तर हेतु सुचारू प्रक्रिया व कार्य-सम्पादन
- मूल्यांकन

जनसंपर्क के उपकरण

(Tools of Public Relation)

- प्रेस (Press)
  - ✓ प्रेस ब्रीफिंग (Press Briefing)
  - ✓ प्रेस विज्ञप्ति (Press Release)
  - ✓ प्रेस कान्फ्रेंस (Press Confrence)
  - ✓ प्रेस कटिंग (Press Cutting)
  - ✓ भेटवाता/साक्षात्कार (Interview)
- रेडियो (Radio)
- दूरदर्शन (Television)
- फिल्मूस (Films)
- प्रदर्शिनियां (Exibition)
- मेले (Fairs)
- इंटरनेट (Internet)
- प्रचार (Publicity)
- व्यक्तिगत सम्पर्क (Personal Contact)

निजी व सार्वजनिक क्षेत्र में जनसम्पर्क

(Public Relation in Private and Public Sector)

जनसम्पर्क अधिकारी की योग्यता

- ✓ अध्ययनशील (Studious)

- ✓ धैर्ययुक्त (Patient)
- ✓ विश्वसनीय (Reliable)
- ✓ जागरूक (Aware)
- ✓ नैसर्गिक प्रतिभा (Talent)
- ✓ नेतृत्व (Leadership)
- ✓ योजनाबद्ध कार्यकर्ता (Planned Worker)

राज्य व केन्द्र सरकार में जनसम्पर्क

(P.R. in Central & state Government)

- जब शासक व शासित के बीच मे 'संप्रेषण अंतराल (Communication Gape) रहता है स्थिति देश व समाज के लिए दुःखद होती है।
- शासन प्रणाली सभी के हित-साधन की भावना को लेकर कार्य करती है।
- नीतियों व कार्यों से परिचित कराने के लिए
- शासक जन-कल्याण के हित में जो भी कदम उठा रहे हैं उसकी जानकारी
- सरकारी नीतियों, कार्यक्रमों व उपलब्धियों के बारे में सूचना देने हेतु यह प्रमुख निकाय है। यह सरकार व सूचना माध्यमों के बीच पुल का कार्य करती है। साथ ही सूचना माध्यमों से प्राप्त जनता की प्रतिक्रिया से सरकारी मशीनरी को अवगत कराता है। विभिन्न क्षेत्रों में स्थापित अपने 8 क्षेत्रीय कार्यालयों व 32 शाखा कार्यालयों व सूचना केन्द्रों के जरिए यह कार्यालय विभिन्न प्रसारण माध्यमों जैसे प्रेस नोटों अपनी वेबसाइट व डेटाबेस से सूचना को सर्वत्र पहुंचाता है। यह सम्पूर्ण सामग्री हिन्दी, उर्दू, अंग्रेजी और 13 क्षेत्रीय भाषाओं में 7000 से अधिक समाचार पत्रों व समाचार संगठनों तक पहुंचाई जाती है।
- स्थानीय प्रेस को देने हेतु यह सामग्री क्षेत्रीय एवं शाखा कार्यालयों में अनुवाद व वितरण हेतु भेजी जाती है। यह सरकारी क्रियाकलापों को फोटो कवरेज की भी व्यवस्था करता है। देश के दैनिकों व पत्रिकाओं हेतु इस संस्था ने लगभग तीन लाख फोटो भेजे।
- पी.आई.बी (Press Information Bureau) का अपना एक वेब-साइट है जो अन्तर्राष्ट्रीय स्तर पर भी अपनी स्रोत सामग्री उपलब्ध करता है।

राज्य एवं केन्द्र सरकार की विभिन्न मीडिया इकाइयों के कार्य

(Function of Various Media Units of State & Central Government)

पत्र सूचना कार्यालय-सरकार की नीतियों, कार्यक्रमों व सम्बन्धित उपलब्धियों

के विषय में सूचना देना वाली यह प्रमुख एजेन्सी है। सरकार व सूचना माध्यमों के बीच समन्वय का कार्य भी इसके माध्यम से किया जाता है। अपने 8 क्षेत्रीय कार्यालय, 32 शाखा कार्यालयों व सूचना केन्द्रों के माध्यम से यह प्रेस विज्ञप्तियों, प्रेस नोटों, लेखों, सन्दर्भ सामग्री, प्रेस ब्रीफिंग, साक्षात्कारों, संवाददाता सम्मेलनों आदि को यह अपनी वेबसाइट व डेटाबेस से सर्वत्र प्रसारित करता है। यह कार्यालय का इंटरनेट का पता है www.pib.nic.in

अकाशवाणी (Radio) 1930 में सरकारी अधिग्रहण के साथ भारतीय प्रसारण सेवा नाम से इसे शुरू किया गया। 1936 में इसे 'ऑल इंडिया रेडिया' (All India Radio) में रूपान्तरित कर दिया गया। 1957 से इसे आकाशवाणी के रूप में पहचान मिली थी। शिक्षा, सम्पर्क, सूचना जैसे महत्वपूण क्षेत्रों से आकाशवाणी का जुड़ाव है। एफ.एम. (F.M.) ट्रांसमीटरों के साथ मनोरंजन, सूचना, सम्पर्क व जनहित के व्यापक सूत्रें को अपने में संजोए है। राष्ट्रीय एकता, पर्यावरण संरक्षण, बुनियादी शिक्षा, स्वास्थ्य एवं कल्याण जैसे महत्वपूर्ण पक्षों पर आकाशवाणी की भूमिका प्रशंसनीय है।

दूरदर्शन (Television) गर्व का विषय है कि भारतीय दूरदर्शन की राष्ट्रीय प्रसारण सेवा विश्व के सबसे बड़े ग्राउण्ड ब्राडकॉस्टिंग आर्गेनाजेशन (Ground Broadcasting Organisation) में से है। दूरदर्शन का राष्ट्रीय चैनल 87ः से ज्यादा आबादी तक अपने कार्यक्रमों की पहुंच रखता है।

दूरदर्शन का पहला प्रसारण 15 सितम्बर 1959 को आकाशवाणी भवन, नई दिल्ली में एक स्टूडियो से आरम्भ किया गया था। 1956 में समाचार बुलेटिन के साथ नियमित प्रसारण शुरू हुआ। सामाजिक शिक्षा के लिए अपनी तरह का पहला प्रयास 1975-76 में उपग्रह टेक्नोलॉजी के प्रयोग के रूप में किया गया। इसे सेटेलाइट इंस्ट्रक्शनल टेलीविजन एक्सपेरिमेंट (Settelite Instruction Television Experiment) के रूप में जाना गया। 1982 में दिल्ली और अन्य टांसमीटरों के बीच उपग्रह द्वारा नियमित सम्पर्क के साथ राष्ट्रीय रंगीन प्रसारण की शुरूआत हुई।

1984 से दिल्ली में मेट्रो चैनल के रूप में दूसरे चैनल का प्रसारण शुरू हुआ।

समाचार एजेन्सियां

(News Agencies)

प्रेस्ट ट्रस्ट ऑफ इंडिया (P.T.I.) –भारत की सबसे बड़ी समाचार एजेन्सी 'प्रेस ट्रस्ट ऑफ इंडिया' है। यह भारतीय समाचार पत्रों की बिना मुनाफे से चलाई जाने वाली सहकारी संस्था है। 27 अगस्त, 1947 को आरम्भ हुई इस एजेन्सी ने 2 फरवरी, 1949 से अपनी सेवाएं आरम्भ कर दी थी। यह एजेन्सी हिन्दी व

अंग्रेजी में अपनी सेवाएं दे रही है। 'भाषा' इस एजेन्सी की हिन्दी सेवा है।

यूनाइटेड न्यूज ऑफ इंडिया (U.N.I.)–इसकी स्थापना 21 मार्च, 1961 को की गई थी। यह भारत एवं विदेशों में अपने 90 से अधिक समाचार ब्यूरों के साथ एशिया की सबसे बड़ी समाचार एजेन्सियों में से एक है। यू.एन.आई ने मई, 1982 में एक पूर्ण भारतीय भाषा समाचार एजेन्सी, हिन्दी में यूनीवार्ता शुरू की।

गवेषणा संदर्भ और प्रशिक्षण विभाग (R.R. & T.D.)

गणेषणा सन्दर्भ और प्रशिक्षण विभाग सूचना एवं प्रसारण मंत्रलय तथा मीडि प्रभागों के लिए सूचना सेवा एजेन्सी के रूप में कार्य करता है। इसके कार्य-दायित्वों में सामयिक विषयों की पृष्ठभूमि और सन्दर्भ सामग्री तैयार करना शामिल है। प्रभाग राष्ट्रीय महत्व के विषयों पर सन्दर्भ सामग्री तथ्य-पत्र व पृष्ठभूमि सामग्री जुटाने के साथ-साथ जीवनी आदि भी उपलब्ध कराता है। प्रभाग राष्ट्रीय घटनाओं का वार्षिक वार्षिक कलैण्डर निकालता है। प्रभाग विकास के मुद्दों पर मासिक 'डेवलपमेंट डाइजेस्ट' (Development Digest), मीडिया से जुड़ी राष्ट्रीय व अन्तर्राष्ट्रीय घटनाओं पर पाक्षिक 'मीडिया से जुड़ी राष्ट्रीय व अन्तर्राष्ट्रीय घटनाओं पर पाक्षिक 'मीडिया अपडेट' (Media Update) तथा प्रमुख राष्ट्रीय व अन्तर्राष्ट्रीय घटनाओं पर केन्द्रित पाक्षिक 'डायरी' भी निकालता है।

प्रभाग प्रतिवर्ष इंडिया व भारत 'संदर्भ-वार्षिकी' का संकलन व सम्पादन करता है। यह वार्षिकी पत्रकारों, जनसंपर्ककर्मियों, अध्येताओं, छात्रों आदि के लिए महत्वपूर्ण सन्दर्भ ग्रंथ है।

प्रकाशन विभाग-राष्ट्रीय महत्व के विषयों पर यह पुस्तकें व पत्रिकाएं प्रकाशित करता है। विभाग ने अब तक लगभग 7000 पुस्तकें भी प्रकाशित की है। इनमें लगभग 1500 अभी भी प्रचलन में हैं। विभाग राष्ट्रपति व प्रधानमंख्यिों के चुने हुए भाषणों के खंड भी प्रकाशित करता है।

केन्द्रीय चलचित्र प्रमाणन बोर्ड (C.F.CB)

इस बोर्ड द्वारा प्रमाणित किए जाने के बाद ही कोई फिल्म भारत में प्रदर्शित की जा सकती है। इस बोर्ड के पैनल में प्रतिष्ठित शिक्षाशास्त्री, कला, समीक्षक, पत्रकार, समाजसेवी, मनावैज्ञानिक आदि शामिल होते है।

फिल्म प्रभाग :- इस प्रभाग की स्थापना 1948 में स्वतन्त्र भारत की उपलब्धियों को भारतीय रजत-पटल पर रिकार्ड, प्रचारित व संरक्षित रखने के लिए की गई थी। यह प्रभाग समाचार चित्र, वृत्त चित्र और ग्रामीण दर्शकों के लिए प्रादेशिक भाषाओं में 16 MM के लघु कथाचित्र बनाता है।

राष्ट्रीय फिल्म विकास निगम लिमिटेड (N.F.D.C.L.)

इस निगम की स्थापना 1975 में हुई थी। वर्ष 1980 में भारतीय चलचित्र निर्यात निगम और फिल्म चित्र निगम के विलय के बाद इनका पनुर्गठन किया गया। इसके प्रमुख उद्देश्यों में भारत में सिनेमा की गुणवत्ता में सुधार लाना और श्रव्य-श्रव्य और सम्बन्धित क्षेत्रों में अति आधुनिक प्रौद्योगिकी को विकसित करना है। फिल्म सप्ताहों, भारतीय फिल्मों की झांकी और फिल्म समारोहों के आयोजन करना।

फिल्म समारोह निदेशालय (F.F.D)

इसकी स्थापना 1973 में भारत सरकार के सूचना व प्रसारण मंत्रलय के अन्तर्गत की गई थी। अच्छे सिनेमा को प्रोत्साहन देने के उद्देश्य से यह प्रारम्भ किया गया था। प्रत्येक वर्ष राष्ट्रीय फिल्म समारोह आयोजित करके इसने श्रेष्ठ भारतीय फिल्मों के लिए मंच उपलब्ध कराया है।

विज्ञापन एवं दृश्य-प्रचार निदेशालय (Advertisement & Visual Publicity Directorate):

यह प्रभाग भारत सरकार के रेलवे को छोड़कर सभी मंत्रालयों, विभागों, स्वायत्तशासी निकायों के विज्ञापन व दृश्य प्रचार अभियान देखने वाली केन्द्रीय एजेन्सी है। संचार हेतु प्रेस विज्ञापनों, ब्राह्य प्रचार, प्रदर्शनी, दृश्य-श्रव्य व मुद्रित प्रचार सामग्री, पोस्टर, फोल्डर्स, ब्रोशर्स, बुकलेट आदि का उपयोग किया जाता है। इसका मुख्यालय दिल्ली में है।

गीत व नाटक प्रभाग (Song & Drama Division)

आकाशवाणी की एक इकाई के रूप में इसकी स्थापना 1954 में की गई थी। 1960 में इसे सूचना व प्रसारण मंत्रलय के अधीन स्वतन्त्र मीडिया यूनिट का दर्जा दिया गया। नवीन विचारों को प्रभावी ढंग से अपने कार्यक्रमों में जोड़ता है वहीं पाम्परिक नाटक, लोकगीत, कठपुतली जैसे विभिन्न मंचन स्वरूपों के माध्यम से राष्ट्रीय धारा की प्रगति के सोपानों को समाज से जोड़ता है।

क्षेत्रीय प्रचार निदेशालय (R.P.D.)

सरकारी कर्मचारियों व साधनों को आम जनता के सामने लाकर सरकार की नीतियों व कार्यक्रमों की सीधे लोगों को जानकारी देना। लोगों को लोकतंत्र, समाजवाद, धर्म निरपेक्षता जैसे बुनियादी राष्ट्रीय सिद्धांतों के बारे में शिक्षित

करना। विकास कार्यों को लागू करने के लिए जनमत जुटाना और राष्ट्र निर्माण के कार्यों में जनता को भागीदार बनाना। सरकारी कार्यक्रमों व नीतियों तथा क्षेत्रीय स्तर पर उनको कार्यरूप में परिणित करने के बारे में लोगों की प्रतिक्रियाओं से सरकार को अवगत कराना।

निदेशालय समूह चर्चाओं, जनगणनाओं, विचार गोष्ठियों, संगोष्ठियों जैसे संवाद तरीकों का इस्तेमाल करता है। कार्यक्रमों को प्रभावी बनाने के लिए फिल्मों, चित्रों, प्रदर्शिनियों व मनोरंजन कार्यक्रमों का उपयोग किया जाता है। रैलियों, रंगारंग कार्यक्रमों और गायन, वाद-विवाद, निबन्ध लेखन, खेलकूद आदि प्रतियोगिताओं का आयोजन भी किया जाता है।

राज्यों में जनसंपर्क : संगठन और कार्य

(P.R. in State: Organisation & Function)

- प्रत्येक राज्य में जनसंपर्क विभाग है। इन्हें जनसंपर्क विभाग या निदेशालय के रूप में जाना जाता है।
- राज्य की प्रगति के साथ-साथ सत्तारूढ़ सरकार की नीतियों को भी प्रचारित करते है।
- राज्यों के जनसंपर्क निदेशालय सूचन, शिक्षा, चेतना की त्रिवेणी को समाज में प्रवाहित करते है। इन समस्त अधिकारियों का जुड़ाव 'सूचना अधिकारी' अधिकारी से होता है। सहायक निदेशक (प्रेस) के अन्तर्गत रेडियो, समाचार पत्र, दूरदर्शन व अन्य माध्यमों के अधिकारियों के साथ ही प्रत्येक मंत्रलय व जिले से सम्बन्धित सूचना अधिकारी भी होता है।
- सहायक निदेशक (प्रकाशन व उत्पादन) के अन्तर्गत सम्पादक, उपसम्पादक, प्रूफरीडर, अनुवादक, फोटोग्राफर, उत्पादन अधिकारी व तकनीकी कर्मचारी होते है।
- सहायक निदेशक (क्षेत्रीय प्रचार) के अन्तर्गत प्रचार अधिकारी, फिल्म अधिकारी, तकनीकी अधिकारी व ड्रामा अधिकारी होते है।
- उपर्युक्त सम्पूर्ण प्रभाग प्रेस, रेडियों, टेलीविजन, फिल्म, क्षेत्रीय प्रचार, राज्य सरकार की नीतियों, प्रगति, जनकल्याण योजनाओं को राज्य की जनता तक पहुंचाता है। जनसंपर्क विभाग का कार्य आमजन तक प्रशासन व राज्य की गतिविधियों की सूचना देना व प्रगति के क्षेत्र रीति-नीति व प्रक्रियाओं से अवगत कराना होता है।

सार्वजनिक उपक्रमों में जनसंपर्क

(P.R. in Public Sector)

सार्वजनिक उपक्रमों की विशिष्टताओं के क्रम में देखा जाए तो इनकी विशिष्टताओं का आधार इस प्रकार होगाः

- ये केन्द्र या राज्य सरकार की अधीनता में होते है।
- ये उपक्रम संसद व विधानसभाओं के प्रति अपनी जिम्मेदारी निभाते है।
- इनका मुख्य उद्‌देश्य सामाजिक जरूरतों की पूर्ति होता है। आम उपक्रमों की तरह इनका ध्येय लाभ अर्जित करना ही नहीं है।
- इनकी गतिविधियों, प्रदर्शन, कार्यो आदि में समाज व जनता की रूचि होती है। अप्रत्यक्षतः जनता का ही पैसा इनमें लगा होता है। इनकी सफलताओं-असफलताओं पर जनता की निर्णायात्मक प्रतिक्रिया होती है।
- ये उपक्रम जहां देश के बड़े वर्ग की कार्यशक्ति का हिस्सा हैं वहीं ये अपने कर्मचारियों की प्राथमिक आवश्यकताओं शिक्षा, बिजली व आवास की पूर्ति करते है।
- समाज इनके लिए प्रमुखता होता है। अतः कई स्थितियों में ये आर्थिक-हानि को सहते हुए भी सामाजिक-दायित्वों का निर्वहन करते है।
- अपने लक्ष्य के लिए इन्हें अन्य उपक्रमों से सम्बन्ध तय करने होते है।

अपने उद्‌देश्यों की मांग को देखते हुए इन्हें संवेदनशील व सतर्क रहकर अपने कार्य को आकार देना होता है। इनके कार्यकलापों के स्तर हैः

- क्योंकि सरकार के प्रति इनकी जवाबदेही होती है व जनता इनसे नियुक्ति, उत्पाद, गुणवत्ता, कीमत, सेवा, व्यवस्था आदि के सन्दर्भ में दृष्टि रखती है।
- प्रगति संसदीय नीतियों व व्यवस्थाओं पर निर्भर होती है। जनसंपर्ककर्मी सरकार-राजनेताओं आदि से उचित संवाद करते है।
- सकारात्मक तथ्यों को समाज तक सम्प्रेषित करना होता है।
- संस्था व जनता के मध्य जनसंपर्क रूपी सेतु सुदृढ़ होना चाहिए। नीतिगत निर्णयों व स्थितियों के लिए जनसंपर्ककर्मी की राय शामिल की जानी चाहिए।
- जनसंपर्क हेतु तकनीकी व सामाजिक व्यवस्थाएं सुदृढ़ होनी चाहिए।

उपयुक्त प्रयोजनों हेतु जनसंपर्क विभाग को इन बिन्दुओं को उपकरण के तौर पर प्रयोग में लाना चाहिए।

1. सामाजिक जुड़ाव हेतु रचनात्मक कार्यक्रमों का आयोजन करें। जैसे संगीत, काव्य गीत, नृत्य, संध्या आदि

2. सामाजिक उत्थान हेतु जनसंपर्क विभाग के सौजन्य से योजनाएं।
3. सामाजिक-प्राकृतिक आपदाओं में अपने उत्तरदायित्व की सकारात्मक पालना हेतु उचित प्रयास।
4. पर्यावरण, शिक्षा, पानी, संसाधन हेतु संवेदनशीलता के परिचय के साथ-साथ उत्तरदायित्वपूर्ण कार्य।
5. अपने उत्पादों एवं सेवाओं में जन-सरोकारों का परिचय
6. संस्था की नीतियों, क्षमता व सामाजिक लाभकारी प्रस्तावों का जनसंपर्क द्वारा प्रदर्शन

निजी व बहुराष्ट्रीय उपक्रमों में जनसंपर्क

(P.R. in Private & Multinational Sector)

बहुराष्ट्रीय कम्पनियों का ही वर्चस्व है। आज प्रतिस्पर्धात्मक बाजार मं अपनी पकड़ व वर्चस्व बनाए रखने के लिए साथ ही उपभोक्ताओं एवं आमजन का विश्वास जीतने के लिए प्रयास करने होते है। विपणन की नई से नई प्रविधि को आजमा कर अपनी पहुंच को व्यापक बनाना इनका प्रमुख उद्देश्य होता है।

किसी भी उपक्रम की 'साख' क्या है। यह महत्वपूर्ण तथ्य किसी भी उपक्रम के लिए चुनौती होता है। इस चुनौती का सामना वे जनसंपर्क के माध्यम से करते हैं। क्योंकि किसी भी उपक्रम का पाला अपने कर्मचारियों, शेयर-धारकों, प्रशासकों, उपभोक्ता, कर्मचारी, वित्तीय संस्थानों, सरकार, राजनीतिक परिप्रेक्ष्यों आदि से पड़ता है। ये सभी अप्रत्यक्ष रूप से उपक्रम पर प्रभाव डालते है।

उपभोक्ता सम्बन्ध (Consumer Relation)

- आज का उपभोक्ता जानता है कि उसे क्या चाहिए।
- उपभोक्ता वस्तु को कम कीमत पर प्राप्त करना चाहता है।
- विकल्प के साथ वह अपने अधिकारों के प्रति सजग है।
- उपभोक्ता को संतुष्ट रखे
- प्रभाव डालने वाले कारकों की समीक्षा करते हैं।
- सम्बन्धित विभाग में सुधार व गुणात्मक परिवर्तन की अनुशंसा करते है।

भिन्न व्यवसायों व प्रतिष्ठानों से सम्बन्ध (Relation with other Business & House)

व्यवसायगत सदस्यताएं, आपसी भागीदारी, रूपरेखा व सहमति निर्माण आदि के लिए जनसंपर्ककर्मी सदैव तैयार रहें। सरकार की ओर से कर वृद्धि, उद्योग के

प्रतिकूल बात या नियम, आपदा आदि की स्थिति में जनसंपर्क ही परस्पर सामंजस्य की कुंजी है।

वित्तीय संस्थाओं से सम्बन्ध (Relation with Financial Institutions)

निजि व बहुराष्ट्रीय उपक्रमों की लम्बी श्रृंखला के पीछे मुख्य आधार पूंजी का होता है। पूंजी से जुड़े क्षेत्रों के पीछे बैंक, बीमा कम्पनी, म्युचुअल फण्ड आदि तत्व होते है। साथ ही निवेशक व अंशदाता भी महत्वपूर्ण भी महत्वपूर्ण है।

विपणनकर्ताओं से सम्बन्ध (Relation with Distributors)

उत्पादों के निर्माण के साथ ही उनके विपणन की अवधारणा भी जुड़ी हुई है। इस प्रयोजन हेतु डीलर, डिस्ट्रीब्यूटर, रिटेलर आदि की लम्बी श्रृंखला मौजूद होती है। यह वह कड़ी है जो उत्पादक व उपभोक्ता के बीच में होती है। विपणकर्ता जैसी छवि बाजार में प्रस्तुत करेंगे उपभोक्ता का उत्पादक केप्रति विश्वास भी उसी के अनुरूप पनपेगा। रीति-नीति की जानकारी जनसंपर्क के माध्यम से ही उपलब्ध होती है। कम्पनी में उनका विश्वास बढ़ाने उत्पादन को प्रभावी समझने शिकायतों को सुनने, सुविधाओं व योजनाओं को क्रियारूप में लाने की जिम्मेदारी भी जनसंकर्प के ही माध्य से सुलझती है।

अंशधारियों से सम्बन्ध (Relation with Shareholders)

अच्छा रिटर्न व अच्छी छवि 'शेयरों' के मूल्य में आशातीत वृद्धि करता है। जनसंपर्क शेयरधारियों के समक्ष उपक्रम की अच्छी छवि प्रस्तुत करने के साथ-साथ नवीन व्यक्तियों को आकर्षित करने में भी समर्थ बनाता है।

सामाजिक सम्बन्ध (Social Relations)

स्थानीय समस्याओं को सुलझाने, प्रशासन को सहयोग करने, लोकहित के कार्यों में सहभागिता करने जैसे पक्षों पर वह कार्य करता है।

जनसम्पर्क कार्य एवं उत्तरदायित्व

(Function & Responsibilities of P.R.)

- प्रत्येक समस्या व उसके निवारण हेतु किए गए प्रयासों में इसकी भूमिका सराहनीय होती है। समाज के प्रत्येक वर्ग में इसकी पैठ है।
- वर्तमान में लेखन, दृश्य, श्रव्य, सम्प्रेषण, गुणात्मक सुधा, कार्यवाही आदि के परिप्रक्ष्य में जनसंपर्कीय गतिविधियां संचालित होती रहती है। जनसंपर्क की

हरसम्भव कोशिश होती है कि वह अपने प्रतिष्ठान को आदर्श रूप में स्थापित करें।

- 'कर्म' को प्रस्तुत करने की क्षमता हो। विषय-प्रस्तुति सरल व रोचक हो।
- 'सलाह' के रूप में यह प्रत्येक प्रतिष्ठान का एक महत्वपूर्ण भाग बन जाता है। प्रतिष्ठान के उद्‌देश्य , कार्यप्रणाली, प्रबन्धन, नीति, संस्कृति, व्यवसाएं, कार्यान्वियन आदि में उचितता और सकारात्मकता का पक्ष इसे प्रभावी बनाता है।
- 'सलाह' सम्बन्धों को लम्बे समय तक बनाए रखने की प्रक्रिया का हिस्सा है। वह इस हेतु मनोविज्ञान, राजनीति, व्यवहार, आर्थिक, सामाजिक आदि पक्षों पर दृष्टि रखता है।
- राजनेताओं और प्रशासकों को निरन्तर सामाजिक पहलुओं, सोच, योजनाओं व परिस्थितियों के कारण माहौल पर दृष्टि रखनी होती है। जागरूक रहकर वे विचार व विश्लेषण की प्रक्रिया द्वारा 'जनसंपर्क' का उचित इस्तेमाल करते है।
- समकालीन परिप्रेक्ष्यों में सूचना प्रोद्योगिकी और वैज्ञानिक परिप्रेक्ष्यों के विकास के साथ-साथ जनसंपर्क के क्षेत्रों एवं कार्य में तो अप्रत्याशित वृद्धि हुई ही है उसके बढ़ते दायित्वों पर परिष्कार की नवीन संभावनाएं भी हैं।

कॉरपोरेट संचार

(Corporate Communication)

'कॉरपोरेट संचार' की दिशा में योजना (Planning) का पक्ष अत्यन्त महत्वपूर्ण है। इस माध्यम के सहारे ही सम्पूर्ण कार्यक्रम की गुणवत्ता की नींव रखी जाती है। योजना में मुख्यतः दो पक्षों पर दृष्टि रखी जानी होती है दीर्घ व लघु अवधि हेतु। कॉरपोरेट संचार की दिशा में पहला आधार होता है उस मूल बिन्दु की पहचान का जो 'संचार' हेतु प्राथमिक आवश्यकता रखता हो।

- समस्या को पहचानों ;प्कमदकजपलि जीम च्तवइसमउद्धरू समस्या को पहचानने के अभाव में कार्य करना उसी तरह है जैसे तैराकी न जानने वाला नदी पार करे। समस्या को पहचानने के लिए कुछ परिस्थितियों में साधारण अवलोकन ही पर्याप्त है तो कभी-कभी समस्या की गहराई के लिए शोध व सर्वेक्षण की भी आवश्यकता पड़ सकती है।
  - ✓ प्रेस
  - ✓ रिपोर्ट
  - ✓ वैचारिक टिप्पणियां
  - ✓ उत्पाद के उपभोक्ताओं की प्रतिक्रिया

- ✓ उपक्रम से जुड़ा संवर्ग और उसके विचार
- ✓ जनमानस
- ✓ समाज
- ✓ वितरकों व कर्मचारियों की भावना
- ✓ मीडिया आकलन

- **दूसरे** क्रम है कि 'उद्देश्य क्या हो? सामान्य रूप से उद्देश्य उपक्रम की गतिविधि से जुड़ा होता है।
- समाज व राष्ट्र के प्रति उपक्रम की गतिविधी
- मानवीय पक्ष की स्थापना
- उद्देश्य बनाने के लिए यह आवश्यक है कि प्रशासकों एवं अधिकारियों से विचार-विमर्श के बाद तात्कालिक एवं दूरगामी परिप्रेक्ष्यों वाले मुद्दों को तय किया जाए।
- उद्देश्यों में भी परिस्थिति व प्रकार के अनुरूप भिन्नताएं होती है। कुछ उद्देश्य विशेष सन्दर्भों को इंगित करते हुए व्यक्ति, समुदाय राष्ट्र वर्ग आदि से जुड़े होते है। महत्वपूर्ण यह है कि उद्देश्य के पक्ष व प्रकृति का समावेश हो। उद्देश्य में मानवीय पहलू की उपेक्षा नहीं की जानी चाहिए क्योंकि अंततः सारी क्रियाए मानव में ही आकर जुड़ती है। अतः उसकी उपेक्षा सही परिणामों से वंचित कर सकती है।
- कॉरपोरेट संचार मे त्रि-आयामी प्रक्रिया को निम्नलिखित स्वरूप में गति दी जा सकती है:
  - ○ लक्ष्यों का पूर्ण निर्धारण
  - ○ लक्ष्य पूर्ति के वैज्ञानिक माध्यम
  - ○ व्यवसाय संचालन के साधन

व्यवस्थापन एवं निष्पादन

(Management & Execution)

लक्ष्य वर्ग हेतु यदि निम्नलिखित तथ्य सुस्पष्ट होंगे तो संचार बेहद प्रभावी होगा। ये तथ्य है:

स्तर
प्रकृति
स्वरूप
पृष्ठभूमि
परिप्रेक्ष्य

सफल संचार वही है जो सुगम हो, जिसमें प्रभाविता हो और जो अपने लक्ष्य-वर्ग को उपयुक्त व अपेक्षा के अनुसार प्रेरणा देने में समर्थ हों। संदेश की प्रभावी संरचना में ही संचार की सफलता के सूत्र दिये जाते है। अन्य संस्था की मदद संचार हेतु लेनी पड़ती है।

मूलतः संचार प्रबन्धन में विषयों व प्रतिक्रियाओं को लेकर योजनाओं का निर्माण किया जाता है। साथ ही उनके अनुरूप व्यवस्थाएं भी की जाती है। सम्बन्धित कार्यकलापों व गतिविधियों पर नियन्त्रण भी रखा जाता है। इस प्रकार भौतिक उपकरणों एवं कर्मचारियों के सहयोग से उन लक्ष्यों को पूर्ति की जाती है जो कॉरपोरेट संचार हेतु महत्वपूर्ण है।

कॉरपोरेट संचार में प्रभावी कार्य निष्पादन हेतु निम्नलिखित तत्व प्रभाव डालते हैः

लक्ष्य, नियन्त्रण, जिम्मेदारी, निर्देशों की एकता, अनुशासन, संतोषजनक वेतन, समुचित व्यवस्थाएं, उदार दृष्टिकोण, रचनात्मक पहल, मिलजुल कर कार्य करना, दक्षता, अधिकार, कर्मचारी व कार्य पर, संतुलन, व्यापक हितों पर बल, केन्द्रीकरण, कर्मचारी हित, सेवा-स्थायित्व, सह-अस्तित्व

कारपोरेट संचार में केस अध्ययन

- कॉरपोरेट संचार में केस स्टडी का महत्व व्यापक है। किसी भी क्षेत्र में किए जाने वाले कार्य की महत्ता एवं प्रभाव का आकलन, उस कार्य की सफलता विफलता, सकारात्मक-नकारात्मक होने का आकलन अध्ययन की प्रारम्भिक सीढ़ी है।
- 'केस-स्टडी' कार्यक्रम की प्रगति में सहायक होती है,
- केस स्टडी में महत्वपूर्ण यह है कि परिणामों की उचित व्याख्या एवं मूल्यांकन किया जाना चाहिए। अपेक्षित आकलन हेतु तथ्यों को तोड़ा-मरोड़ा नहीं जाना चाहिए। क्योंकि केस-स्टडी मुख्य रूप में वास्तविकता को दश

10. विज्ञापन

मूलतः देखा जाए तो विज्ञापन अंग्रेजी के 'एडवरटाइजिंग ; ।कअमतजपेपदहद्ध का हिन्दी अनुवाद है। इस शब्द का मूल लेटिन शब्द 'एडवरटॉयर' है जिसे मुखातिब होना, सामने होना, किसी तरफ मोड़ना के अर्थ में प्रयुक्त किया जाता है। 'विज्ञापन' शब्द किज्ञापन दो शब्दों से मिलकर बना है। 'वि' विशेष के अर्थ में प्रयुक्त किया जाता है और 'ज्ञापन' का अर्थ 'ज्ञान' कराना या सूचना देने के क्रम में होता है। इस सन्दर्भ में किसी तथ्य की विशिष्ट जानकारी या सूचना 'विज्ञापन' है।

परिभाषाएं

रामचन्द्र वर्मा : जिसके द्वारा कोई बात लोगों को बतलायी जाय वह सूचना पत्र, इश्तिहार, बिक्री आदि के माध्यम से हो और जो सूचना माध्यमों के द्वारा की जाए।

वृहत हिन्दी कोश : समझना, सूचना देना, इश्तिहार, निवेदन, प्रार्थना

डॉ. एम. बाउस : एक सीधी कार्यवाही को उकसाने के उद्देश्य से किसी संचार माध्यम में समय या स्थान की खरीद का नाम विज्ञापन हैं।

रोवर रीवज : विज्ञापन एक व्यक्ति के मस्तिष्क से दूसरे मस्तिष्क में एक विचार को स्थानान्तरित करने की कला है।

कैनन एवं विचर्ट : विज्ञापन में उन दृश्यों एवं मौखिक संदेशों को सम्मिलित किया जाता है जो समाचार पत्रों, पत्रिकाओं, चलचित्र, रेडियों, टेलीविजन, परिवहन के साधनों अथवा बाहूय बोर्डों पर दिए जाते हैं, जिनके लिए विज्ञापनकर्ता भुगतान करते हैं व जिनका उद्देश्य उपभोक्ताओं के क्रय आचरण को प्रभावित करना होता है।

जेम्स ए. लिटिलफील्ड : विज्ञापन सूचना व जनसंचार है जिनका उद्देश्य ग्राहकों को समझाना व जीतना होता है ताकि विज्ञापनकर्ता को अधिक से अधिक लाभ मिलें।

डॉ. नगेन्द्र : ''पर्चे, परिपत्र, पोस्टर अथवा पत्र-पत्रिकाओं द्वारा सार्वजनिक घोषणा।

राबर्ट जे. लेविज और गेरी ए. स्टेनर : विज्ञापन पहले लोगों के मध्य वस्तुओं व उत्पादों के बारे में जाग्रति (Awareness) पैदा करते है फिर उनमें पहल (Preference) पैदा करके उनकी धारणा पुख्ता (Conviction) करते हैं और अन्त में खरीद (Purchase) और पुनः खरीद (Confirmation) के लिए काम करते हैं।

अमरीकन मार्केटिंग एसोसिएशन : विज्ञापन एक जाने-पहचाने प्रस्तुतकर्ता द्वारा अपना व्यय करके की गई निर्वैयक्तिक प्रस्तुति है एवं विचारों, वस्तुओं व सेवाओं का संवर्धन है।

विलियम एम. वैलबेचर : विज्ञापन एक व्यापारिक इकाई या संस्था द्वारा हस्तांतरित व भुगतान किए हुए माध्यम संदेश है जिनके द्वारा इस संभावना को बढ़ावा देना होता है कि जिन लोगों तक ये संदेश पहुंचेंगे वे पैसा विज्ञापनकर्ता उनसे चाहता है।

विज्ञापन मे निम्नलिखित तत्वों की अनिवार्य स्थिति होती हैः

- वस्तु
- माध्यम
- श्रोता/दर्शक या पाठक
- उद्देश्य

विज्ञापन में ध्यानाकर्षण से क्रिया होती है। फैलाव में प्रमुख भूमिका संचार माध्यम (Communication Media) निभाते है।

विज्ञापन : प्रकृति, क्षेत्र एवं कार्य

(Advertising : Nature, Scope & Function)

विज्ञापन की प्रकृति : प्रत्येक विज्ञापन अपनी बुनावट में सूचना देने तुलना या तर्क देने हेतु प्रस्तुत होता है। विज्ञापन किसी सन्दर्भ में लक्ष्य वर्ग को समझने, उसे किसी प्रयोजन हेतु मनाने और अन्त तक व्यक्ति का पीछा करने की प्रक्रिया के रूप में आंका जा सकता है। यह उसकी प्रकृति भी है।

जब एक व्यक्ति दूसरे व्यक्ति से कुछ कहता है तो वह 'संप्रेषण' के अन्तर्गत आता है। जब एक व्यक्ति दूसरे व्यक्ति को कुछ बेचता है तो वह विक्रय के अन्तर्गत आता है। जब जब व्यक्ति किसी दूसरे व्यक्ति को किसी वस्तु विशेष को खरीदने को कहता है तो वह विज्ञापन कहलाता है।

विज्ञापन के कार्य

- सूचना (Information)

- विश्वास (Faith)
- विक्रय (Sale)
- चयन (Selection)
- मार्गदर्शन (Guidence)

विज्ञापन गति एवं विकास

(Evolution and Growth)

- ढोल नगाड़ा, डुगडुगी, स्वयंवर,
- मल्ल युद्धों, खेलकूद, तमाशा, नौटंकी
- मोहरे व मुद्रायें(वर्तमान ट्रेडमार्क)
- शिलालेख
- मूर्तिया, चित्र
- आधुनिक विज्ञापन कला के सूत्र भारत में प्रेस के आगमन से शुरू हुए। यह प्रेस पुर्तगालियों द्वारा सन 1556 में गोवा में लगाई गई थी। 1877 में 'हिकी' ने कलकत्ता में अपने प्रेस की शुरूआत की। 29 जनवरी, 1780 को उसने साप्ताहिक समाचार पत्र आरम्भ किया। इसमें भी विज्ञापन की शुष्आत की गई। 1784 से लेकर 19वीं सदी प्रारम्भिक वर्षों तक इनमें सामाजिक सरोकारों के विज्ञापन प्रकाशित होते थे। ये विज्ञापन न केवल उपभोक्ता वस्तुओं को प्रभावित करते थे बल्कि देश की तत्कालीन सामाजिक, राजनीतिक स्थिति को भी परिलक्षित करते थे। इस समय के पश्चात छपने वाले विज्ञापनों में स्वदेशी भारत की भूमिका के प्रति प्रेम व संस्कृति सम्बन्धी अवयव होते थे। 'भारत का उत्तर' स्वदेशी वस्तुएं खरीदें'' जैसी उक्तियां विज्ञापनों की बेस पंक्तियां थीं।
- 1906 में धारीवाल मिल ने उनकी वस्त्रें के एक विज्ञापन में इंगित किया था कि 'भारत के लिए भारत में बना' इसी तरह विज्ञापनों में 'स्वदेशी' का तत्व उपयोग में लाया गया था। तत्कालीन समय में वंदे मातरम् और बंकिमचन्द्र चटर्जी के चित्र भी कई विज्ञापनों के अंग बनें।
- 1960 में पहली बार जब भारतीय मॉडलों का प्रवेश हुआ तब सर्वप्रथम पुरूषों का ही आगमन हुआ।
- 1896 में मूल फिल्मों के युग की शुरूआत के बाद विज्ञापनों में रोमांस, सैक्स आदि का समावेश होने लगा।
- 1931 में भारतीय भारतीय फिल्म 'आलमआरा' में विज्ञापन दर्शाए गए।
- 1920 में कुछ विदेशी कम्पनियों ने अपने विज्ञापन कार्यालय भारत में खोले।

तभी से विज्ञापन कला को व्यावसायिक रूप मिला। 1930 में पहली भारतीय एजेन्सी स्थापित हुई जिसका नाम था 'नेशनल एडवरटाइजिंग सर्विस' इसकेपश्चात मद्रास में मॉडर्न पब्लिसिटी कम्पनी और त्रिुरापल्ली में ओरिएंटल एडवरटाइजिंग एजेन्सी की स्थापना हुई।

- 1939 ई. में इंडियन एण्ड इस्टर्न न्यूज पेपर सोसायटी की स्थापना हुई। इनका उद्देश्य समाचार पत्रों के आय व्यावसायिक उद्देश्यों को बढ़ावा देना था। द्वितीय विश्व युद्ध के दौरान सरकारी प्रचार कार्य का वृहत् स्तर पर प्रचार हुआ। समाचार-पत्रों की आय भी इससे खूब बढ़ी।

आधुनिक परिपाटियां

(Modern Trends)

अब विज्ञापन सभी परिस्थितियों में छवि-निर्माण, जानकारी, प्रचार, चेतना, प्रसार आदि मुद्दे अपने व्यापक अर्थों में विज्ञापन से जुड़ गए है। प्रिन्ट, इलेक्ट्रॉनिक व तमाम सम्भव मीडिया परिप्रेक्ष्य विज्ञापनों से जुड़ते चले गये है।

विज्ञापन की प्रगति, विज्ञापनों की प्रगति भी है। 'कम्प्यूटर' के आगमन के साथ ही विज्ञापनों का स्वरूप व प्रकृति भी बदली है। भारत में इस परिप्रक्ष्य हेतु भारत सरकार का विज्ञापन एवं दृश्य प्रचार निदेशालय सरकारी तौर पर इनकी व्यवस्था एवं नियमन करता है।

8. विज्ञापन माध्यम एवं इसके प्रकार

विज्ञापन हेतु विविध माध्यम :—समाचार पत्र, पत्रिकाएं, रेडियो, टेलिविज़न, वीडियो/सीनेमा, दीवारों पर विज्ञापन लेखन, पोस्टर एवं होर्डिंग, प्रदर्शनियां, ध्वनि प्रसारण यन्त्रें से विज्ञापन, पाइंट ऑफ परजेज, डाक विज्ञापन

विज्ञापन एजेन्सिया :—बड़े संस्थान एंव निर्माता अपने विज्ञापन सम्बन्धी समस्त कार्य विज्ञापन एजेन्सियों को सौंपते है और विपणन, प्रस्तुति, माध्यम आदि के बारे में राय इन क्षेत्रों के विशेषज्ञों से प्राप्त कर कार्य को गति देते है। इनके पास श्रेष्ठ टीम, वृहद अनुभव होता है।

भारत की पहली विज्ञापन एजेन्सी आधुनिक स्वरूप में 1905 में स्थापित हुई थी। इसका नाम था बी.दत्ता राम एण्ड कम्पनी। विज्ञापन एजेन्सी के मुख्य कार्य निम्न हैः-

- ✓ नए-पुराने विज्ञापनदाता से विज्ञापन व्यापार हासिल करना व विज्ञापन व्यापार बनाए रखना
- ✓ विज्ञापन का सृजन
- ✓ विभिन्न माध्यमों तक विज्ञापन की पहुंच स्थापित करना।

✓ बिक्री बढ़ाना, बाजार जानना, जन-संपर्क व निर्माण में विज्ञापनकर्ता की मदद।

✓ एजेन्सियों में कार्यालय व व्यावसायिक प्रशिक्षण देना।

पहली कार्यवाही कॉपी विभाग, 'कॉपी निर्देश' के रूप में जारी करता है। इसके पश्चात कला विभाग से कच्चे खाके तैयार करने हेतु निर्देश जारी किया जाता है। फिर दोनों विभाग मिलकर कच्चे खाके तैयार करते है। कला विभाग कच्चे खाके में संशोधन कर उसमें कॉपी आदि शामिल करके उसे एक स्वरूप में विकसित करता है। इस विकसित किए गए रफ-कार्य को क्लांइट के पास भेजकर उससे सुझाव मांगे जाते है। उसके द्वारा सुझाए गए निर्देशों की पालना कर उन्हे 'ले-आऊट' में शामिल किया जाताहै। तत्पश्चात फिनिश्ड ले-आउट तैयार किया जाता है। इस परिष्कृत रूप को क्लांइंट के पास अंतिम स्वीकृति हेतु प्रस्तुत किया जाता है। इसके बाद प्रोडक्शन डेस्क आर्ट इनग्रेविंग व बोसाइड बनवाने जैसे कार्य करती है। कार्य पूरा हो जाने के पश्चात् विज्ञापनदाता से समय सारिणी के लिए स्वीकृति और लिखित आदेश प्राप्त किए जाते हैं। इसके बाद विज्ञापन मीडिया को भेजा जाता है। साथ ही विज्ञापन बिल व वाउचर की कॉपी भी प्राप्त की जाती है। मीडिया से प्राप्त बिलों की जांच कर विज्ञापनदाता को बिल भेजकर उससे भुगतान प्राप्त कर लिया जाता है।

एक विज्ञापन एजेन्सी को मोटे तौर पर अग्रलिखित आरेखन से देखा जा सकता है :

विज्ञापन के विविध प्रकार

(Dofferent Types of Advertising)

उद्देश्य के आधार पर (Classification on the Basis of Objects)

- वस्तुओं या सेवाओं के विज्ञापन
- **संस्थागत विज्ञापन** : इस प्रकार के विज्ञापन का उद्देश्य किसी वस्तु अथवा सेवा के बजाए कम्पनी के लिए प्रतिष्ठा साख बनाना होता है। इस प्रकार के विज्ञापनों में विज्ञापन करने वाला अपनी रीति-नीति, अनुसंधान, गतिविधियों व सामाजिक जिम्मेदारियों आदि के बारे में अपने कार्यक्रमों के बारे में इंगित करता है। संस्था के आदर्श व लक्ष्य क्या है? उनकी मान्यता एवं धारणाएं क्या है? उसकी स्थापना के लक्ष्यों, आर्शीवादों आदि के बारे में विज्ञापनदाता स्थानीय विज्ञापनों से जानकारी प्रदान करता है।

सजावटी व वगीकृत विज्ञापन

- सजावटी विज्ञापन
- वर्गीकृत विज्ञापन

मांग के आधार पर (Advertisement based on Demand)

- प्राथमिक मांग पैदा करने वाले विज्ञापन : किसी एक ब्रांड की बजाए समूचे वस्तु-वर्ग को बढ़ाने पर जोर देते है।
- चुनिंदा मांगा को उत्प्रेरित करने वाले विज्ञापन :

प्रत्यक्ष व अप्रत्यक्ष कार्यवाही वाले विज्ञापन (Advertisement based on Direct & Indirect Action)

- प्रत्यक्ष कार्यवाही
- अप्रत्यक्ष कार्यवाही

व्यक्तिगत व सहकारी विज्ञापन (Individual & Cooperative Advertisement)

- उपभोक्ता विज्ञापन (Consumer Advertisement)
- व्यापारिक विज्ञापन (Business Advertisement)
- औद्योगिक विज्ञापन (Industrial Advertisement)
- वित्तीय विज्ञापन (Financial Advertisement)
- कृषि विज्ञापन (Agriculture Related Advertisement)
- राजनीतिक विज्ञापन (Political Advertisement)

9. विज्ञापन की आचार-संहिता (Code of Advertisement)

- विज्ञापन अपनी प्रस्तुति के प्रभाव से व्यक्ति को एक दिशा विशेष की ओर उन्मुख करता है।
- विज्ञापन मे जो कुछ लिखा जाता है, चित्रित किया जाता है, प्रदर्शित किया जाता है वह सामाजिक परिपाटियों, आचार-विचार व्यवहार के अनुरूप होने पर ही विज्ञापन अपने दर्शकों के सम्मुख उपयुक्त प्रभाव छोड़ पाता है।
- विज्ञापनों पर संविदा कानून, ट्रेडमार्क, ट्रेडनेम्स, डिजाइन, कॉपीराइट, खाद्य व पेय सम्बन्धी कानून, मान-हानि, किराया-खरीद आदि लागू होते है। इन कानूनों के संवैधानिक पक्षों के साथ-साथ सामाजिक, नैतिक-मूल्यों का ध्यान भी अपरिहार्य रूप में रखा जाना चाहिए। विज्ञापनकर्ता को चाहिए कि वह

ऐसा कुछ न लिखे या दिखाए जिससे भ्रमपूर्ण स्थिति बने। अपने उत्पाद या सेवा के विषय में बढ़ा-चढ़ाकर दावे नहीं किए जाएं।

- विज्ञापन में अश्लीलता व सम्बन्धित पक्षों से बचा जाए। इसके प्रभावों मे यह भी ध्यान रखा जाए कि इससे किशोर व बाल मन पर अनैतिक प्रभाव न पड़े।
- अपराध बढ़ाने वाली प्रवृत्तियों को प्रेरित न किया जाए।
- जादुई औषधियों सेवा या अन्य सन्दर्भों में भ्रामक दावे या गारन्टी बढ़ा-चढ़ाकर न दी जाए।
- विज्ञापन का माध्यम भले ही कुछ भी क्यों न हो वह जनता के हितो, विश्वास व मान्यताओं की अनदेखी करने वाला न हो।
- विज्ञापन-पट्टों को लगाते समय भी यह ध्यान रखा जाए कि वे किसी ऐसे स्थान को अशोभनीय परिप्रेक्ष्य न दे रहे हों जहां कोई पार्क, आम रास्ता, ऐतिहासिक स्मारक, सूचना परक, जगह हो। शहरो-कस्बों आदि में होर्डिंग भी उन्हीं स्थानो पर लगाएं जाएं जहां इस प्रयोजनार्थ पूर्व अनुमति हो।
- जाति, धर्म, सम्प्रदाय, ऊंच-नीच, कुल्सित संस्कारों आदि को बढ़ावा देने वाले वक्तव्यों को निस्संदेह त्यागना चाहिए।
- विज्ञापन को आचार-संहित के व्यापक सन्दर्भों में तोला जाए तो एक विज्ञापन अपने आधार पर रूप में सूचना, मार्गदर्शन, विश्लेषण, मनोरंजन, जनता की सेवार्थ कार्यों में संलग्न होता है :

एडवरटाइजिंग स्टैण्डर्ड्स कौंसिल ऑफ इंडिया व इसकी आचार-संहिता

(ASC & Its Code of Conduct)

एडवरटाइजिंग स्टैण्डर्ड्स कौंसिल ऑफ इंडिया विज्ञापनकर्ताओं, विज्ञापन एजेन्सियों, समाचार-पत्रों, पत्रिकाओं आदि द्वारा स्थापित की गई एक संस्था है और इसने जो संहित बनाई है उसके अनुसार समस्त विज्ञापनकर्ताओं से यह अपेक्षा की गई है कि सभी विज्ञापन गतिविधियां व उनसे जुड़े पहलुओं में सटीकता, सच्चाई, साफ-सुथरापन और उपभोक्ता हितों के प्रति दृष्टिकोण हो। अगर ऐसा किसी कारणवश नहीं होता है तो उसके लिए कुछ विशेष मार्गदर्शक बिन्दु तय किए गए है। ये अग्र प्रकार हैः

1. यह सुनिश्चित किया गया है कि उपभोक्ता को भ्रामक विज्ञापनों के विरूद्ध सुरक्षा मिले। साथ उनमें सच्चाई व ईमानदारी के परिप्रेक्ष्य हों।
2. यह स्थापित करने का प्रयास किया गया है कि विज्ञापनों में सैक्स का

भौंडा प्रदर्शन नहीं यिका गया है और सार्वजनिक शिष्टता के मान्य पहलुओं को अपनाया जा रहा है। साथ सामाजिक संस्कृति व मर्यादा की गरिमा का हनन नहीं किया गया है।

3. ऐसी वस्तुओं को जिनका प्रयोग समाज व व्यक्ति के लिए हानिप्रद है के लिए विज्ञापनों को प्रतिबन्धित करने का प्रयास।
4. यह निश्चित करने का प्रयास कि विज्ञापन प्रतिस्पर्धा में ईमानदारी बरतें ताकि आमजन सोच-विचार करके अपनी पसन्द व उससे सम्बन्धित उत्पादों का चयन कर सकें।
5. व्यापार हेतु प्रतिस्पर्धात्मक वातावरण बनाने का प्रयास करना।

यदि किसी विज्ञापन के विरूद्ध शिकायत है तो वे कौंसिल को भेजी जा सकती है। प्राप्त शिकायतों के निस्तारण हेतु, कौंसिल सम्बन्धित विज्ञापनकर्ता के विरूद्ध आवश्यक अनुशासनात्मक कार्यवाही करती है। किसी निष्कर्ष पर पहुंचने हेतु कम से कम पांच सदस्यों की उपस्थिति आवश्यक होती है। प्राप्त शिकायत से सम्बन्धित विज्ञापन व विज्ञापन एजेन्सी को कौंसिल की ओर से अपना पक्ष प्रस्तुत करने हेतु बुलवाया जाता है। यदि आपत्तियां सही पाई जाती है तो विज्ञापन वापस लेने से लेकर आगामी समय में प्रसारण हेतु रोक तक के परामर्श दिए जाते है। यदि विज्ञापनकर्ता ऐसा नहीं करता है तो सम्बन्धित प्रसारण माध्यम से अपील कर विज्ञापन के प्रसारण पर रोक लगवाई जाती है।

एडवरटाइजिंग काउंसिल ऑफ इंडिया का मुख्यालय मुम्बई में है अपने प्रचार अभियानों में इस संस्थान ने अपने विषय व प्रस्तावों को इंगित करते हुए जो जानकारी प्रस्तुत की है वह इस प्रकार है–

–क्या आपको लगता है कि कुछ विज्ञापन आपको धोखा देते प्रतीत हो रहे है?

–यदि ऐसा है तो आप एडवरटाइजिंग स्टेण्डर्ड कांऊसिल ऑफ इंडिया से सम्पर्क करें।

–अपने विषय में विवरण देता संस्था का विज्ञापन संदेश इस प्रकार है :

1. यह एक इकाई है जो विज्ञापनकर्ताओं, विज्ञापन एजेन्सियों, समाचार-पत्रों, पत्रिकाओं व विज्ञापन से जुड़े अन्य व्यक्तियों व संस्थाओं द्वारा निर्मित है।
2. काऊंसिल ने एक विधान निर्गित किया है जो विज्ञापनकर्ताओं द्वारा पालन किया जाता है। कांऊसिल यह मानती है कि सभी विज्ञापनदाताओं द्वारा पालन किया जाता है। कांउसिल यह मानती है कि सभी विज्ञापनदाताओं को उत्तरदायी होना चाहिए, सभी सम्बन्धित पार्टियों हेतु एवं मुख्यतः उपभोक्ता के प्रति।

काउंसिल ने विज्ञापन शुचिता को बनाए रखने के लिए दर्शकों, श्रोताओं, उपभोक्ताओं से कुछ अपेक्षाएं की हैं वे इस प्रकार हैः

1. यदि कोई विज्ञापन गलत दृष्टिकोण प्रस्तुत कर रहा है, बेईमान है और अरूचिप्रद है तो हमें उस बारे में लिखें।
2. आपकी शिकायत एक स्वतन्त्र कंज्यूमर केम्प्लेण्ड प्रकोष्ठ को भेजी जाएगी। जिसके 14 सदस्यों वाले दल का गठन इस प्रकार होगा।
3. सदस्य , विज्ञापन जगत के वरिष्ठ कार्यकर्ता
4. सदस्य पत्रकारिता, इंजिनियरिंग, चिकित्सा, शिक्षा, अकाउण्ट्स विज्ञान व उपभोक्ता आन्दोलन से जुड़े लोग।
5. यदि शिकायत सही है तो उसे सम्बन्धित विज्ञापनकर्ता के पास भेजकर संशोधन या विज्ञापन प्रस्तुति पुनः लेने हेतु निदिष्ट किया जाएगा।

ए.एस.सी द्वारा अध्ययन

(CAse Studies from ASC)

उपर्युक्त संस्था के ध्यान में यदि कोई विज्ञापन सम्बन्धी मसला लाया जाता है जिसमें प्रस्तुति, दावे, शब्दावली, परिप्रेक्ष्य या अन्यार्थ रूमें उपभोक्ता-भावना सम्बन्धित शिकायत पर अपनी समिति के माध्यम से विचार-विमर्श करती है।

इस प्रयोजन हेतु सम्बन्धित विज्ञापन के पहलुओं की जांच की जाती है। दावों को जांचा-परखा जाता है। प्रस्तुति को देखा जाता है और सम्बन्धित पहलुओं की पड़ताल की जाती है। नकारात्मक या गलत पाए जाने पर संस्था विज्ञापनकर्ताओं से उसे प्रस्तुत एवं प्रसारित न करने हेतु परामर्श देती है। सम्बन्धित मीडिया एवं एजेन्सी को आपत्तिजनक तथ्यों से अवगत करवा कर तदनुसार कार्यवाही की जाती है।

10. विज्ञापन : विविध कानून एवं नीतिशास्त्र

(Advertising : Different Laws & Ethics)

व्यापारिक एवं व्यापारिक माल चिन्ह अधिनियम 1958 : व्यापार के लिए प्रयोग में लाए जा रहे व्यापारिक चिन्हों को यह अधिनियम सुरक्षा प्रदान करता है।

उपभोक्ता संरक्षण अधिनियम 1986ः यह अधिनियम उपभोक्ता हितों के बेहतर संरक्षण के लिए निर्मित किया गया है। यह उपभोक्ता से जुड़े मसलों के साथ-साथ उपभोक्ता अधिकारों का सवंर्धन व संरक्षण करने के लिए युक्तियां भी निश्चित करता है जैसेः

1. ऐसे उत्पाद के विपणन के विरूद्ध सुरक्षा का अधिकार जो जीवन का संपत्ति के लिए संकटकारक है।

2. खरीदे जाने वाले उत्पाद की गुणवत्ता, मात्रा, क्षमता, शुद्धता, मानक व मुल्य के विषय में सूचना दिए जाने का अधिकार जिससे कि उपभोक्ता को ऐसे अनुचित व्यापारिक व्यवहारों से बचाया जा सके जिसमें उसकी हानि होती है।
3. यदि सम्भव हो तो प्रतिस्पर्धात्मक मूल्यों पर माल की पहुंच का आश्वासन दिए जाने का अधिकार।
4. सुने जाने और आश्वस्त किए जाने का अधिकार कि उपभोक्ताओं के हितों पर उचित माध्यमों व मचों द्वारा सम्यक विचार किया जाएगा।
5. अनुचित व्यापारिक तरीकों व शोषण के विरूद्ध न्याय का अधिकार।
6. उपभोक्ता जागरूकता व शिक्षा का अधिकार

उपर्युक्त उद्देश्यो के संवर्धन व संरक्षण हेतु परिषदों की स्थापना केन्द्र व राज्य सरकार के स्तर पर की जाएगी।

औषधि एवं प्रसाधन सामग्री अधिनियम, 1940 : सरकार किसी भी ऐसी औषधि का प्रसाधन सामग्री के आयात, उत्पादन, वितरण आदि पर रोक लगा सकती है यदि वह उत्तम स्तर की नहीं है।

औषधि एवं जादुई (आपत्तिजनक विज्ञापन) विज्ञापन, 1954 : इस अधिनियम का उद्देश्य ऐसे आपत्तिजनक विज्ञापनों पर रोक लगाना है जिनमें बीमारियों हेतु जादुई इलाज सम्बन्धी दावे किए जाते है।

स्त्री अशिष्ट रूपण अधिनियम, 1986

1. स्त्री के ऐसे रूप को चित्रित करना जिससे किसी स्त्री की आकृति, उसके रूप या शरीर या उसके किसी अंग का किसी ऐसी रीति से चित्रण करना अभिप्रेत है जिसका प्रभाव अशिष्ट होगा या स्त्रियों हेतु असम्मानजनक या अपमानकारी होगा अथवा किसी वर्ग या आयु समूह के किसी व्यक्ति या व्यक्तियों का दुराचारी या भ्रष्ट बनाना या लोक नैतिकता का द्वारा संभाव्य है चाहे उससे किसी अन्य वर्ग या आयु समूह के व्यक्ति पर वैसा ही प्रभाव न पड़े।
2. यह अधिनियम ऐस सभी विज्ञापनों-प्रकाशनों आदि को बंधित करता है जिसमें किसी भी रूप में स्त्री के अभिष्ट रूप का वर्णन चित्रण है।
3. यह ऐसी पुस्तको, पुस्तिकाओं आदि के जिनमें स्त्री के अभिष्ट रूपण को लिया गया है, को क्रिय, वितरण, परिचालन प्रतिबंधित करता है।
4. इस अधिनियम के अधीन अपराधों को पहली बार दोष सिद्ध होने पर दोनों में से किसी भी प्रकार के कारावास के, जिसकी अवधि दो वर्ष तक ही हो सकेगी और जुर्माने से, जो दो हजार रूपये तक का हो सकेगा,

दंडनीय प्रावधान किया गया है। जुर्माने से, जो दो हजार रूपये तक का हो सकेगा, दंडनीय प्रावधान किया गया है। दूसरी व उसके बाद के अपराधों की दोष सिद्धि पर भारी दंड का प्रावधान होगा।

बाट व माप मानक अधिनियम 1976

यह अधिनियम वाणिज्यिक व्यवहारों, ओद्योगिक मापो और जनता तथा मानव सुरक्षा हेतु आवश्यक मापों में मीट्रिक शुद्धता सुनिश्चित कर उपभोक्ताओं को बेहतर सुरक्षा प्रदान करने के लिए निर्मित किया गया है।

खाद्य अपमिश्रण निवारण (संशोधन) अधिनियम 1986—यह ऐसा विधान है जो खाद्य वस्तुओं में अपमिश्रण के निवारण हेतु निर्मित किया गया था।

चिन्ह एवं नाम (अनुपयुक्त प्रयोग पर रोक) अधिनियम 1950-निजी कम्पनियों के विज्ञापन में संयुक्त राष्ट्र संघ, विश्व स्वास्थ्य संगठन, विश्व मौसम संगठन, युनेस्कों, अन्तर्राष्ट्रीय आणविक शक्ति व अन्य ऐसे संगठनों आदि के नाम या चिन्ह के प्रयोग पर रोक है। इसी तरह भारत सरकार, राज्य सरकार, उच्चतम न्यायालय, उच्च न्यायालय, भारत के राष्ट्रपति, राज्यपालों के नाम, उनकी मुहर और राष्ट्रीय ध्वज आदि का अनधिकृत प्रयोग वर्जनीय है। अशोक चक्र, धर्म चक्र, जिनसे भारत सरकार के संरक्षण का आभास मिलता है निजी विज्ञापनों में उनका प्रयोग वर्जित है। राष्ट्रीय ध्वज, भारतीय संविधान, राष्ट्रगान, राष्ट्रीय चिन्हों का अपमान दंडनीय विधान है।

11. इलेक्ट्रानिक मीडिया

इलेक्ट्रानिक मीडिया के सिद्धांत

इलेक्ट्रानिक मीडिया

इलेक्ट्रानिक मीडिया क्या है?

प्रकाशन, संपादन, लेखन अथवा प्रसारण के कार्य को प्रिंट एवं इलेक्ट्रानिक माध्यमों से आगे बढ़ाने की कला को मीडिया कहते है।

इलेक्ट्रानिक मीडिया के संदर्भ में विभिन्न विद्वानों का मत

इलेक्ट्रानिक साधनों के माध्यम से जो जनसंचार होता है वह इलेक्ट्रानिक मीडिया है। (**शिक्षाविद् : डॉ. प्रेमचंद पातंजलि**)

श्रव्य और दृश्य विधा के माध्यम से तुरत-फुरत सूचना देने वाला माध्यम इलेक्ट्रानिक मीडिया हे। (**रेडियो प्रोड्यूसर डॉ0 हरिसिंह पाल**)

विशेष रूप से इलेक्ट्रानिक मीडिया से तात्पर्य ऐसी विद्या से है जिसके माध्यम से नई तकनीक के द्वारा व्यक्ति देश-विदेश की खबरों के अलावा अन्य जानकारी भी प्राप्त करता हो। **(वरिष्ठ पत्रकार मोहनदास नैमिशराय)**

- इलेक्ट्रानिक मीडिया जनसंचार माध्यमों में प्रमुख माध्यम है। हजारों मील दूर की गतिविधियों की जीवंत जानकारी इससे पलभर में मिल जाती है।
- अशांत मन ही पत्रकारिता की जननी है।
- रेडियो, टेलीविजन, सिनेमा, इंटरनेट व मल्टीमीडिया इलेक्ट्रानिक मीडिया के अवयव है।
- 'नई पत्रकारिता में केवल समाचार प्रसारित करना एकमात्र उद्देश्य नहीं है, बल्कि मनोरंजन, विचार-विश्लेषण, समीक्षा, साक्षात्कार, घटना-विश्लेषण, विज्ञापन और किसी न किसी सीमा तक समाज को प्रभावित करना भी इसके उद्देश्यों में निहित है।
- मीडिया समाज का आईना है और जागृति लाने का जरिया भी।

इलेक्ट्रानिक मीडिया का प्रसारण-सिद्धांत

ध्वनि—ध्वनि ही दृश्य चित्र के निर्माण में सहायक होती है। घोड़ों की टाप, युद्ध क्षेत्र का वर्णन, पशु-पक्षियों की चहचहाहट बारिश की बूदें, दरवाजे के खुलने की आवाज, जोर से चीजें पटकने, लाठी की ठक-ठक, चरम चाप की आवाज, बस

व रेलगाड़ी के आने की उद्घोषणाएं, रेलवे प्लेटफार्म के दृश्य आदि का आनन्द रेडियों पर ध्वनि द्वारा ही लिया जा सकता है।

चित्रात्मकता–ध्वनियां और चित्रों का एक साथ संप्रेषण ही टेलीविजन की वास्तविक प्रक्रिया है। इसके प्रसारण में चित्रों के साथ-साथ ध्वनि के कलात्मक उपयोग पर विशेष ध्यान दिया जाता है।

संगीत–संगीत ही मनोरंजन की एक ऐसी विधा है जिससे मनुष्य ही नहीं बल्कि सर्प, हिरन जैसे पशु भी मुग्घ हो जाते है। संगीत से ही नाटकीयता उभरती है। रोचकता बढ़ती है।

कैमरा–प्रोड्यूसर को शूटिंग के समय, शूटिंग सीक्वेंस का क्रम निर्धारित करना पड़ता है। दूरदर्शन एवं फिल्म लेखन में तीन (S) का प्रयोग प्रचुर मात्रा में होता है यानी शॉट, सीन, सीक्वेंस। वही लेखक दूरदर्शन व सिनेमा में सफल हो सकता है। जिसे अभिनय, गायन, फिल्मांकन एवं संपादन का भरपूर ज्ञान हो।

भाषा–रेडियो की भाषा आम आदमी से जुड़ी हुई भाषा है जिसे झोपड़ी से लेकर राजमहल तक सुना जाता है । जबकि टेलीविजन की भाषा एक खास वर्ग के लिए है। रेडियो पर आम बोलचाल की भाषा का प्रयोग किया जाता है। इस भाषा में क्षेत्रीय शब्दों का बहुत महत्वपूर्ण स्थान होता है। जो अपनी परम्परा, संस्कृति धर्म से जुड़े होते है। टेलविजन की भाषा में ग्लोबलाइजेशन है। विदेशी संस्कृति से जुड़े शब्दों का अधिक प्रयोग किया जाता है। आजादी के 55 साल बाद भी छोटे कस्बों में टेलीविजन की आवाज नहीं पहुंच पाई है। रेडियो वहां पहुंच गया है। वाक्य हमेश छोटे-छोटे होने चाहिए। साहित्यिक शब्द श्रोता की रूचि को नष्ट कर देते है।

संक्षिप्तता–इलेक्ट्रानिक मीडिया समयबद्ध प्रसारण है इसलिए थोड़े में बहुत कुछ कह देना इलेक्ट्रानिक मीडिया की विशेषता है।

सृजानात्मक और मीडिया

- कविता, कहानी, नाटक, रिपोर्टाज, साक्षात्कार, विज्ञापन, अनुवाद, कमेंट्री, फीचर, यात्रवर्णन, पुस्तक समीक्षा आदि साहित्य के सृजनात्मक पहलू है। जब इनका संबंध रेडियो व टेलीविजन से जुड़ जाता है तो ये इलेक्ट्रानिक मीडिया की श्रेणी मे आ जाते है।
- सृजनशक्ति परम्परागत जनसंचार माध्यमों से आदिकाल से ही अभिव्यक्त होती रही है पर आधुनिक जनसंचार माध्यमों ने मनुष्य की सृजनशक्ति में चार चांद अवश्य लगाया है।
- कठपुतली, नौटंकी, स्वांग, ढोलक आदि माध्यमों से सृजन अभिव्यक्त होता

रहा और ये माध्यम अपनी पैठ बनाते रहे। फिर मुद्रण कला का आगमन हुआ। मनुष्य की सृजनशक्ति प्रिंट व इलेक्ट्रानिक मीडिया के रूप में देखी जाने लगी। दोनों का अपना-अपना घर है। शब्द-संरचना अलग-अलग है। भाषा अलग-अलग है। प्रस्तुतीकरण के तौर-तरीके एकदम भिन्न है।

- कहानी कहानी होती है। इसे सुनने की ललक मनुष्य को शुरू से ही रही है। घटना-मूलकता ही पारम्परिक कहानी का प्रधान गुण माना गया है।
- आगे क्या हुआ
- कथानक, चरित्र, देशकाल, संवाद, भाषा-शैली, उद्देश्य कहानी के प्रमुख तत्व माने गये है।
- मीडिया की गोद में आने का मतलब कहानी सर्वव्यापी होनी चाहिए। यानी बच्चे से लेकर वृद्ध उसका आनन्द ले सकें। जब कहानी टेलीविजन के लिए लिखी जाती है तो उसमें दृश्यात्मकता का विशेष ध्यान रखा जाता है।
- **कथा के दृश्यों को फिल्मांकित करने के लिए विभिन्न लोकेशन, कोणों की योजना में एक साहित्य की विशेष प्रकार की तकनीक का प्रयोग किया जाता है जिसे वर्तमान में हम 'पटकथा' के नाम से जानते है। इस तकनीक में कथा संक्षेप रूप में लिखी जाती है। अनुवाद का अन्त ता है, ती है, ते हैं पर होता है।**
- कथा के प्रमुख बिन्दुओं का जिक्र करते हुए अगले चरण का संकेत किया जाता है। कथानक का क्रमशः विकास चित्रि किया जाता है। इसके बाद कथा दृश्यों में विभाजित कर दी जाती है। दृश्य-प्रति-दृश्य रूप में लिखि गई साहित्य की तकनीक ही पटकथा कहलाती है। पटकथा के अंतिम प्रारूप में कथा के साथ-साथ कैमरा, ध्वनि, अभिनय आदि का भी पूर्ण निर्देशन होता है।
- पटकथा लेखक के भाषा के अलावा मीडिया संबंधी तकनीक का भरपूर ज्ञान होना आवश्यक है। प्रत्येक प्रकार के दृश्य फिल्माने के लिए पहले **'मास्टर शौट'** लेना होता है। इसके बाद विषय से संबंधित शॉट लिया जाता हे। मास्टर शॉट के बाद **मिड शॉट** और फिर **टू शॉट** बाद में **क्लोजअप शॉट** लेना होता है।
- रिपोर्टाज रिपोर्ट मात्र नहीं है बल्कि लेखक का हृदय, अनुभूति, दूर-दृष्टि संवेदनशील व्यक्तित्व का होना परग आवश्यक है। उक्त बातों से जो व्यक्ति ओतप्रोत नहीं होता उसे मात्र संवाददाता ही कहा जा सकता है। घटना का मार्मिक वर्णन रिपोर्ताज है।
- नाटकीयता, रोचकता, उत्सुकता आदि गुण रखने वाला व्यक्ति ही एक अच्छा रिपोर्ताज हो सकता है।

- शहर, पहाड़, झील, सम्मेलन आदि विषयों पर अच्छे रिपोर्ताज लिखे जाते है।
- विषय विशेषज्ञ, साहित्कार, कलाकार, राजनीतिज्ञ, समाज सुधारक आदि का अक्सर साक्षात्कार प्रिंट मीडिया से लेकर इलेक्ट्रानिक मीडिया में प्रचुर मात्र में लिखा जाता है।
- दो व्यक्तियों की मानसिकता इस विधा के द्वारा पढ़ी, सुनी व देखी जा सकती है। एक व्यक्ति दूसरे व्यक्ति से बात कहलवाकर सच्चाई की तर तक पहुंचता है।
- पन्द्रह अगस्त, छब्बीस जनवरी, राष्ट्रीय नेता की शवयात्र, खेलों का आंखों-देखा हाल जब हम रेडियो व टेलीविजन पर सुनते हैं तो उसे कमेंट्री कहते है।
- कमेंट्रीकर्ता को घटना की प्रत्येक चीज का वर्णन करना पड़ता है। खेल कमेंट्री उत्तेजक व रोमांचक होती है जबकि शवयात्र की भावविह्वलता पूर्ण।
- कमेंट्री चाहे रेडियों के लिए हो या टेलीविजन के लिए पर कमेंट्रीकर्ता का स्वर घटना के अनुकूल ही होना चाहिए।
- सामग्री को पहले अच्छी तरह से पढ़ लेना चाहिए।
- उच्चारण इस विधा में पहला गुण है। तकनीक ज्ञान भी होना चाहिए।

समाचार लेखन

रेडियो-समाचार बुलेटिन एवं समाचार दर्शन रेडियो समाचार के दो रूप है। बुलेटिन में देशी व विदेशी समाचार रखा जाता है। देशी व विदेशी समाचार का मतलब होता है कि जब समाचार पूरे देश से संबंध रखता है तो उसे राष्ट्रीय स्तर का समाचार कहते है, पर जहां समाचार का स्वर राष्ट्रीय स्तर का न होकर राज्य स्तर का हो तो प्रसारित होता है। रेडियो पर प्रसारित समाचार को हम बुलेटिन कहते है। जबकि समाचार दर्शन से अभिप्राय उस समाचार से है जिसमें खेल प्रतियोगित, दुर्घटना स्थल, बाढ़ का आँखों देखा हाल, साक्षात्कार, व्याख्यान, रोचक घटनाओं का वर्णन आता है।

- बोलने से पहले समाचार कागज पर छोटे व सरल वाक्यों में लिखा जाता है। इस लिखे हुए रूप को रेडियो-स्क्रिप्ट कहते है। श्रोता को हमेशा यही लगे कि समाचार वाचक कंठस्थ बोल रहा है।
- रेडियो समाचार की भाषा सरल होनी चाहिए। साहित्यिक भाषा का पुट कदापि न होना चाहिए। यह मानकर लिखना चाहिए कि मुझे समाचार अनपढ़ व्यक्ति को सुनाना है। समाचार में दैनिक भाषा का प्रयोग करना चाहिए।
- वाक्य में उतने शब्द होने चाहिए जितने एक सांस में बोले जा सकें। **क्या,**

क्यों, कब, कहाँ, किसने तथा कैसे आदि छह शब्द रेडियो समाचार के मुख्य अवयव है अतः इन छह अवयवों को ध्यान में रख कर समाचार तैयार करना चाहिए।

- रेडियो समाचार लेखन में तारीख के स्थान पर दिन का प्रयोग होता है। महीने व साल का नाम देने के स्थान पर **'आज', रविवार, सोमवार या यूँ कहिए कि 'इस सप्ताह', 'इस महिने', अगले महीने, पिछले वर्ष, अगले वर्ष** आदि शब्दों का प्रयोग किया जाता है। उपर्युक्त क्रमशः पर्वोक्त, अप्रसन्नता, साधन अपर्याप्त आदि शब्दों का प्रयोग कभी नहीं करना चाहिए।
- स्क्रिप्ट लिखते समय पंक्ति स्पष्ट, शब्द अलग-अलग, कागज के दोनों ओर समान हाशिया के अलावा पृष्ठ समाप्त होने से पहले वाक्य समाप्त कर देना चाहिए।
- छोटी संख्या को हमेश अंकों में तथा बड़ी संख्या को शब्दों में लिखना चाहिए। इसके भी दो तरीके है-पहला तो यह है कि बारह हजार चार सौ पच्चीस, दूसरा तरीका है 12 हजार 4 सौ पच्चीस (12425)
- मुख्य समाचारों को सदैव बोल्ड किया जाता है जिसे समाचार वाचक उस पर जोर देकर पढ़ सके।
- रेडियो पर अक्सर, 5,10,15 मिनट का समाचार बुलेटिन होता है। 2 मिनट का समाचार संक्षिप्त में दिया जाता है जब कि दस व पन्द्रह मिनट का समाचार तीन चरणों में बांटा जाता है। पहले चरण में मुख्य समाचार तथा दूसरे चरण में विस्तारपूर्वक समाचार तथा अंतिम चरण में पुनः मुख्य समाचार बोले जाते है।
- रेडियो पत्रकारिता समय सीमा के अन्तर्गत चलती है इसलिए इस पत्रकारिता की खूबी है कि 20 या 30 शब्दों में समाचार तैयार करें।
- 10 मिनट के बुलेटिन में चार से छह तथा 15 मिनट के बुलेटिन में छह से आठ तक हेड लाइन्स होती है।
- 15 हजार शब्दों का एक बुलेटिन होता है।

टेलिविजन

- टेलिविजन के लिए लिखने वाला व्यक्ति दृश्य व बिम्बों पर सोचता है। टेलीविजन समाचार के दो पक्ष होते हैं। पहले पक्ष में समाचार लेखन, समाचार संयोजन के अलावा दृश्य संयोजन एवं सम्पादन-कार्य आता है। वाचन कार्य दूसरे पक्ष में रखा गया है।

- समाचार तैयार करते समय समाचार से संबंधित दृश्यात्मकता पर विशेष ध्यान दिया जाता है।
- ग्राफ्स, रेखाचित्र एवं मानचित्रों का भी संयोजन एक तरीकेबद्ध किया जाता है। समय-सीमा का भी पूर्ण ध्यान रखना पड़ता है।
- टेलिविजन समाचार सम्पादक का काम बड़ा चुनौतीपूर्ण होता है। समाचार के साथ दृश्य संलग्न करना। समाचार व दृश्य सामग्री की समय-सीमा भी निर्धारित करनी होती है। टेलीविजन पर समाचार संवाददाता ही समाचार वाचक भी हो सकता है और नहीं भी।
- चित्रों का सम्पादन -क्रम में समाचार वाचन करना होता है।
- टेलीविजन समाचार को रेडियो की भांति तीन चरणों में विभाजित किया जाता है। पहले और तीसरे चरण को मुख्य समाचार कहते हैं। दूसरा चरण विस्तारपूर्वक समाचारों का होता है। प्रत्येक बुलेटिन मे छः या आठ मुख्य समाचार होते है। मुख्य समाचार संक्षिप्त होते है। सम्पादक **समाचारों की चार प्रतियां तैयार करता है। फ्लोर मैनेजरर, वाचक एवं प्रोड्यूसर को एक-एक प्रति दी जाती है। चौधी प्रति वह स्वयं** अपने पास रखता है।
- नवीनता, स्पष्टता, संक्षिप्ता एवं भाषा का पूर्ण ध्यान रखना चाहिए।
- इसलिए टेलिविजन समाचारों में घटनाक्रम, चित्रात्मकता, संक्षिप्तता, संभाषणशीलता, समय-सीमा के अलावा रोचकता विशेष गुण माने गये है।

समाचार वाचन

रेडियो वाचन

- रेडियो प्रस्तुतीकरण के लिए स्वाभाविकता, आत्मीयता एवं विविधता का हमेशा ध्यान रखना चाहिए।
- प्रिंट मीडिया हमें 24 घंटे बाद समाचार देता है जबकि रेडियो से हमें तुरन्त समाचार उपलब्ध हो जाता है। रेडियो से हम प्रति घंटे देश-विदेश की नवीनतम घटनाओं से अवगत होते हैं पर ऐसा संचार के अन्य माध्यमों से संभव नहीं है।
- रेडियो समाचार के तीन चरण है-पहले चरण में समाचार विभिन्न स्रोतों से संकलित किया जाता है। दूसरे चरण में समाचारों का चयन होता है तथा तीसरे चरण में समाचार लेखन आता है।
- समाचार जनहित एवं राष्ट्रहित होना चाहिए। समाचार सम्पादक मान्यता प्राप्त माध्यमों से ही समाचार स्वीकार करता है।
- समाचार छोटे वाक्य एवं सरल भाषा में लिखा जाता है। समाचार संक्षिप्त एवं पूर्ण लिखा जाता है। समाचार में आंकड़ों को कम ही स्थान दिया जाता है।

समाचार लिखने के बाद समाचार सम्पादक एक बार पुनः समाचार का अवलोकन करता है। इसके बाद समाचार को **'पूल'** में रखा जाता है। **पूल का मतलब होता है जहां से समाचार वाचक को समाचार पढ़ने को दिया जाता है।** पूल को तीन भागों में रखा गया है-पहले भाग में देशी समाचार रखे जाते है। राजनीतिक समाचार भी इस पूल में रखे जाते है। दूसरे भाग में विदेशी समाचार को रखा जाता है। खेल समाचार तीसरे पूल में रखे जाते है। प्रत्येक बुलेटिन के लिए अलग-अलग पूल होता है। संसद समाचारों के लिए अलग पूल की व्यवस्था होती है।

- बुलेटिन की जीवंतता, सफलता और प्रभावपूर्णता सम्पादक की कुशलता की परिचायक होती है। समाचारों में विराम की भी व्यवस्था है। इस अवसर पर समाचार वाचक कहता है-'ये समाचार आप आकाशवाणी से सुन रहे हैं, या ये समाचार आकाशवाणी से प्रसारित किये जा रहे है।
- समाचार से पहले संगीत बजेगा। फिर समाचार वाचक मुख्य समाचार पढ़ेगा। इसके बाद 'नमस्कार' शब्द कहने के बाद बुलेटिन पढ़ेगा। समाचार के बाद एक कट लगता है। इस कट के बाद समाचार वाचक कहेगा कि इन समाचारों के लिए आप हमारी वेबसाइट भी लॉग कर सकते हैं। पता है. डॉट ऑल इंडिया रेडियो न्यूज डॉट काम। अंत में मुख्य समाचार एक बार फिर पढ़ने के बाद कहेगा कि इसके साथ ही समाचार संध्या का यह अंक समाप्त हुआ। नमस्कार! फिर संगीत की ध्वनि।

साक्षात्कार

- जब पत्रकार किसी विशिष्ट व्यक्ति से उसके कृतित्व व व्यक्तित्व पर बातचीत करता है तो उसे हिन्दी में साक्षात्कार कहते है और अंग्रेजी में इंटरव्यू। यह रिपोर्टिंग की तरह पत्रकारिता की एक भुजा है।
- साक्षात्कार घटनाओं एवं दुर्घटनाओं की तह में जाने का एक माध्यम है। इससे समाचार की गरिमा बढ़ती है और पत्रकारिता उत्कृष्ट होती है। साक्षात्कार पत्रकारिता की मानसिक गुत्थियां कैसे खोलता है यह उसके विवेक पर निर्भर है। साक्षात्कार पत्रकारिता की वह तकनीक है जिसके माध्यम से वह अपनी कल्पना शक्ति के आधार पर किसी अपरिचित व्यक्ति के आंतरिक जीवन में प्रवेश करता है।
- **साक्षात्कार की परिभाषा**
  - ✓ डॉ0 हरिमोहन का कहना है कि ''साक्षात्कार प्रायः उसी व्यक्ति का लिया जाता है, जो चर्चित हो, जिसका किसी भी क्षेत्र में नाम हो, काम हो,

जिसका कृतित्व बडा हो। वह व्यक्ति किसी भी क्षेत्र में विख्यात होना चाहिए।'' इसी स्थिति में उसके उत्तर मूल्यवान होते है और श्रोताओं या दर्शकों का ध्यान अपनी ओर खींचते है।

✓ उत्तर दाता की भाव-भँगिमा, संवग-भाव और मुख आकृति का विशेष अर्थ होता है इनमें ही बहुत कुछ समझा जा सकता है। पलक झुका लेने से एक पूरी कहानी का आभास होता है। लंबी सांस लेने से छिपे हुए दुःख का पता चलता है। बात करते-करते रूक जाने या स्वर के उतार-चढ़ाव से उदारता की आंतरिक स्थिति का पता चलता है। विद्वान लेखकों ने इन्हें व्यक्ति के व्यक्तित्व के रूप में अचेतन के संकेत की संज्ञा दी है।

✓ संवाददाता को कल्पना के अलावा संवेदनशील होना अतिआवश्यक है। क्योंकि उसे राजनेता, डॉक्टर, इंजीनियर, अधिकारी, उद्योगपति, खिलाड़ी अभिनेता-अभिनेत्री आदि का इंटरव्यू लेना होता है।

✓ अभिप्राय यह है कि साक्षात्कार को प्रत्येक प्रकार के आदमी से बातचीत करने का ढ़ंग होना चाहिए।

साक्षात्कार से पहले कुछ बातें

- विषय का चयन
- विषय से संबंधित प्रश्नावली और व्यक्ति
- व्यक्ति चर्चित हो।
- अपने साथ टेपरिकार्डर रखना चाहिए।

साक्षात्कार लेते समय

- उत्तरदाता को विषय पहले से बताकर रखे
- उत्तरदाता को खुलकर बोलने दे और बातों को ध्यान से सुने।
- समय-सीमा के अन्तर्गत प्रश्न पूछे।
- वाद-विवाद से बचे।
- अपनी वाक्पटुता का परिचय दे।
- बीच-बीच में उसे प्रोत्साहित करें।
- यदि उत्तरदाता को स्टूडियो बुलाया गया है तो उसे स्टूडियो आने का धन्यवाद दे।

साक्षात्कार के बाद

- साक्षात्कार को सम्पादित करें।
- प्रसारण का समय उत्तरदाता को अवश्य बताना चाहिए।

साक्षात्कार के प्रकार

- **व्यक्तिगत साक्षात्कार**-जब साक्षात्कार किसी विषय-विशेषज्ञ को आमने-सामने बैठा कर लिया जाता है तो उसे व्यक्त्गित साक्षात्कार कहते है। समस्या सामाजिक धार्मिक, राजनीतिक, आर्थिक, फिल्म इत्यादि विषयों से जुड़ी हो सकती है। समस्या तो समस्या है। चाहे वह किसी भी रूप में हो।
- **सामूहिक साक्षात्कार**-जब घटना व दुर्घटना के भुक्तभोगियों से साक्षात्कार लिया जाए तो वह सामूहिक साक्षात्कार कहलाता है। मजदूरों की समस्या को लेकर मजदूरों से पूछताछ करना भी इसी श्रेणी का साक्षात्कार होता है और चुनाव से पहले और बाद में पक्ष-विपक्ष के नेता तथा मतदाताओं से बातचीत करना भी।

स्टूडियो के अन्दर साक्षात्कार

- रिकार्डिंग से पहले उत्तरदाता से कुछ बातें करें।
- माइक्रोफोन या वीडियो कैमरा का परीक्षण करने के बाद ऑन करे।
- साक्षात्कार से पहले उत्तरदाता का संक्षिप्त परिचय दें।
- उत्तरदाता के सही हाव-भाव जानने के लिए प्रश्न तत्काल पूछें।
- उत्तरदाता के उत्तर से प्रश्न निकालें।
- अनावश्यक हस्तेक्षेप न करें।
- मंच प्रबंधक का ध्यान अवश्य रखें।
- उत्तरदाता के चेहरे के भावों को पढ़ें।
- एक बार में एक ही प्रश्न पूछे। प्रश्न सरल भाषा में तथा संक्षिप्त हों।
- समय का अवश्य ध्यान रखें।
- अपना ध्यान विषय पर केन्द्रित रखे।

साक्षात्कार का समापान

साक्षात्कार का समापन करना भी एक कला है इसलिए कुछ विशेष वाक्य प्रयोग किये जाते है।

1. अच्दा, अंतिम प्रश्न, आप हमारे स्टूडियों में आए।
2. आपने बहुत अच्छी-अच्छी बातें बतायीं।
3. हमें आपसे बातचीत करके बहुत अच्छा लगा। धन्यवाद।
4. आपका बहुत-बहुत धन्यवाद।

रेडियो वार्ता

- जब वक्ता रेडियो पर मानव समूह से अप्रत्यक्ष रूप से किसी विषय विशेष

पर बातचीत करता है तो उसे इलेक्ट्रानिक मीडिया से वार्ता कहते है। अंग्रेजी भाषा में वार्ता का मतलब 'स्पोकन वर्ड' से है और 'रेडियो टॉक' से भी। पर हिन्दी में वृत्तांत कहा गया है। सही मायने में रेडियो वार्ता में दो पक्ष होते है-वक्ता और श्रोता। वार्ताकार को दो-चार वाक्यों के बाद एक वाक्य ऐसा प्रस्तुत करना चाहिए कि वह यह समझे कि मैं श्रोताओं के सामने खड़ा है।

- रेडियो वार्ता में श्रोता पक्ष की संवादी प्रवृत्ति की जिम्मेदारी वार्ताकार की ही होती है अर्थात् अपनी वार्ता में वार्ताकार यह समझ ले कि श्रोता उसकी वार्ता के साथ अपनी मानसिकता को बांधे हुए है और उसकी अभिव्यक्तियों के साथ श्रोताओं का भाववोध जुड़ा होता है।
- वार्ताकार पहले अपना आलेख तैयार करे। पर यह जरूरी नहीं है कि एक अच्छा आलेख तैयार करने वाला अच्छा आलेख तैयार करने वाला अच्छा वार्ताकार हो सकता हो।

विषय चयन

- वार्ता किसके लिए प्रसारित होगी? शिक्षित या अशिक्षित, महिला या बच्चे, छात्र या युवा आदि में से कौन-सा वर्ग इससे प्रभावित होगा? पर इसे तैयार करते समय रेडियो नीति से भी भलीभांति परिचित होना चाहिए। अमुख विषय का पर्याप्त ज्ञान होना अनिवार्य है।

रूपरेखा

- श्रोता तथ्य व आंकड़ों तक ही सीमित नहीं है बल्कि वार्ताकार या लेखक के दृष्टिकोण जानने की चाहत रखता है। डेल कार्नेगी के शब्दों में 'तैयारी का अर्थ है सोचना, चिंतन करना, उन्हें चमकाना, उन्हे एक निश्चित योजना में रखना। वास्तव में अपने लक्ष्य के अनुसार वार्ता की रूपरेखा बनानी चाहिए।
- तथ्यों से वार्ता को कदापि बोझिल नहीं बनाना चाहिए। तथ्य प्रमाणित हो। इनका समावेश आवश्यकतानुसार होना चाहिए। वार्ता में कम से कम आंकड़ों का प्रयोग करना चाहिए।

भाषा

- रेडियो वार्ता में शब्दों की पुनरावृति कदापि नहीं होनी चाहिए। वाक्य सरल शब्दों द्वारा तैयार करने चाहिए। अपनी बात हमेशा स्पष्ट शब्दों में करनी चाहिए। साहित्यिक भाषा का पुट कदापि नहीं करना चाहिए।

प्रस्तुतीकरण

- प्रस्तुतीकरण बहुत महत्व रखता है। रोचकता वार्ता का दूसरा गुण है। वार्ता

का प्रारम्भ किसी प्रश्न से हो सकता है और किसी चमत्कारपूर्ण उक्ति से भी। समूची वार्ता एक ही प्रकार की न हो। उसमें मात्र चौंकाने वाली बातें ही न हों। श्रोता को अपनी ओर आकर्षित करने के लिए वार्ता के बीच-बीच में रोचक प्रसंग, दृष्टांत एवं उद्धरण अवश्य होने चाहिए। वार्ताकार विषय से न भटके। जितने सुन्दर ढंग से वार्ता का प्रारम्भ किया जाता है ठीक उसी ढंग से वार्ता का अंत भी करना एक कला है। अंतिम भाग बड़ा रोचक बनाना चाहिए।

इलेक्ट्रानिक मीडिया में नाटक

- रेडियो श्रव्य माध्यम है। साहित्य की यह विधा जब रेडियो पर सुनी जाती है तो इस पर रेडियो नाटक की मोहर लग जाती है। यानी इसे रेडियो नाटक कहने लगते है।
- अध्ययन और अनुभव भी नाटक के स्रोत बन सकते है। कथानक, पात्र, संवाद आदि से कृति को अमली जामा पहनना पड़ता है।

रेडियो और टेलीविजन नाटक में अन्तर

- जिस नाटक का लेखन टेलीविजन के लिए किया जाता है, उसे टेलीविजन नाटक की संज्ञा से अभिहित किया जाता है। वास्तव में नाटक नाटक होता है-चाहे वह मंच का नाटक हो या टेलीविजन अथवा रेडियो का हो। परिभाषा के स्तर पर नाटक एक ही है। विभिन्न माध्यमों की तकनीकी आवश्यकताओं के आधार पर उनके प्रस्तुतीकरण की विविधताओं को ध्यान में रखते हुए हम उनमें भेद कर सकते है।
- रेडियो नाटक जहां केवल श्रव्य है, वहां टेलीविजन नाटक श्रव्य दोनों है। इस दृष्टि से टेलीविजन नाटक रंगमंचीय नाटक के अत्यंत निकट है। रेडियो नाटक के तीन उपकरणों-संवाद, ध्वनि प्रभाव और संगीत का भी टेलीविजन नाटक में प्रयोग होता है। इनके अतिरिक्त टेलीविजन नाटक में अभिव्यक्ति के अन्य साधन की उपलब्ध है।

नाटक का शिल्प विधान-इस विधा में कथानक, पात्र, संवाद, दृश्य एवं उद्‌देश्य प्रमुख बिंदु होते है। ध्वनि संगीत, प्रकाश एवं साज-सज्जा तकनीकी क्षेत्र में आते है।

कथानक

- कथानक घटनाओं रूपी नाटक की पहली सीढ़ी है जिसके ऊपर नाटककार चढ़ कर अपने श्रोताओं की रूचि का पता लगाता है। अपने उद्‌देश्य के अलावा

व्यावसायिक दृष्टि से कथानक को आकर्षण बनाना बहुत आवश्यक है।

- नाटककार को मानसिक, सामाजिक एवं बौद्धिक वर्ग की रूचि का विशेष ध्यान रखना चाहिए क्योंकि यही वर्ग दर्शक, श्रोता एवं समीक्षक होते है।
- नाटककारों ने कथानक के तीन भाग किये है-पहला भाग इसमें पात्रें का प्रारंभिक दौर होता है। कथानका का दूसरा भाग क्रिया का शेष, तीसरा भाग संघर्ष को दर्शाता है।
- कथानक में मुख्य घटनाओं का ही उल्लेख करना चाहिए। कमरा, पार्क, रेलवे स्टेशन आदि का विस्तार से वर्णन कदापि नहीं करना चाहिए। क्योंकि विषयवस्तु का चयन करने के बाद कथानक की रूपरेखा शब्दबद्ध की जाती है। संक्षिप्त कथानक ही तैयार करना चाहिए।
- रूपरेखा के बाद प्रसंगों की चर्चा करना चाहिए। नाटक को एक अनुपात में प्रस्तुत करने के लिए प्रसंगों का विभाजन किया जाता है। इस विभाजन में किस दृश्य में कौन-कौन पात्र, बिन्दु होंगे।

पात्रों का चयन

- कार्यशैली के अनुसार पात्रें का चयन
- पात्र सजीव हो
- उसमें विश्वसनीयता हो
- नाटककार को अपने पात्रें को शारीरिक, सामाजिक एवं मनोवैज्ञानिक आधार पर चयन करना चाहिए।

दृश्य-संयोजन

- ध्वनि के साथ दृश्यों का क्रम निर्धारित करना चाहिए।
- नाटक में स्वप्न दृश्यों का भी बहुत महत्व होता है।

संवाद

- संवाद ही नाटक के पर खोलता है। नाटक के पात्रें से अवगत कराता है।
- संवाद ही नाटक का द्वारपाल है और सांस भी।
- संवाद हमेशा परिवेश के अनुसार लिखे जाने चाहिए।
- संवादों के बीच में प्रश्नों मा समावेश नाटक के आकर्षण में वृद्धि करता है। स्वाभाविक, सरलता, संक्षिप्तता एवं प्रवाहमयता संवाद के प्रमुख गुण माने गये है।

उद्देश्य-पारिवारिक, सामाजिक एवं राष्ट्रीय समस्याओं से श्रोता व दर्शकों को अवगत कराकर उनके प्रति उन्हें जागरूक करना भी नाटककार का एक उद्देश्य होता है।

टेलीविजन धारावाहिक

इसमें लेखन करने के लिए पहले लेखक को विचारों में खोना पड़ता है। भाषा के सागर में नहाना पड़ता है। प्रकृति में भ्रषण करना पड़ता है। मस्तिष्क में प्रकृति के दृश्यों की सीडी बनानी पड़ती है। क्योंकि धारावाहिक मूल रूप से कथा है। इसमें एक नहीं अनेक पात्र होते है। कुछ वर्ग प्रधान है तो कुछ व्यक्तिगत। उनके संबंधों, द्वंद्वों एवं परस्पर टकराहट से कथा आगे बढ़ती है। टेलीविजन धारावाहिक लेखन में विचार, दृश्यानुसार कथा, कथासार, पात्र एवं संवाद प्रमुख पहलू होते हैं।

विचार-विचार ऐसा हो जिसमें, नवीनता, रोचकता एवं व्यावसायिक दृष्टि हो।

दृश्यानुसार कथा

लेखक को कहानी के दृश्यों का विभाजन बड़ी सूझबूझ से करना चाहिए। दृश्यों के आधार पर कथाकार कथा लिखता है और निर्देशन करता है। एक पंक्ति में दृश्य की कहानी कहना हॉलीवुड में 'वन लाइनर' कहा जाता है। इसके बाद पटकथा लिखी जाती है। वन लाइनर तैयार होने पर पटकथा लेखक को कहानी की पटकथा लिखने में सुविधा होती है।

कथासार

कथा का सार ऐसी होना चाहिए ताकि कामर्शियल ब्रेक से पहले दर्शकों की धारावाहिक के प्रति उत्सकुकता बनी रहे। प्रत्येक एपिसोड के अंत में ऐसा नाटकीय मोड़ प्रस्तुत होना चाहिए ताकि दर्शक अगले एपिसोड का इंतजार करें। कथासार में कब, क्या, क्या, कहां, कैसा, कौन आदि सब कुद दिखना तय होता है।

पात्र—लगभग चालीस प्रतिशत दर्शक संवाद सुनता है। अपने परिवेश में आकर दर्शक वैसा ही संवाद बोलता है। संवाद रूचिकर हो।

वृत्तचित्र Documentary

- अंग्रेजी में इसे 'डाक्यूमेंट्री' कहा जता है। शब्दकोशों के अनुसार 'डाक्यूमेंट' का अर्थ है लेख या प्रमाण-पत्र।
- वृत्तचित्र वह विधा है जो किसी सत्य घटना, तथ्य, सूचना, व्यक्तिगत और परिस्थिति पर आधारित होती है तथा जिसका उद्‌देश्य मनोरंजन की अपेक्षा शिक्षा और सूचना देना अधिक होता है। जब यह कार्य दृश्यों द्वारा किया जाता है। तो वह प्रक्रिया फिल्म अथवा टेलीविजन वृत्तचित्र कहलाता है। रेडियो वृतचित्र को रूपक में समाहित किया जा सकता है।
- इसके लिए लेखक के पास सर्जनात्मकता, कर्मठता, कल्पनाशक्ति एवं

समयबद्धता होनी चाहिए। वृतचित्र लिखने से पहले विषय का चयन करना पड़ता है। लेखक भी इस क्षेत्र में स्वतंत्र नहीं होता। निर्माता की आर्थिक स्थिति तथा प्रस्तुतकर्ता एवं विषय विशेषज्ञ से मिलकर कार्य करना पड़ता है।

वृत्तचित्र के प्रकार

1. **कहानी वृत्तचित्र**
2. **यात्रा-वृत्तांत वृत्तचित्र**—अमुख स्थान पर अपने लक्ष्य के अनुसार कैमरामैन को लेकर जाना पड़ता है। रिकार्डिंग के बाद उसे स्टूडियो में पटकथा लेखक को वृत्तचित्र दिखाकर कमेंट्री लिखवायी जाती है। दृश्य मौसम, स्थान, खानपान, लोगों का चरित्र आदि को संगीत एवं ध्वनि के माध्यम से टेलीविजन पर दिखाया जाता है।
3. **सामाजिक वृत्तचित्र**—ऐस वृत्तचित्र जिनमें समाज के छोटे-बड़े, गरीब-अमीर, दलित तथा गैर दलितों की मानसिकता दिखाई जाती हों, उन्हें सामाजिक वृत्तचित्र कहते है।
4. **खोजपूर्ण वृतचित्र**—खोजपूर्ण तथ्य दिखाकर सच्चाई उजागर करने का इस प्रकार के वृत्तचित्रों का पमुख उद्देश्य होता है।
5. **ऐतिहासिक वृतचित्र**—ऐतिहासिक तथ्यों द्वारा बनाये गये वृत्तचित्र इस श्रेणी में आते है। संस्कृति, सामाजिक चेतना, आर्थिक घटनाओं के अलावा राष्ट्रीय स्तर का व्यक्तित्व इस वृतचित्र के विषय बनते है।
6. **समाचार वृतचित्र**—वृत्तचित्र दो तरीकों से बनता है यानी वॉयस ओवर और वॉयस ओवर बाईट। वॉयस ओवर में दृश्य दिखाते हुए पीछे से कमेंटरी का वाचन होता है। जबकि वॉयस ओवर बाईट में कमेंटरी के साथ-साथ लोगों को बोलते दिखाया जाता है। इस प्रकार के वृत्तचित्र में समस्या के साथ निदान भी दिखाया जाता है।

फीचर फिल्म

- फिल्म हजारों अभिव्यक्तिपूर्ण श्रव्य एवं दृश्य आख्यान है। आजकल हमें यह भी जोड़ना चाहिए कि फिल्म रंग है।
- लेखन एक कौशलपूर्ण कार्य है। लेखन प्रिंट मीडिया के लिए हो या इलेक्ट्रानिक मीडिया के लिए लेखन तो लेखन है।
- लेखक को जूझना पड़ता है। शब्दों से खेलना पड़ता है। बात अपने आप में पूर्ण है। लेखन कहानी लिखता है। कविता लिखता है। उपन्यास लिखता है। आलेख लिखता है। पर लिखने से पहले वह यह भी सोचता है कि यह देना

किसको है? प्रिंट मीडिया के लिए प्रकाशक के अलावा पत्र-पत्रिकाओं की जरूरत होती है।

कथा

- फिल्म लिखने से पहले लेखक महापुरूष, ऐतिहासिक, सामाजिक, आर्थिक, राजनीतिक, हास्य प्रधान, शिक्षाप्रद, रोमांसपूर्ण आदि विषयों पर अपना विचार करता है कि मुझे उपरोक्त किस विषय पर कथा लिखनी है? कैसे कथा प्रभावशाली हो सकती है? कैसे उसका क्रम बना रहेगा? इसी विचार को अंग्रेजी भाषा में **आइडिया** कहते है।
- वृक्ष के संदर्भ में जो स्थिति बीज की है, पटकथा के संदर्भ में वही स्थिति कथा-विचार की है।
- फिल्म लेखन के लिए लेखक के पास नए, आकर्षक, मनोरंजक और व्यावसायिक दृष्टि से प्रेरक कथा-विचारों को वर्णित करने की क्षमता भी होनी चाहिए। कथा-विचार ऐसा हो कि निर्माता को यह विश्वास हो जाए कि वह व्यावसायिक दृष्टि से सफल सिद्ध होगा।
- लेखक में अपने विषय को समझाने की वाक्पटुता होनी चाहिए जिससे वह अपनी कथा के सार को संक्षिप्त रूप में समझा सके।

पटकथा

- पटकथा का मतलब होता है दृश्य क्रम का निर्धारण । इसे अंग्रेजी भाषा में 'सिनेरियो' भी कहते है। इसमें 60-80 दृश्यों के अन्तर्गत पूरी फिल्म लिखी जाती है। पटकथा लेखन कथा लेखन से आसान कार्य नहीं है।
- पटकथा लेखक को दृश्य ज्ञान की।
- इसके संबंध में निम्न बातें बहुत महत्वपूर्ण है-
  - ✓ फिल्म की लंबाई
  - ✓ दृश्यों की संख्या
  - ✓ दृश्यों का क्रम-निर्धारण
  - ✓ कहानी की शैली
  - ✓ दृश्य का आदि व अंत
- अच्छा पटकथा लेखक वही हो सकता है जो किसी पटकथा में कम से कम दृश्यों का समावेश करे। पटकथा लेखन के दो प्रारूप होते है यानी वन लाइन स्क्रीन प्ले तथा दृश्य समग्रता का विस्तार। वन लाइन स्क्रीन प्ले से तात्पर्य है कि इसमें दृश्य में क्या कहना है वही लिखा जाता है। शूटिंग

के समय लेखक, निर्माता एवं निर्देशक एक साथ बैठते है। संवाद लेखक को लिखने के लिए दिए जाते है। जबकि दृश्य समग्रता का विस्तार में पात्रें को अपनी-अपनी भूमिका का पता होता है। इसमें समय के साथ धन भी कम खर्च होता है। इसके बाद इसका वाचन होता है। सुझाव आते है। उन पर चिंतन होता है। फिर पटकथा में सुझावों को स्थान मिलता है।

- कहानी को ऐसे खूबसूरत तरीके से दर्शकों के सामने प्रस्तुत करना कि वह ढाई घंटे तक दर्शकों को बांध सके और अपना औत्सुक्य बनाए रख सके, पटकथा लेखन का मूल माना जा सकता है।
- संवाद लिखना एक कला है, जो हर लेखक नहीं लिख सकता है। संवाद फिल्मों के अलावा नाटक, रेडियो व टेलीविजन सीरियलों के लिए भी लिखे जाते है।
- हरमल सिंह कहते है कि संवाद फिल्म की जान होते है।

प्रेस विज्ञप्ति

दैनिक समाचार-पत्रों में प्रकाशनाथ सरकारी, अर्धसरकारी एवं निजी संस्थानों द्वारा जनहित एवं प्रचार-प्रसार के लिए भेजा गया प्रारूप प्रेस विज्ञप्ति कहलाता है। प्रारूप संगोष्ठी एवं सम्मेलनों की पूर्व सूचनार्थ हो सकता है और इनकी रपट संबंधी भी। संस्थानों की उपलब्धियों का भी प्रारूप हो सकता है और निविदा आदि से संबंधित भी

इसके प्रकाशित होने तक की प्रक्रिया तक गम्भीर रूप से विचार किया जाता है, ताकि संस्थान या व्यक्ति किसी संकट में न पड़ जाए। यह जैसे प्राप्त होती है ठीक वैसे ही प्रकाशित की जाती है।

विज्ञप्ति बनाते समय ध्यान रखन वाली बातें

लेटर हेड-कार्यालय के लेटर हेड पर टाईप करके प्रकाशनाथ भेजी जाती है। प्रेस विज्ञप्तियां व्यक्तिगत, इमेल, फैक्स द्वारा भेजी जा सकती है।

भाषा की सरलता-

प्रमुख बात-प्रेस विज्ञप्ति तैयार करते समय मुख्य बात पहले प्रस्तुत करनी चाहिए क्योंकि पत्र व पत्रकारों के पास स्थान और समय सीमित होता है।

समय-

डेट लाईन-

स्रोत-प्रेस विज्ञप्ति में विज्ञप्ति भेजने वाले का नाम, पता एवं टेलीविफोन इत्यादि स्पष्ट रूप से लिखा या टंकित होना चाहिए।

आकार-इलेक्ट्रानिक मीडिया में प्रेस विज्ञप्ति आधे पृष्ठ की अच्छी मानी जाती

है। यानी 50 शब्दों में रेडियो या टेलीविजन में समय पाने के लिए एक पृष्ठ से अधिक की विज्ञप्ति कमी नहीं भेजनी चाहिए।

लिखने का ढंग-पेपर के बीच में लिखित या टंकित हो। विज्ञप्ति भेजने वाले का नाम पता एवं फोन नः स्पष्ट हो। दिनाँक ऊपर दायीं तरफ प्रेस विज्ञप्ति शब्द से पहले हो।

पत्रांक-

फोटो-कार्यक्रम की फोटो भी भेजें

पटकथा

पटकथा क्या है?

घटना के बिना कथा नहीं बन सकती। घटना भी समस्या प्रधान होनी चाहिए क्योंकि समस्या ही नाटकीय तत्व प्रदान करती है। या यूं कहिए कि समस्या से ही नाटक जन्म लेता है। घटना के कुछ पात्र हों, उनके आगे कोई समस्या उत्पन्न हो, उस समस्या से कोई संकट पैदा हो, संकट का समाधान ही नाटक का अन्त कर देता है। जब किसी घटना की प्रसंग दृश्यों के रूप में श्रृंखला बन जाती हैं तो फिल्म की भाषा में उसे सीक्वेंस कहा जाता है।

कथानक को विभिन्न दृश्यों में तोड़कर प्रस्तुत करना पटकथा है तो अतिश्योक्ति न होगी। पटकथा लेखन इलेक्ट्रानिक मीडिया की एक ऐसी विधा है जिसमें कहानी को दृश्यों के रूप में बांटना होता है। पटकथा में दृश्य श्रृंखला की वही स्थिति होती है जो उपन्यास में परिच्छेदों की होती है।

पटकथा लिखते समय

- इसे लिखते समय ता है, ती है, ते है आदि क्रिया विभिक्तियों का प्रयोग करें। इस बातं का भी ध्यान रखें कि ऐसी कौन सी घटनाएं ली जाएं जिनसे पात्रें के चरित्र का पता चल सके।
- पटकथा लिखते समय दृश्य के ऊपर दिन और रात का ही उल्लेख करना चाहिए। यह बताने की जरूरत नहीं है कि दिन के चार बजे हैं या पांच।
- लेखक व दर्शक में काफी अन्तर होता है। लेखक घटना लिखता है। जबकि दर्शक पर्दे पर घटना को घटित होते हुए देखता है। फिल्म की कहानी सुनते ही हम अनिश्चित वर्तमान की बात करने लगते है। 'एक भिखारी था' के स्थान पर 'एक भिखारी होता है' का प्रयोग करते है।

पटकथा का आतंरिक भाग

पटकथा तीन अंकीय सूत्र पर आधारित होती है। प्रथम अंक कथानक का गर्भ होता है। दूसरा अंक जवानी तथा तीसरा अंक बुढ़ापे से संबंध रखता है। यानी

प्रथम भाग में ऐसी बातें प्रस्तुत करनी चाहिए जिससे आगे चलकर दृश्यों में चरित्र-चित्रण नाटकीय मोड़ ले सके। पात्रें की स्थिति, परिस्थिति एवं कामनाएं इसी अंक की घटनाओं से उजागर होती है। आने वाली घटनाओं को न्यौता दिया जाता है। इसको सेट-अप भी कहा जाता है। दो घंटे की फिल्म का सेट-अप लगभग 30 मिनट का होना चाहिए। यदि पात्र के व्यवसाय या आदत को बताना हो तो पहले नायक को दिल्ली पुलिस का सिपाही बताएँ बताएँ बाद में स्थान और अंत में उसकी बाधाएँ एवं हथियार का सफलतापूर्वक इस्तेमाल करना बताएँ।

दूसरे अंक में पात्रें का विशिष्ट परिस्थिति में अलग-अलग कामनाओं के कारण हुआ झगड़ा दिखाना होता है। कथानक को संवादों के माध्यम से उलझाना चाहिए। ताकि वह चरमोत्कर्ष की और आसानी से बढ़ सके। पात्रें के घाट-प्रतिघात का वर्णन इस तरह दिखाना चाहिए कि उन्हें संकट का अहसान हो जाए।

एक घटना से दूसरी घटना जन्म ले, एक दृश्य से दूसरा दृश्य उत्पन्न हो। कथानक का ऐसा कोई दृश्य न हो जो कथा को आगे बढ़ने से रोके। पटकथा का तीसरा अंक संकट के समाधान का होता है, आभास का होता है। इस अंक पर कथा खत्म हो जाती है।

दो घंटे की फिल्म के लिए पटकथा के लगभग 100-120 पृष्ठ टंकित होने चाहिए। प्रथम अंक के लिए 330 पृष्ठ निर्धारित करें। पटकथा लिखते समय कहां और कैसे वाली बात ध्यान में रखती चाहिए। जिज्ञासा का मुद्‌दा अच्छी तरह से उठाएं। सेट-अप में यह बताना आवश्यक है कि पात्र कहां हैं, कौन है, क्या करते है और क्या चाहते है?

फिल्म व टेलीविजन की पटकथा में अन्तर

- संवादों में जितनी अधिक नाटकीयता होगी उतना ही संवाद अच्छा माना जायेगा।
- दृश्य के सिनेरियों के अन्दर वह स्थिति पैदा करनी होती है जिससे संवादों में रोचकता बढ़े।
- फिल्म की पटकथा पूर्ण रूप से व्यवसाय को ध्यान में रखकर लिखी जाती है। जबकि टेलीविजन की पटकथा से संबंध में व्यवसाय के साथ-साथ विचार प्रधान होता है। टेलीविजन के शॉट्स निकट से लिये जाते हैं जबकि फिल्म के लिए शॉट्स निकट से लिये जाते हैं जबकि फिल्म के लिए शॉट्स आवश्यकतानुसार दूर व पास से लिए जाते है।

फिल्म समीक्षा के सिद्धांत

- फिल्म विशेषज्ञ लेखन, निर्देशन, सेट, अभिनय, छायांकन, सम्पादन, संवाद,

गीत, संगीत आदि का बारीकी से अध्ययन करते हुए अपने विचार संकलित करते है।

- फिल्म में लेखक ने क्या कहने का प्रयास किया है। लेखक जो कहना चाहता है क्या वह कने में सफल हो पाया है या नहीं। तीसरी बात कथन की है।
- हर समीक्षक के सोचने का अंदाज अलग-अलग किस्म का होता है। कोई संगीत को महत्व देता है तो कोई गीत, हीरो-हीरोइन, कैमरामेन, ड्रेसमैन, सम्पादन, पटकथा, संवाद आदि को।
- मंगेश मिश्र का कहना है कि इंसान के शरीर में पंचतत्व की तरह ही फिल्म के शरीर में पांच तत्व होते है। लेखन, निर्देशन, अभिनय, संगीत और तकनीक।
- वह 18 भाषाओं और उससे जुड़ी बोलियों में विभक्त है। इसलिए भाषा या बोली विशेष के क्षेत्र में एक ही फिल्म को देखते हुए दर्शकों की प्रतिक्रिया अलग-अलग होती है।
- देश का हर आदमी समीक्षक है। चाय की दुकान वाले से लेकर लेखक तक। समीक्षाओं का फिल्म बाजार पर बहुत गहरा प्रभाव पड़ता है।
- समीक्षा के लिए विशेष रूप से कथा पटकथा, अभिनय, दृश्य, संवाद, गीत, संगीत एवं भाषा पर थोड़ा प्रकाश अवश्य डालें तो आपकी समीक्षा अच्छी हो सकती है।
- समीक्षा करते समय निम्न बातों की चर्चा अवश्य करनी चाहिए-
  - ✓ कथा
  - ✓ पटकथा
  - ✓ संवाद
  - ✓ गीत
  - ✓ संगीत
  - ✓ तकनीक
  - ✓ निर्देशक
  - ✓ अभिनव
  - ✓ दृश्य
  - ✓ सम्पादन
  - ✓ वेशभूषा

इलेक्ट्रानिक मीडिया में विज्ञापन

- नमन जैसी साधारण-सी चीज को चमकती थैली में खरीदना पसन्द करते है।

- पत्र-पत्रिकाएं सस्ते मुल्य पर बिक रही हैं।
- मई 1987 में दूरदर्शन ने विज्ञापनों की एक आचारसंहिता बनायी थी कि विज्ञापनदाता उपभोक्ता अधिनियम के अलावा महिलाओं को अशोभनीय तरीके से प्रस्तुत करने पर दंड का भागीदार होगा। विज्ञापन प्रसारित करने से पहले दूरदर्शन के महानिदेशक से स्वीकृति लेनी अनिवार्य होगी। सेक्स या अपराध संबंधी विज्ञापन कदापि नहीं दिखाए जाएंगे। संविधान द्वारा नागरिक को मिले समानता एवं गतिमा रूपी अधिकारों की अवहेलना विज्ञापनदाता नहीं करेगा। विज्ञापनदाता ऐसा विज्ञापन प्रस्तुत नहीं करेगा जिससे बच्चों के मन पर गलत प्रभाव पड़े।
- सामाजिक विकास और योजनाओं के क्रियान्वयन से विज्ञापन की भूमिका जुड़ी है।
- विज्ञापन रोजगार का साधन है और अच्छे-बुरे का आभास कराने वाला भी।
- विज्ञापन को अंग्रेजी भाषा में एडवरटाइजिंग कहते है। एडवरटाइजिंग शब्द की उत्पत्ति लेटिन भाषा के Advertor से हुई है। इसका शाब्दिक अर्थ टू टर्न टू यानी अपनी ओर मोड़ना या आकृष्ट करना हे। लेकिन हिन्दी में किज्ञापन शब्दों को मिला कर एक नये शब्द का निर्माण होता है जिसे विज्ञापन कहा जाता है। ज्ञापन का अर्थ होता है ज्ञान कराना या सूचना देना।
- विज्ञापन शब्दों, चित्रों द्वारा विचार या किसी वस्तु के उत्पाद की जानकारी देने का एक सर्वोत्तम माध्यम है। विज्ञापन उद्योग तथा सरकार की प्रतिष्ठा तथा साख में वृद्धि करने का भी साधन है पर मीडिया के बिना यह गतिशील नहीं हो सकता है। साहित्य की यह एक कलात्मक विधा है जिससे उत्पाद का प्रचार होता है, नीतियों का परिचय दिया जाता है।
- विज्ञापन जनमत निर्माण की प्रक्रिया को निरन्तर बनाये रखने का भी प्रयत्न करता है ताकि उत्पाद की खपत बढ़ती रहे।

भारत में विज्ञापन

विज्ञापन से ही प्रिन्ट मीडिया का जन्म हुआ। जेम्स आगस्टस हिक्की द्वारा कलकत्ता से प्रकाशित **'बंगाल गजट'** नामक समाचार पत्र का शुभारंभ 1780 में हुआ था। इसके प्रथम पृष्ठ पर विज्ञापन छपते थे। भारत में ही नहीं बल्कि अमेरिका में भी 'पेन्सलेवेनिया गजट' नामक समाचार-पत्र की शुरूआत विज्ञापन से ही मानी गयी है। रेडियो पर विज्ञापन का प्रसारण विविध भारती चैनल द्वारा 1967 ई. में प्रारम्भ हुआ। टेलिविजन पर 1976 ई. से विज्ञापन सेवा शुरू हुई।

विज्ञापन एजेंसियाँ

- एजेंसियों का अपना घर होता है, भाषा होती है, कर्मचारी होते है, विज्ञापन लिखने से लेकर प्रकाशित/प्रसारित करने की तकनीक होती है। 1905 में विज्ञापन के क्षेत्र में बम्बई में पहली विज्ञापन एजेंसी बी.दत्त राम एण्ड कम्पनी ने इस दुनिया में अपनी दस्तक दी। इसके बात बामाज जे वाल्टर धाम्पसन, लिन्टास, बेनसनस् आदि एजेंसियाँ आरंभ हुई। शिल्पी, एम.सी.ए. एजेंसियाँ भी विज्ञापन के क्षेत्र में आयीं। सम्राट, गेवेज, स्वेनेड, एफ.डी.एस., इन्टरेड्स, रास, अर्यस, मुद्रा, एवरेस्ट, उल्का, जय सन्स तथा स्टरलिंग आदि एजेंसियाँ अपनी स्वतंत्र पहचान के जरिए बाजार में देखने को मिली।
- समय के आधार पर विज्ञापन की दरें निर्धारित की जाती है। सुविधा की दृष्टि से रेडियो और टेलिविजन के निर्धारित समय को तीन भागों में विभाजित किया जाता है।
  - ✓ सबसे अधिक देर तक सुना जाने वाला रेडियो एवं टेलीविजन का समय
  - ✓ सबसे कम समय में सुना व देखा जाने वाला रेडियो और टेलीविजन।
  - ✓ वह समय जब रेडियो और टेलीविजन कम सुना व देखा जाता हो।
- रेडियो टेलीविजन पर स्पाट विज्ञापन कार्यक्रम के प्रारंभ में दिखाए जाते है।
- रेडियो विज्ञापन 7, 10, 15 एवं 30 सेकेण्ड का समय निश्चित किया गया है जबकि प्रायोजित कार्यक्रमों का समय 10 या 15 मिनट का समय निर्धारित किया गया है। सामान्य 65 शब्द 333333330 सेकेण्ड से, 40 शब्द 20 सेकेण्ड में 20 प्रसारित किये जाते है। दूरदर्शन पर स्पाट विज्ञापन की समय सीमा 10-45 सेकेण्ड निश्चित की गई है।

रेडियो विज्ञापन की विशेषताएँ

- उद्घोषक का विज्ञापन वाचन।
- दो या दो से अधिक व्यक्ति के संदर्भ में अपनी बात नाटकीय शैली में सुनाते है।
- प्रसिद्ध व्यक्ति, खिलाड़ी, अभिनेता एवं अभिनेत्रियों की आवाज में वस्तु की संतुष्टि।
- वस्तु के गुण को गीतों द्वारा प्रस्तुत करना।

दूरदर्शन विज्ञापन की विशेषताएँ

- अभिनेता, अभिनेत्रियों के अलावा विशेष व्यक्ति वस्तु की चर्चा करते है।
- वस्तु की कहानी नाटकीय अंदाज में दिखाना।
- वस्तु का प्रदर्शन।
- वस्तु की स्लाइड्स बनाकर पीछे से उद्घोषणा करना।
- विश्सनीयता
- संगीतमयता
- कार्टूनों द्वारा विज्ञापन।

विज्ञापन लेखन

- सही स्थान पर सही शब्द का प्रयोग हो।
- उपभोक्ता के विचारों को समझे।
- वस्तु के सभी गुणों को अपने विज्ञापन में उद्घाटित करे

शीर्षक—अगर इस भाग ने पाठक/दर्शक का ध्यान अपनी ओर खींच लिया तो यह शीर्षक अपने आपमें सफल हो जाता है। यह अधिकांश दस शब्दों से अधिक नहीं होना चाहिए।

उपशीर्षक—यह आकार में शीर्षक से बड़ा होता है और पाठक/दर्शक को विस्तार वर्णन की तरफ प्रेरित करता है।

विस्तार वर्णन—यह आकार में शीर्षक से बड़ा होता है, और पाठक/दर्शक को विस्तार वर्णन की तरफ प्रेरित करता है।

विस्तार वर्णन—उत्पाद के गुणों के अलावा चर्चा एवं प्रतिक्रिया इसमें की जाती है।

उपसंहार—पाठक/दर्शक को वस्तु खरीदते के लिए प्रेरित किया जाता है।

शैली—शैली होती है जिसे पाठक/दर्शक तथ्यात्मक, कल्पनात्मक एवं भावात्मक रूप से समझता है। विज्ञापन की तरफ आकर्षित करना साहित्य की यह एक विशेष तकनीक होती है।

स्लोगन—विज्ञापन का मूल संदेश स्लोगन में ही छिपा रहता है। इसी को उपभोक्ता बार-बार अपनी जुबान पर लाता है और वस्तु की आकृति मस्तिष्क पर उतर आती है। जैसे- जब सुरज ढ़ले तब सूर्या उगे। खबरें छुपाता नहीं छापता है-शाह टाइम्स

संचार माध्यम के रूप में
रेडियो, टेलीविजन और सिनेमा

- सूचनाओं के आदान-प्रदान को हम संचार कहते है। इस शब्द की उत्पत्ति लैटिन भाषा के कम्यूनिस से हुई है। जिसका मतलब होता है टू मेक कॉमन, टू शेयर, टू ट्रांसमिट यानी सूचनाओं के आदान-प्रदान से समान भागीदारी निर्मित करना है।
- लुण्डवर्ग के अनुसार संचार उस पारस्परिक-क्रिया का रूप है जो प्रतीकों के माध्यम से घटित होता है। ये प्रतीक, चित्रीय, प्लास्टिक, मौखिक या अन्य किसी रूप में हो सकते है और किसी व्यवहार विशेष के लिए उद्दीपन का कार्य करते है। ऐसा व्यवहार जो व्यक्ति विशेष दशाओं के अभाव से स्वयं प्रतीक द्वारा उद्घाटित नहीं हो पाता।

रेडियो

इलेक्ट्रानिक मीडिया का रेडियों सस्ता व सुगम श्रव्य माध्यम है। इस यंत्र से दूर-दराज तक संदेश पहुंचाने की इस तकनीक का आविष्कार मारकोनी ने किया।

टेलीविजन

- टेलीविजन को आम आदमी खरीदने से सक्षम न हो सका। टेलीविजन को एक स्थान से दूसरे स्थान तक ले जाने से भी असुविधा हुई। रेडियो को तो लोग जेबों में रखकर इधर-उधर ले जा सकते थे।
- इसका प्रभाव साक्षर व निरक्षक दोनों किस्म के लोगों पर पड़ा। हजारों मील पर क्या घटित हो रहा है उसकी जानकारी के अलावा दर्शक घटनाओं से भी रू-ब-रू हुआ।
- टेलीfiविजन इन दो शब्दों को मिलाकर टेलीविजन शब्द बना है। टेली शब्द ग्रीक भाषा का है जिसका मतलब होता है दूरी। विजन शब्द लेटिन भाषा का है। इसका अर्थ होता है देखना। टेलीविजन वर्तमान युग का एक अनोखा यंत्र है। इसको स्कॉटलैंड को जॉन लोगी वेयर्ड ने 1922 में बनाया था।

फिल्म

- संचार की क्रांति में फिल्म एक अनोखी कला है। जिसमें लेखन, अभिनय, नाट्य एवं तकनीक का प्रयोग होता है। इसे विविध कलाओं का संगम कहें तो अतिश्योक्ति न होगी। इसमें लेखन, अभिनय, मंच निर्देशन का जितना महत्व है उतना ही प्रकाश, ध्वनि, कार्बनिक एवं भौतिक रसायन विज्ञान का।
- प्रथम चलचित्र का निर्माण 1926 में वार्नर ब्रदर्स ने पहली बार किया। इससे पहले मूक चलचित्रों का जमाना था। फिल्म निर्माण में भारत **विश्व का दूसरा**

देश है। इसे सिनेमा, मोशन-पिक्चर्स, मूवीज एवं चलचित्र आदि नामों से जानते है।

रेडियो, दूरदर्शन, फिल्म एवं वीडियो पत्रकारिता

रेडियो

- 1890 में गुगलेल्मो मारकोनी ने हवा में चलने वाली ऐसी तरंगों का आविष्कार किया जो एक स्थान से दूसरे स्थात तक संदेश ले जा सके। इस तकनीक को वायरलेस नाम मिला। इसका प्रयोग पानी के जहाजों व नौकाओं में संदेश भेजने में होने लगा।
- भारत में पोस्ट एवं टेलीग्राफ विभाग द्वारा 'द टाइम्स ऑफ इंडिया' के सहयोग से संगीत के कार्यक्रम का शुभारंभ बम्बई से प्रारंभ हुआ। इस केन्द्र से 175 किलोमीटर दूर पूना में स्थित तत्कालीन गवर्नर से इस प्रसारण को सुना।
- जून 1923 को 'बॉम्बे रेडियो क्लब' ने भारत में पहला रेडियो प्रसारण प्रारंभ किया। बाद में बम्बई और कलकत्ता की दूरी कम करने के लिए 'भारतीय प्रसारण सेवा' की स्थापना की। 8 जून 1936 को लार्ड लिनलिथगो द्वारा इसका नाम ऑल इंडिया रेडियो रखा गया। इसके बाद इसे आकाशवाणी के नाम से जाना गया। 1939-40 के दरम्यान में ऑल इंडिया रेडियो से 27 बुलेटिन प्रसारित हुआ करते थे। इन बुलेटिनों की जिम्मेदारी सेन्ट्रल न्यूज आर्गनाइजेशन को मिली। यह अनुभाग बाद में 'न्यूज सर्विसेज डिवीजन' में तब्दील हो गया। जो अब आकाशवाणी का समाचार अनुभाग है।
- आजादी के बाद रेडियो केन्द्र बम्बई, कलकत्ता, दिल्ली, मद्रास, लखनऊ व चंडीगढ़ में स्थापित किये गये। हालांकि मैसूर के राजा ने 1935 में आकाशवाणी नाम से रेडियो स्टेशन बनाया था। आज इन केन्द्रों की संख्या लगभग 205 हो गई है।
- 3 अक्टूबर, 1957 को अखिल भारतीय कार्यक्रम प्रारंभ किया जिसे आगे चल कर 'विविध भारती' नाम से जाना गया।
- 14 मई, 1966 को 'उर्दू सर्विस का प्रारंभ हो जाने पर आकाशवाणी को लोकप्रियता के उच्च शिखर पर प्रतिष्ठित किया गया।
- रेडियो पत्रकारिता ध्वनि पर आधारित है।
- इसका दोष - बार-बार पढ़ा नहीं जा सकता, प्रिंट मीडिया की अपेक्षा संक्षेप होता है। प्रिंट मीडिया की भांति बार-बार नहीं पढ़ा जा सकता है। समाचार कागज के पेज की सीमा में रखकर प्रकाशित होता है जबकि रेडियो

पत्रकारिता में समय-सीमा के अन्तर्गत ही प्रसारित होता है।

- रेडियो केवल श्रव्य-माध्यम है, उसके समाचार केवल सुने जा सकते है, देखे या पढ़े नहीं जा सकते।

दूरदर्शन

- 15 सितम्बर, 1959 को देश में पहला दूरदर्शन केन्द्र स्थापित हुआ और युनेस्को ने स्कूली बच्चों की औपचारिक शिक्षा के अलावा सामुदायिक विकास कार्यक्रम दिखाने के लिए दूरदर्शन पत्रकारिता की शुरूआत की। इस नेक काम के लिए इतना ही नहीं बल्कि 20 हजार डालर का अनुदान भी दिया। पहला समाचार बुलेटिन 15 अगस्त, 1965 को दूरदर्शन पर प्रसारित हुआ। 1 अप्रैल, 1976 तक दूरदर्शन की आकाशवाणी से अस्मिता बनी रही। इसके बाद दूरदर्शन ने अपनी अलग पहलचान बनानी शुरू की।
- दूरदर्शन पत्रकारिता सूचना, विवरण एवं चित्र प्रस्तुत करने का एक शक्तिशाली माध्यम भी है और कला भी। आज दूरदर्शन के सम्पादक, संवाददाता एवं वाचक को अधिक सजग रहने की आवश्यकता है। दूरदर्शन पत्रकारिता ने मनुष्य के जीवन में एक नई क्रांति का सूरज उगाया है। इस क्रांति से उस घटना, वस्तु, परिस्थिति की स्पष्ट तस्वीर देखी जा सकती है जिसका वह चिंतन करता है।
- दूरदर्शन जनसंचार का एक सख्त प्रभावशाली माध्यम है। इसका जन्म 1992 में जे.एल.बेयर्ड द्वारा स्काटलैंड में हुआ था। इसके बाद फ्रांस व अमेरिका में टेलीविजन बने। सबसे पहले न्यूयार्क और वाशिंगटन के बीच तार द्वारा टेलीविजन कार्यक्रम शुरू हुआ। निर्मित कार्यक्रम टेलीविजन पर 1936 में ब्रिटेन में बी.बी.सी द्वारा शुरू हुआ। इसके बाद फ्रांस, न्यूयार्क एवं अमेरिका में टेलीविजन कार्यक्रम प्रारंभ हुए।
- भारत में टेलीविजन कार्यक्रम पहले आधे घंटे का बाद में एक घंटे का शुरू हुआ। डॉ. विक्रम सारा भाई द्वारा 1967 में अहमदाबाद में एक केन्द्र की स्थापना की गई। आई.आई.टी कानपुर, इंस्टीट्यूट ऑफ फन्डामेंटल रिसर्च और विक्रम सारा भाई कम्यूनिटी साइन्स केन्द्र की भूमिका अग्रणी रही। 13 वर्ष बाद टेलीविजन का दूसरा केन्द्र (1912) बम्बई में खुला। इसी वर्ष पुणे में भी खुला। 1973 में अमृतसर, 1975 में कलकत्ता, मद्रास, लखनऊ में टेलीविजन केन्द्र खुले। 1982 में टेलीविजन में कुछ नया मोड़ आया। इसी वर्ष देश में एशियाड खेल शुरू हुए। घर-घर में रंगीन टेलीविजन ने दस्तक दी। जिसमें पहला रंगीन टेलीविजन, इन्सेट और राष्ट्रीय कार्यक्रम।

फिल्म

- सिनेमा का विश्व में पहला प्रदर्शन 1895 को पेरिस में हुआ, इसके बाद भारत में 7 जुलाई, 1896 को बम्बई में सम्पन्न हुआ। 1913 को दादा साहब फाल्के द्वारा बनायी गई पहली फिल्म 'राजा हरिश्चन्द्र' का प्रदर्शन हुआ। इसके बाद सिनेमा में सुधार भी हुए और फिल्मों की कड़ी लम्बी थी।
- 'शूटिंग शुरू होने से पूर्व फिल्म का बजट, विषय, अनुसंधान, लोकेशन सर्वे, गीत-संगीत, पटकथा एवं संवाद तथा सभी उपकरणों से संबंधित व्यवस्थाएं की जाती है। शूटिंग के दौरान निर्देशक के में सेट, मेकअप तथा वेशभूषा तैयार करने के अतिरिक्त कैमरा, माइक, अभिनेताओं की ब्लॉकिंग, प्रकाश-व्यवस्था एवं शूटिंग रिकार्ड रखना आदि कार्य होते है।
- निर्देशक के निर्देशों को फिल्म यूनिट का प्रत्येक सदस्य समझ सके, इसके लिए की प्रमुख भूमिका रहती है। निर्देशक सम्पादक के साथ प्रथम पॉजिटिव प्रिंट का अवलोकन करता है। तत्पश्चात् डोपशीट की सहायता से सही दृश्यों को संपादित करके फर्स्ट कट के अनुसार फाइनल कट तैयार किया जाता है। फिर 'मास्टर ध्वनि ट्रेक' के साथ मिलाकर मैरिड प्रिंट तैयार किया जाता है। फिल्म तैयार होने के बाद सेंसर से प्रमाण-पत्र लिया जाता है। फिर वितरण के साथ फिल्म हेतु तैयार होती है।'
- फिल्म पत्रकारिता का अध्ययन सिलिसिलेवार करें तो यही लगता है कि बुजुर्गों की सीख का युग समाप्त हो गया है। नैतिकता खत्म हो गई है। संस्कृति अब पूर्ण रूप सेस नंगी हो गई है। दर्शन, चिंतन एवं परंपराएं आदि को उपभोगितावादी संस्कृति ने डस लिया है।

फिल्म पत्रकारिता को प्रभावित करने वाली मुख्य विशेषताएं

कथा
गीत
संगीत
नृत्य
वेश-भूषा
अभिनय
शूटिंग
कैमरामैन
इलेक्ट्रानिक यंत्र

वीडियो पत्रकारिता

- **भारत में वीडियो पत्रकारिता की दस्तक**-दरअसल भारत में वीडियो पत्रकारिता की दस्तक 1987 में हुई। 1988 के अंत तक सात सामान्य और दो सामान्य वीडियो पत्रिकाओं का आगमन हुआ। पीपुल्स टेलीविजन का 'इन साईट' और लीविंग मीडिया वालो की 'न्यूज टैक' समाचार वीडियो पत्रिकाए थीं। जरूरतों, इच्छाओं, अपेक्षाओं एवं बाजार का आकलन करते हुए कुछ लोगों ने वीडियो पत्रिकाओं की कमियों को पहलचाना और इनको नया अंजाम दिया।
- **विज्ञापन मीडिया को आक्सीजन देने का काम करते है।** पर विज्ञापनदाताओं ने वीडियो पत्रकारिता को महत्व नहीं दिया। बाजार चाहे कितना भी अच्छा हो पर बिना विज्ञापन के मीडिया चल नहीं सकता।

रेडिया, टेलीविजन के कार्यक्रमों का प्रसारण और उनका स्वरूप

रेडियो	टेलीविजन
समाचार	समाचार
वार्ता	वार्ता
साक्षात्कार	साक्षात्कार
फीचर	फीचर
नाटक	नाटक
कवि सम्मेलन	कविसम्मेलन
पत्रिका	कवि सम्मेलन
विचार गोष्ठी	परिचर्या
खेल जगत्	खेल कमेंट्री
डाक्यूमेंटरी	वृत्त चित्र
कृषि जगत्	कृषि जगत्
महिला कार्यक्रम	महिला कार्यक्रम
परिवार कार्यक्रम	परिवार कल्याण
स्वास्थ्य कार्यक्रम	स्वास्थ्य कार्यक्रम
विचार बिन्दु	ज्ञान दर्शन
रोजगार समाचार	रोजगार समाचार
पर्व और जयंतियां	
बच्चों का कार्यक्रम	बच्चों का कार्यक्रम
संगीत के विभिन्न कार्यक्रम	संगीत के विभिन्न कार्यक्रम

वाद्य संगीत
गायन
फिल्म संगीत
शास्त्रीय संगीत
सुगम संगीत
पारस्परिक संगीत
लोकसंगीत
चित्रहार
फीचर फिल्म

विज्ञान जगत्
आंखों देखा हाल
रिपोर्ट रिपोर्ट

समाचार

वार्ता—इसमें एक व्यक्ति आलेख को पढ़ कर सुनाता है।

परिचर्या—जब समसामयिक विषय के अलावा किसी घटना विशेष को लेकर तीन-चार व्यक्तियों से बातचीत की जाती है तो उसे परिचर्या कहते है। टेलीविजन पर परिचर्या समाचारों के बीच में और समाचारों के बाद में भी सुनने को मिलती है।

साक्षात्कार—जब रेडियो व टेलीविजन पर एक व्यक्ति किसी विषय विशेषज्ञ से बातचीत करता सुनाई व दिखाई पड़ता है तो उसे साक्षात्कार कहते है।

वृत्तचित्र—ऐतिहासिक घटनाओं, स्थान, शहर, प्रसिद्ध व्यक्तित्व के अलावा पूर्व घटनाओं पर वृत्तचित्र बनाए जाते है। इस वृतचित्र को डॉक्यूमेंटरी फिल्म भी कहते है।

खेल प्रसारण—रेडियो व टेलीविजन पर जेब खेलों का आंखों देखा हाल सुनते व देखते है तो उसे कॉमेंन्ट्री भी कहते । खेल चाहे अमेरिका में हो या इंग्लैंड में परन्तु कभी-कभी दृश्य बाहर से प्रसारित होते है तो कॉमेंन्टरी स्टूडियों में बैठकर लिखी जाती है।

रिपोर्ट—समसामयिक घटना/सेमीनार/गोष्ठी/सांस्कृतिक मेलों के घटनाक्रम को रेडियो व टेलीविजन पर प्रस्तुत करने की क्रिया को रिपोर्ट कहते है।

कवि सम्मेलन—जब एक से अधिक कवि अपनी-अपनी कविता को बारी-बारी से मंच पर प्रस्तुत करते हैं तो उसे कवि सम्मेलन कहते है।

फीचर(रूपक)—रूपक व्यक्ति, घटना, विषय, विशेष को लेकर तैयार किया जाता है। प्रिंट माध्यम में इसे आलेख कहा जाता है। इसमें प्रमुख व्यक्तियों के अलावा प्रताड़ित व्यक्ति के विचार शामिल होते है।

फिल्म सेन्सर बोर्ड और इसके कर्तव्य

सेन्सर बोर्ड भारत सरकार द्वारा निर्मित एक फिल्म से संबंधित संगठन है। इस बोर्ड में केन्द्र सरकार द्वारा नियुक्त एक अध्यक्ष तथा छह सदस्य होते है। प्रत्येक सदस्य का कार्यकाल तीन वर्ष का होता है। **बोर्ड का मुख्यालय बम्बई में है**। इसके अलावा सरकार बम्बई, कलकत्ता एवं मद्रास में भी एक-एक परामर्श समिति का गठन भी किया है। इसमें कुछ सलाहकार सदस्य होते है। इनका कार्यकाल दो वर्ष का होता है। सरकार ने क्षेत्रीय एवं सहायक क्षेत्रीय अधिकारियों की नियुक्तियां भी की है। बोर्ड एवं परामर्श समिति का मुख्य कार्य है कि फिल्मों का अवलोकन करके सार्वजनिक प्रदर्शन हेतु फिल्मों को प्रमाण-पत्र देना। युनिवर्सल फिल्म के लिए 'यू' तथा वयस्क के लिए 'ए' प्रमाण-पत्र अनिवार्य होता है।

फिल्म प्रमाणीकरण की शर्तें

क. फिल्म मा माध्यम मान्यताओं एवं मानदण्डों के प्रति उत्तरदायी एवं संवेदनशील है।

ख. कलात्मक अभिव्यक्ति और रचनात्मक स्वतन्त्रता पर अनावश्यक अंकुश न लगे।

ग. सेन्सरशिप सामाजिक परिवर्तन हेतु प्रतिबद्ध हो।

उपयुक्त तीनों बातों की पूर्ति के लिए सेन्सर बोर्ड को निम्नलिखित बातों का ध्यान रखना पड़ता है–

1. असामाजिक गतिविधियों जैसे हिंसा आदि को महिमामंडित तो नहीं किया जा रहा है। उन्हे न्यायोचित तो नहीं ठहराया जा रहा है।
2. किसी अपराध को प्रेरित करने व ाले किसी शब्द, दृश्य या अपराधियों की कार्यप्रणाली का चित्रण नहीं किया गया है।
3. हिंसा, क्रूरता एवं भय के निरर्थक या परिहार्य दृश्य नहीं दर्शाये गए हैं।
4. ऐसे दृश्य नहीं दिखाए गए हों जिनमें मद्यपान को महिमामंडित करने या उसे उचित ठहराने का प्रभाव है।
5. भौंडेपन अश्लीलता एवं चरित्रहीनता द्वारा मानवीय संवेदनाओं का हनन न किया गया हो।
6. ऐस दृश्य या शब्दों को न दिखाया गया हो जो नारी की पुरूष के प्रति द्वेय अधीनता का चित्रण करते हों या ऐसी अधम अधीनता को नारी के प्रशंसनीय गुण के रूप में प्रस्तुत किया गया हो।
7. ऐस दृश्य या शब्द प्रस्तुत न किए गए हों जो किसी जाति, धर्म या अन्य

समुदायों के लिए आपत्तिजनक हों।

8. भारत की सम्प्रभुता एवं अखंडता पर प्रश्नचिन्ह न लगाया गया हो।
9. राज्य की सुरक्षा को क्षति या खतरा उत्पन्न न हो।
10. विदेशी राष्ट्रों के साथ मैत्री-संबंध तनावपूर्ण न हो।
11. सार्वजनिक व्यवस्था खतरे मे न पड़े।
12. ऐसे दृश्यों या शब्दों का प्रस्तुतीकरण न हो जिससे न्यायालय की मानहानि या अवमानना का खतरा उत्पन्न हो।
13. फिल्म की समग्रता।
14. देश व लोगों की समकालीन मान्यताओं का ध्यान।

फिल्मों का अवलोकन

फिल्म निर्माता **फिल्म की आठ प्रतियां टंकित** कराकर सेन्सर बोर्ड के नियम 37 के अनुसार शुल्क के साथ आवेदन-पत्र जमा करता है। आवेदन जमा होने के बाद क्षेत्रीय अधिकारी एवं जांच समिति का गठन करता है। इस समिति में एक सलाहकार समिति का सदस्य होता है। न्यूज रील, वृत्तचित्र, कार्टून आदि के मामले में क्षेत्रीय अधिकारी स्वयं अपनी भूमिका अदा करता है। अन्य प्रकार की फिल्मों के संबंध में जांच समिति अलग तरह से गठित की जाती है। इस समिति में चार सलाहकार समिति के सदस्यों के अलावा क्षेत्रीय अधिकारी शामिल होता है।

जांच समिति फिल्म को सार्वजनिक एवं वयस्क के आधार पर अलग-अलग विभाजन करती है। वयस्क फिल्मों के लिए हमेशा 'ए' प्रमाण-पत्र दिया जाता है और सार्वजनिक फिल्मों के लिए 'यू' प्रमाण-पत्र। सार्वजनिक प्रदर्शन हेतु वयस्क एवं अभिभावकों के साथ 18 साल के बच्चों को दिखाई जाने वाली फिल्म को 'यू ए' प्रमाण-पत्र देने का प्रावधान है। प्रमाणित फिल्म के अलावा यदि कोई दूसरी फिल्म का प्रदर्शन करता है तो प्रदर्शन स्थल पर जिला अधिकारी के आदेशानुसार प्रमाण-पत्र जब्त किया जा सकता है। इसके विरूद्ध कानूनी कार्रवाई की जाती है।

फिल्म की जांच करने के बाद क्षेत्रीय अधिकारी सेन्सर बोर्ड के अध्यक्ष को एक पत्र भेजता है। पत्र में साक्षात्कार समिति के विचारों के अलावा स्वयं के भी विचार होते है। सेन्सर बोर्ड के अध्यक्ष को क्षेत्रीय अधिकारी के पत्र पर किसी शब्द, संवाद, गीत आदि को लेकर असहमति होती है तो बोर्ड को अध्यक्ष भी उस फिल्म को लेकर एक समिति गठित कर सकता है। संतुष्टि होने पर ही वह आवेदक को प्रमाण-पत्र जारी करता है।

सत्यमेव जयते
Government of India

भारत सरकार

GOVERNMENT OF INDIA

केन्द्रीय फिल्म सेन्सर बोर्ड

CENTRAL BOARD OF FILM CENSORS

अनिर्बन्धित लोक प्रदर्शन के लिए प्रमाण-पत्र

फिल्म..

Film

गेज..............लम्बाई..............मीटर रील..............

Gauge Length Metres Reel

प्रमाण-पत्र संख्या..

Certificate Number

जारी करने की तारीख..

Date of Issue

समाप्ति की तारीख..

Date of Expiry

अध्यक्ष

फिल्म निर्माण की प्रक्रिया और तकनीकी समस्याएँ

फीचर फिल्म—फीचर फिल्म मुख्य रूप से काल्पनिक कथाओं पर आधारित होती हैं पर वास्तविक जैसी प्रतीत होती है। ये व्यावसायिक के साथ-साथ मनोरंजनात्मक होती है। गीत, संगीत एवं नृत्य इस प्रकार की फिल्मों में परिलक्षित होता है।

वृत्तचित्र—इस प्रकार की फिल्में ज्ञानवर्द्धक होती है। युवा वर्ग को विवेकशील बनाना इन फिल्मों का पहला उद्देश्य होता है। पर व्यावसायिक दृष्टि से अल्पव्ययी होती है। शास्त्रीय वृत्तचित्र, प्रत्यक्षदशी वृत्तचित्र, प्रगीतात्मक वृत्तचित्र, सम्पादकीय वृत्तचित्र, तर्कसंगत वृत्तचित्र एवं कार्टून वृत्तचित्र।

फिल्म निर्माण—फिल्म निर्माता और निर्देशक अलग-अलग व्यक्ति होते हैं। दोनों के अलग-अलग सोचने का ढंग होता है। परन्तु कभी-कभी फिल्म निर्देशक

की भी भूमिका अदा करता है। फिल्म निर्माण से पहले निर्माता विषय का चयन करता है। निर्माता फाइनेंसर की तलाश करता है।

फिल्म यूनिट—फिल्म एक व्यक्ति विशेष से नहीं बनती इसके लिए एक से अधिक कर्मियों की आवश्यकता होती है, जिसे फिल्म की भाषा में **यूनिट** कहते है। जब फिल्म निर्माता स्वयं निर्देशक का काम करने में असमर्थ होता है तो वह अनुबन्ध आधार पर एक निर्देशक रखता है। इसके बाद पटकथा लेखक और संवाद लिखने वाले का चयन करते है। तत्पश्चात् गीतकार, संगीतकार, ध्वनिकार, मेकअपमैन, कैमरामैन, फिल्म सम्पादक, सेट डिजाइनर्स एवं कला निर्देशक आदि व्यक्तियों से अनुबंध पर हस्ताक्षर करवाता है। इस पूरी टीम का नाम ही यूनिट है।

कथा, फिल्मांकन एंव पटकथा—पहले कथा को टंकित मशीन पर द्वारा टंकित किया जाता था लेकिन अब कथा कम्प्यूटर पर टंकित की जाती है। संवादों को हमेशा बोल्ड किया जाता है। स्क्रीनप्ले में केवल कहानी का उद्देश्य ही नहीं होता बल्कि फिल्म से संबंधित संकेत, संवाद, संगीत, गीत, नृत्य, लोकेशन इत्यादि भी होते है। यह सब होने के बाद फिल्म शूटिंग का कार्य प्रारंभ होता है। स्क्रीनप्ले के अलावा शूटिंग, पटकथा में केवल कैमरा, प्रकाश एवं फिल्मांकन से संबंधित बातें होती है। तत्पश्चात् फिल्म यूनिट फिल्म का प्रथम शॉट लेने के लिए सजग होती है।

फिल्म का दूसरा शॉट स्टूडियो में होता है। इसे इनडोर शॉट कहते है। इसमें यूनिट के सभी कलाकार तथा अतिथि भाग लेते है। यूनिट के लोग अपनी-अपनी कमियों को तलाशते हैं तथा भविष्य में वे कमियां किस तरह सुधर सकती है इस पर भी तत्काल वे लोग बातचीत करते है। एक्शन से लेकर गीत-संगीत एवं संवाद तक विचार होता है।

प्रथम शॉट की तैयारी—कैमरे को एक लकड़ी के बोर्ड पर सेट करके उसके शीर्ष भाग को कब्जे से जोड़ कर घूमने वाले फ्लैंपिंग से ध्वनि उत्पन्न करायी जाती है। फिल्म शीर्षक, तारीख, सीक्वेंस, संख्या, दृश्य संख्या और शॉट चाक से लिखा जाता है। शॉट लेने से पूर्व 'क्लैवर ब्वाय' बोर्ड को फ्लैप करता है। इसकी ध्वनि को लिखावट के साथ रिकार्ड किया जाता है। क्लैपिंग संवादन के वक्त काम आती है। फिल्म के शुभारंभ के समय निर्देशक या अन्य कोई व्यक्ति 'क्लैपर ब्वाय' के रूप में कार्य करता है। बाद में यही कार्य एक वेतन भोगी से कराया जाता है।

फिल्म का अधिकांश भाग स्टूडियो में तैयार होता है। कथा की आवश्यकता होती है। शूटिंग के लिए यूनिट बाहर जाती है। सभी फिल्मों में बहुमूल्य एवं आकर्षक किस्म के सेट प्रयोग किये जाते है। डबल रोड के फिल्म के एक भाग

को ढक दिया जाता है। इसके बाद फिल्म को रिवाइज्ड किया जाता है। दूसरी भूमिका का चित्रांकन तत्पश्चात किया जाता है। इसके बाद सिन्क्रोनाइज किया जाता है। लेकिन अब इस प्रकार की तकनीक का प्रयोग बहुत कम मात्र में होता है। कम्प्यूटर का योगदान भी इस क्षेत्र में सर्वोपरि होता जा रहा है।

कच्ची फिल्म—कच्ची फिल्मों को हम सुविधा की दृष्टि से दो भागों में विभाजित करते हैं। यानी निगेटिव व रिवर्सन फिल्में। **यहां फिल्मों का तात्पर्य ऐसे रील से है जिस पर फोटो आते है।** निगेटिव फिल्म के तीन रूप होते है-रॉ-स्टाक का निगेटिव में डवलेपिंग, निगेटिव की नकल एवं निगेटिव कॉपी का पॉजिटिव प्रिंट में डेवलेपिंग। मूल निगेटिव को मास्टर कहा जाता है।

दूसरे प्रकार की फिल्म पॉजिटिव प्रिंट में विकसित की जाती है। यह सामान्यतः 16 मि.मी. गेज में उपलब्ध होती है। यह प्रक्रिया केवल कच्ची फिल्मों तक ही सीमित रहती है। व्यावसायिक फिल्में अक्सर 35 मि.मी गेज से 70 मि.मी गेज तक का रा-स्टाक होता है।

पहले यह रा-स्टाक श्याम-श्वेत में होता था लेकिन अब रंगीन हो गया है। इसका नाम प्रसिद्ध छायांकन जार्ज ट्रस्टमैन के नाम पर 'इस्टमैन कलर' रखा गया है। इसमें लाल, नीला एवं हरा रंग होता है। यह रा-स्टाक अपने प्राकृतिक शेड में भारतीय लोगों के सबसे अधिक मन पसन्द होता है। दूसरा लोकप्रिय कलर टाइप 'टेक्नी कलर' के नाम से जानते है। यह भी इस्टमैन कलर की तरह होता है। प्राथमिक रंग अधिक टोन किया हुआ होता है। इसका प्रभाव सीमित होता है। अन्य सात कलरों में गोवा, फ्यूजा एवं इंदू होते है।

शूटिंग कैसे होती है—एक फिल्म में अनेक सीक्वेंस, दृश्य एवं शॉट्स होते हैं। शॉट क्रमानुसार चलते हैं। मेकअप मैन कलाकारों को सजाता है। फिल्म के पात्रें के अनुभव उनका मेकअप करता है। आवश्यकतानुसार प्रकाश पैदा किया जाता है। कैमरापैन एवं ध्वनि रिकाडर्स रोल के अनुसार अपना कार्य करते है। निर्देशक तीन शब्द लाइट, कैमरा, एक्शन का प्रयोग करते हुए शॉट लेने का संकेत देता है। यानी लाइट ब्वाय, रिकाडर्स एवं कैमरा मैन औश्र अभिनेता व अभिनेत्री अपना काम करना प्रारंभ कर देते है। अभिनय प्रारंभ होने से पूर्ण क्लेपर ब्वाय बोर्ड को फ्लैप करता है। कार्य से संतुष्टि न होने से निर्देशन 'कट' शब्द का प्रयोग करता है। जिसका मतलब होता है कि शॉट दुबारा लेना है। संतुष्टि होने पर ओ.के. शब्द का प्रयोग करता है।

प्रोसेसिंग—उदभाषित फिल्म को मूवी कैमरे से बाहर निकाला जाता है। इसको प्रयोगशाला में ले जाकर जो क्रिया होती है उसे प्रोसेसिंग कहते है।

सम्पादन—पूरी फिल्म को पॉजिटिव प्रिंट कहते है। यह कथा के अनुसार नहीं

होता। पर इसमें काट-छांट करके इसे कथा के अनुसार तैयार किया जाता है। इस क्रिया को संपादन कहा जाता है। सम्पादन के बाद ही फिल्म प्रदर्शन लायक बनती है।

रि-रिकार्डिंग—कथा-क्रम से लेकर पिक्चर, संवाद, संगीत, गीत एवं ध्वनि ट्रैक तक को क्रमबद्ध रूप में प्रस्तुत करे की क्रिया-कलाप को रि-रिकार्डिंग कहते है।

रिलीज प्रिंट—पिक्चर ट्रैक और साउण्ड ट्रैक को तीसरी फिल्म पर स्थानांतरित करके पुनः दोनों ट्रैकों को तीसरी फिल्म पर स्थानांतरित करते है। इसके बाद जो प्रिंट तैयार होता है वह प्रदर्शन योग्य प्रिंट कहा जाता है।

मुहूर्त—फिल्म के प्रारंभ को पहला शॉट कहते है। यह शॉट निपवाद होता है। यह शॉट स्टूडियो में ही लिया जाता है। इस शुभ अवसर पर फिल्म यूनिट के अलावा फिल्म में भाग लेने वाले कलाकार मौजूद होते है।

सेन्सर से स्वीकृति—रिलीज प्रिंट को सेन्सर बोर्ड के पास भेजा जाता है। सेन्सर बोर्ड भारत सरकार द्वारा निर्मित एक फिल्म संगठन है। यह फिल्म का अवलोकन करके यूनिवर्सल फिल्म के लिए 'यू' प्रमाण-पत्र तथा वयस्क के लिए 'ए' प्रमाण-पत्र देकर अपनी स्वीकृति प्रदान करता है। यह प्रमाण-पत्र फिल्म के प्रारंभ में दिखाया जाता है।

मास मीडियाा के रूप में इंटरनेट

- जब इस पर समाचार पत्र-पत्रिकाओं को पढ़ते है तो इसकी गिनती मास मीडिया के रूप में होने लगती है।
- इंटरनेट नशा भी है और ज्ञान का भंडार भी । गोपनीय सूचनाएं, अश्लील सामग्री का भंडार भी है। साफ्टवेयर एवं डाटा बेस इंटरनेट की नीम है।
- टायटेनिक फिल्म का टूटता हुआ जहाज हो या फिर जुरासिक पार्क के विशालकाय डायनासोर हो। इस तरह से सजीव दृश्यों को फिल्माने में जिस तकनीक का प्रयोग हो रहा है वह मल्टीमीडिया है।
- लिपि, ग्राफिक्स, ध्वनि फोटा, एनिमेशन, वीडियो एवं एक्टिविट मिलकर मल्टी मीडिया का निर्माण होता है।

कुशल संवाददाता कैसे बनें

- किसी घटना विशेष की जानकारी उपलब्ध कराने वाला व्यक्ति ही संवाददाता है। इसे पत्रकार भी कहते है और अंग्रेजी भाषा में रिपोर्टर भी।
- पर संसद या विधानसभा की कार्यवाई नोट करने वाला भी भारत सरकार के

गजट में रिपोर्टर है, जो प्रथम श्रेणी का होता है।

- अपनी सुख-सुविधा त्याग कर सदैव निष्पक्ष खबर देनी चाहिए।
- अपनी बुद्धिमत्ता से ही यह संवाददाता, विशेष संवाददाता एवं संम्पादक भी बन जाता है। पत्रकारिता एक प्ले ग्रांउड है जिसमें जो जैसा कौशल दिखायेगा वह वैसा ही पद ग्रहण कर सकेगा। हां इतना जरूर है कि एक अच्छा संवाददाता न अच्छा पति/पत्नी हो सकता है और न ही अच्छा माता पिता। पत्रकारिता एक धूनी है इसमें तपना पड़ता है यह क्षेत्र आसान नहीं है बड़ा जोखिम भरा क्षेत्र है। इसलिए युवा पीढ़ी को सोच-विचार के साि इस क्षेत्र में कदम रखना चाहिए। इस जोखिम भरे क्षेत्र को महिलाओं ने एक चुनौती के साथ स्वीकार किया है।
- ऐसी खबरों के लिए संवाददाता जासूर का काम भी करता है। दूसरे शब्दों में कहें तो इस प्रकार की खबरों को खोजी पत्रकारिता भी कहते है।
- जितनी इच्छाशक्ति बढ़ेगी उतनी ही उसके काम में कुशलता आयेगी। उसका शब्दकोश बढ़ेगा, भाषा में निखार आयेगा, पढ़ने की क्षमता बढ़ेगी, प्रस्तुतीकरण का ढ़ंग बदलेगा, समाचार की गहराई में जायेगा, नये-नये तथ्यों की खोज करेगा, पाठक व श्रोताओं का चहेता बनेगा।
- संवाददाता को शंकालु भी होना चाहिए। क्योंकि कभी-कभी राजनीतिज्ञ, व्यावसायिक एवं अधिकारी गलत तथ्यों को पेश करवा कर भ्रमित स्थिति खड़ा कर देते है।
- पत्रकारिता के लिए सम्पर्क सूत्र अति आवश्यक है। संवाददाता का सम्पर्क सूत्र जितना व्यापक होगा उतना ही उसके नेतृत्व का विस्तार होगा। नेतृत्व करने का गुण संवाददाता को सम्पर्क सूत्रें से प्राप्त होता है।
- शर्मीला, संकोची व्यक्ति एक अच्छा संवाददाता नहीं बन सकता। इसलिए संवाददाता के लिए नेतृत्व के अलावा तर्कशील होना चाहिए।
- भाषा ज्ञान पत्रकारिता में विशेष स्थान रखता है।
- एक श्रेष्ठ पत्रकार में समाचार-बोध, जिज्ञासा, सतर्कता, शंकालु-प्रवृत्ति, दूरदृष्टि, सत्य-निष्ठा, आत्मानुशासन, निर्भयता, स्पष्टवादिता और गतिशीलता होनी चाहिए। निकोलस टॉमलिन तो यहां तक कहते हैं कि एक कुशल संवाददाता में चूहे की तरह चालाकी, सत्यभाषी आचरण और साहित्यिक प्रतिभा अनिवार्य है।

प्रसार भारती क्या है

प्रसार भारती विधेयक में आकाशवाणी एवं दूरदर्शन के अलग-अलग विभाग

होंगे पर इनका संचालन एक निगम के द्वारा होगा। 9 सदस्यों के निदेशक मंडल को निगम कहा जायेगा। सदस्यों की नियुक्ति भारत के राष्ट्रपति एक गठित समिति के आधार पर करेंगे। समिति में राज्यसभा के सभापति, भारतीय प्रेस परिषद् के गठन का भी प्रावधान है। इसमें भी अध्यक्ष के अलावा राष्ट्रपति द्वारा मनोनीत दस सदस्य होंगे। इसका मुख्य कर्तव्य यह होगा कि निगम निर्बाध सूचना प्राप्त करके नागरिकों के अधिकारों का सम्मान करे। सामाजिक एवं सांस्कृतिक विविधता बनाये रखे। प्रसार भारती के खिलाफ शिकायतों का समाधान भी परिषद के द्वारा होगा। देश की एकता एवं अखंडता का विशेष ध्यान रखा जायेगा। कुल मिलाकर प्रसर भारती निगम पूर्ण रूप से स्वतंत्र निकाय हो। स्वतंत्र और निष्पक्ष कार्यक्रम प्रस्तुत करना प्रसार भारती का परम उद्‌देश्य है।

12. सम्पूर्ण पत्रकारिता

- समाचार, विचार, अर्थ, राजनीति, विज्ञान, अन्तरिक्ष, प्रोद्योगिकी, कला, उद्योग, फिल्म, फैशन, साहित्य, संस्कृति एवं स्वास्थ्य सन्दर्भित तथ्यों से परिपूर्ण पत्रकारिता आज की एक अनिवार्यता बन चुकी है जिसके पैनेपन और विस्तार, ताजगी और गहराई के कारण जन-मानस प्रबुद्ध हो रहा है।
- संचार क्रांति के इस दौर में तीव्र वैचारिकता का प्रतिफलन ही पत्रकारिता है।
- खींचो न कमानों को न तलवार निकालो।
  जब तोप मुकाबिल हो तो अखबार निकालो।।
- ''समाज और संस्कृति के साथ संवाद का ताजा इतिहास ही पत्रकारिता है।''
- रेडीमेड की दुकानों की भाँति सजे-सजाए समाचार-विचार बेचना पत्रकारिता नहीं है और न तो यह शब्द, ध्वनि तथा चित्रों का व्यवसाय है। यह तो अभिव्यक्ति की गहन साधना है जिससे वैचारिक क्रान्ति सम्भव है। (डॉ0 अर्जुन तिवारी)
- समाजहित में सम्यक् प्रकाशन को पत्रकारिता कहा जा सकता है।
- ज्ञान और विज्ञान शब्दों तथा चित्रों के रूप में दूसरे तक पहुँचाना ही पत्रकाला है।
- छपनेवाले लेख-समाचार तैयार करना ही पत्रकारी नहीं रह गयी। आकर्षक शीर्षक देना, पृष्ठों का आकर्षक बनाव-ठनाव, जल्दी से जल्दी समाचार देने की होड़, देश-विदेश के प्रमुख उद्योग-धन्धों के विज्ञापन प्राप्त करने की चतुराई, सुन्दर छपाई और पाठक के हाथ में सबसे जल्दी पत्र पहुँचा देने की त्वरा, ये सब पत्रकार कला के अन्तर्गत आ गए।
- देववाणी के 'पत्र' में 'कृ' धातु णिनि + टाप प्रयत्नों से निर्मित 'पत्रकारिता' पत्र-पत्रिकाओं के लिए समाचार, लेख को सम्पादित करने एवं प्रकाशनार्थ आदेश देने का कार्य है।
- पत्रकारिता के लिए अंग्रेजी में 'जर्नलिज्म' शब्द व्यवहृत होता है जो 'जर्नल' से निकला है जिसका शाब्दिक अर्थ 'दैनिक' है। दिन-प्रतिदिन के क्रिया-कलापों सरकारी बैठकों का विवरण 'जर्नल' में रहता है।
- समाचारों का संकलन-प्रसारण, विज्ञापन की कला एवं पत्र का व्यावसायिक

संगठन पत्रकारिता है। समसामयिक गतिविधियों के संचार से सम्बद्ध सभी साधन, चाहे वे रेडियो हो या टेलीविजन इसी के अन्तर्गत समाहित है। हरबर्ट ब्रूकर के अनुसार ''यह वह माध्यम है जिसके द्वारा हम अपने मस्तिष्ठ में उस विश्व के बारे में समस्त सूचनाएँ संकलित करते हैं जिन्हें हम स्वतः कभी नहीं जान सकते है।''

- पत्रकारितका को मै रणभूमि से भी अधिक बड़ी चीज समझता हूँ। यह कोई पेशा नही, बल्कि पेशे से कोई ऊँची चीज है। यह एक जीवन है, जिसे मैंने अपने को स्वेच्छापूर्वक समर्पित किया। (जेम्स मैकडोनल्ड)
- खींचों न कमानों को तलवार निकालों।
जब तोप मुकाबिल हो तो अखबार निकालो।।
- असहायों को सम्बल, पीड़ितों को राहत, अज्ञानियों को ज्ञान देने वाली पत्रकारिता है जो समाज-सेवा का पर्याय है। सम्प्रति पत्रकारिता समय के साथ समाज का दिग्दर्शक, सम्पोषक एवं नियामक है।
- बढ़ती हुई जनसंख्या, आर्थिक और प्रोद्योगिक आयाम, संचार की सुविधा एवं साक्षरता की बुद्धि के कारण पत्रों के पाठकों का महासागर उमड़ रहा है।
- पत्रकार **'भावुक'** था परन्तु अब नये परिवेश में उसे **'चतुर'** होना पड़ेगा।
- पत्रकारिता का दायित्व

राष्ट्र के कोने-कोने में जागरण, नवस्फुर्ति और नव-निर्माण के मंत्र को फूँकना ही पत्रकारिता का पावन लक्ष्य है।

✓ सामाजिक जनमत को अभिव्यक्ति देना

✓ समाज को उचित दिशा निर्देशित करना

✓ जन-जन को स्वस्थ मनोरंजन की समाग्री देना

✓ सामाजिक कुरीतियों (बाल-विवाह, विधवा-उपेक्षा, दहेज, बहू-हत्या, वेश्यावृत्ति, अंधविश्वास) को मिटाने की दिशा में प्रभावी कदम उठाना,

✓ धार्मिक और सांस्कृतिक पक्षों का दो टूक विवेचन करना।

✓ सामान्य जन को उनकी ही भाषा में उनके अधिकारों को समझाना

✓ कृषि-जगत् की उपलब्धियों को साधारण जनता तक पहुँचाना,

✓ उद्योग-जगत् की उपलब्धियों को जन-जन तक पहुँचाना,

✓ सरकारी नीतियों का विश्लेषण एवं प्रसारण

✓ महिला जगत, बाल-जगत्, क्रीड़ा-जगत, चलचित्र-जगत् के विविध कार्यक्रमों का प्रसार

✓ स्वास्थ्य-जगत, परिवार-कल्याण के प्रति नागरिकों को सचेत करना,

✓ शिक्षा, शिक्षक, विद्यार्थी वर्ग को समीचीन मार्ग बतलाना,

- ✓ सर्वधर्मसमभाव एवं सौहार्द-भाव को पुष्ट करना।
- ✓ संकटकालीन परिस्थितियों में राष्ट्र का मनोबल बढ़ाना।
- ✓ 'वसुधैव कुटुम्बकम्' की भावना का प्रसार करना।

- तकनीकी बातों के अतिरिक्त समाचार सूँघने, परखने और लिखने के लिए सुनिश्चित करने की आवश्यकता है।
- ''महान है पत्रकारिता, लोकमानस को प्रभावित करने वाला होने के कारण पत्रकार क्या विश्व का शासक नहीं? वास्तव में रोचक एवं चुनौतीपूर्ण इस पेशे में वही सक्षम सिद्ध होगा जिसमें कवि की कल्पना-शक्ति, कलाकार की सृजनात्मक योग्यता, न्यायाधीश की विषय-निष्ठता, वैज्ञानिक की सुस्पष्टता और कम्प्यूटर मशीन की गति हो। ऐस प्रतिभासम्पन्न पत्रकार को ढेर सारे विषय में थोड़ा-सा और थोड़ा-सा जानना चाहिए।

पत्रकारिता के विविध आयाम

- आर्थिक पत्रकारित- मुद्रा बाजार, पूँजी बाजार, वस्तु बाजार, पंचवर्षीय योजना, बैंक, ग्रामोद्योग, श्रम, बजट और राष्ट्रीय आय के समाचार अब पाठकों को अधिक आकर्षक प्रतीत हो रहे हैं। महत्वपूर्ण अर्थ-जगत के पत्रों द्वारा उद्योग-व्यवसाय की जानकारी दी जा रही है जो आर्थिक पत्रकारिता को पुष्ट करने वाले है।
  - ✓ विश्व में पत्रकारिता का उदय आर्थिक-व्यापारिक गतिविधियों के संदर्भ में हुआ।
  - ✓ 29 जनवरी, सन 1780 को कलकत्ता से प्रकाशित होने वाले भारत के प्रथम अखबार का नाम 'हिक्की गजट' अथवा 'कलकत्ता जनरल एडवर्टाजर' था।
  - ✓ हिक्की ने अपने पत्र के उद्देश्यों के विषय में लिखा था, ''राजनीतिक और व्यापारिक साप्ताहिक सभी पार्टियों के लिए खुला है लेकिन किसी से प्रभावित नहीं है।
  - ✓ अंग्रेजी व्यापारी सर्वप्रथम कलकत्ता आये। उन्होंने भारत में उद्योगों एवं बैंकों की स्थापना की और भारत में आर्थिक पत्रकारिता की नींव रखी। आर्थिक पत्र 'द कैपिटल' का प्रकाशन 1868 में अंग्रेजों ने कलकत्ता में शुरू किया जो उन दिनों ब्रिटिश साम्राज्य की राजधानी थी। 'द कैपिटल' के सम्पादक पैट लोवाट और जेकरी टाइसन थे। 'द कैपिटन' एसोसिएटेड चैम्बर्स ऑफ कॉमर्स एण्ड इण्डस्ट्री से करीब से जुड़ा था लेकिन भारत में अंग्रेजों के हितों की सुरक्षा करता था।

- ✓ सन 1910 में कलकत्ता से 'कॉमर्स' का प्रकाशन आरम्भ हुआ। 'कामर्स' की खासियत थी कि इसमें उद्योग और व्यापार से सम्बन्धित सूचनायें खबरों के रूप में छपती थी।
- ✓ आर्थिक पत्रकारिता के क्षेत्र में पहला विशुद्ध भारतीय प्रयास था 'इंडियन फाइनेंस' का 1928 में प्रकाशन। यह पहला आर्थिक अखबार था जिसका सीधा सम्बन्ध किसी आर्थिक या औद्योगिक घराने से नहीं था। इसके सम्पादक सी.एस. रंगास्वामी थे जिन्होने केवल भारतीय व्यापारियों को इसके साथ जोड़ा, जिसमें प्रमुख थे बिरला, जालान, बद्रीदास गोयनका तथा कलकत्ता एवं मद्रास के कुछ छोटे व्यापारी।
- ✓ 'द ईस्टर्न इकनॉमिस्ट' द्वितीय विश्व युद्ध के दौर में आरम्भ हुआ। इसका प्रकाशन बिरला घराने द्वारा 1943 में आरम्भ किया गया।
- ✓ टाइम्स ऑफ इंडिया समूह द्वारा 1961 में 'इ इकनॉमिक टाइम्स' का प्रकाशन आर्थिक दैनिक के रूप में मील का पत्थर है। उसी साल एक्सप्रेस समूह के दैनिक 'फाइनेंशियल एक्सप्रेस' का प्रकाशन आरम्भ किया।

- **व्याख्यात्मक पत्रकारिता** (Interpretative Journalism)—आज तो समाचार के विश्लेषण, उसकी पृष्ठभूमि तथा उसके भावी परिणाम को बतलाने की समस्या है जिसे व्याख्यात्मक पत्रकारिता द्वारा हल किया जा रहा है।
- **महिला पत्रकारिता**—आजकल नारी-जगत् से सम्बन्धित पत्र-पत्रिकाएँ समय काटने और मनोरंजन के साधनस्वरूप हैं। ऐसी पत्रिकाएँ साज-श्रृंगार, फैशन, रूप-रंग को कैसे निखारे, घर को कैसे सजाएँ, पति को सुन्दर कैसे दिखें पर ही जोर देती है। आजकल की कुछ हिन्दी पत्रिकाओं के अनुसार नारी का अर्थ माँ नहीं, वात्सल्य नहीं, सहचरी नहीं, अपितु सेक्स का धमाका है। आधुनिक मीडिया में 'बोल्ड एवं ब्यूटीफुल' के लिए तो जगह है, किन्तु 'कर्मठ एवं जुझारू' महिला के लिए नहीं।
- **स्वास्थ्य पत्रकारिता**—यह सिर्फ मेडिकल ही नहीं वरन् मेडिकल-सोशल पत्रकारिता भी है। स्वास्थ्य पत्रकारिता ही नित-नूतन चिकित्सकीय आविष्कारों तथा चिकित्सा-प्रणाली एवं ग्रासरूट लेवेट की प्राथमिक स्वास्थ्य शिक्षा के बीच सेतु है। स्वास्थ्य पत्रकारिता से अपेक्षाएं - अधूरी तथा गलत जानकारी लानलेवा भी बन सकती है, मात्र सनसनीखेज नहीं, विषय का प्रस्तुतीकरण, जनसामान्य के हित में, आशावादी किरण जगायें।
- **अंगीभूत पत्रकारित (इम्बेडेड जर्नलिज्म)**—अंग्रेजी में 'Imbed' या 'Embed' का शाब्दिक अर्थ जड़ हो जाना, निहित होना, न्यस्त रहना, समाहित

होना, जकड़ जाना, कटिबद्ध रहना, प्रतिबद्ध होना है। निष्पक्षता को तिलांजलि देकर सत्ता की सेवा की एक नयी विधा 'इम्बेडेड जर्नलिज्म' है, जिसे हिन्दी में कुछ लोगों ने जड़ित पत्रकारिता कहा जाता है। यह 'जड़ित' शब्द पूरा अर्थबोध नहीं दे रहा है। जीविकोपार्जन हेतु किसी का अंग बनकर सूचना देना अंगीभूत पत्रकारिता है जिसमें सत्ता-परायणता होती है। अमेरिका के इराक पर आक्रमण की कवरेज के लिए पत्रकारों को सेना में ही समाहित किए जाने की एक नयी प्रथा शुरू है। उन्हे एक नया नाम दिया गया-इम्बेडेड जर्नलिस्ट यानि सेना में समाहित पत्रकार जिसे अंगीभूत पत्रकार कहा जाए तो उत्तम है। सुरक्षा और संरक्षण देने के नाम पर अमेरिका ने युद्ध की कवरेज के लिए गये पत्रकारों के एक हिस्से को अपनी सेना का अंग बना लिया और इसे 'इम्बेडेड जर्नलिस्ट' कहा। अमेरिका और पश्चिमी देशों की मीडिया के 1400 पत्रकारों ने इस अमेरिकी योजना को स्वीकार कर लिया जिसके परिणामस्वरूप पूरे युद्ध के दौरान उन्हीं खबरों और दृश्यों को बढ़-चढ़ कर उछाला गया जो अमेरिका के अनुकूल थे।

- **खेल पत्रकारिता**
- **बाल पत्रकारिता**—बाल पत्रकारिता वस्तुतः सृजनात्मक पत्रकारिता है जिसके द्वारा सौन्दर्य-बोध का विकास होता है।
- **विज्ञान पत्रकारिता**
- **कृषि पत्रकारिता**

साहित्य पत्रकारिता

- साहित्यकार एक दीपक है जो स्वतः जलकर दूसरों को प्रकाशित करता है। पत्रकारिता रचनात्मक साहित्य की आधारशिला है। ज्ञान के सभी पहलुओं को जन-जन तक पहुँचाकर जागरण एवं नव-निर्माण के प्रति चिन्तन हेतु दिशा निर्देशित करना ही पत्रकारिता है। समाचारपत्र सूचना देते है जबकि साहित्य सूचना देते है जबकि साहित्य सूचना-घटना को विशिष्ट भंगिमा के साथ प्रस्तुत करता है।
- पत्रकार की भाषा व्याकरण के सिद्धांतों को अपनाती है, साथ ही समाज के प्रचलन, व्यवहार उसकी प्रवृत्ति को स्वीकार कर भाषा को एक दिशा भी देती है यथा-

  लेखनी ने समस्याओं को अकेरा है
  शब्द गूंगे हो गए

चाँदनी चुभने लगी
व्याकरण बहरा हो गया
झोपड़ी-झुग्गी में रेंगता जीवन
समाज की नसों में चढ़ता जातिवाद का जहर
हवाएँ बदचलन हुई

- जीवन, राजनीति, अर्थशास्त्र, समाज, नीति, पर्यावरण, उद्योग, सूचना प्रोद्योगिकी, कला, संकस्कृति-कौन सा ऐसा क्षेत्र है जिससे आदमी न जुड़ा हो और आदमी के जुड़ने से साहित्य की सम्बद्धता इन सबसे है।
- राजनीति का कार्यभार लोक-कल्याण और जनता की बेहतरी ही होता है।
- साहित्य ने हमेशा सत्ता, राजनीति और सामाजिक अधिसंरचना की गहरी पड़ताल करते हुए- इनसे सहमति और प्रतिरोध की भूमिका निभायी।
- स्वाधीनता आन्दोलन की लड़ाई साहित्य और राजनीति ने समान स्तरों पर लड़ी है।
- पत्रकार साहित्यकार की भाँति ही हर व्यक्ति के स्वर की गहरायी, उसके अन्तर्द्वन्द्व उसकी रामत्व और रावणत्व शक्तियों को उचित रूप से मापने-परखने में समर्थ रहता है। अपनी कल्पनाशीलता, भावप्रवणता, अनुभूति, विवेक, बुद्धि, तर्क तथा विश्लेषण-क्षमता के कारण पत्रकार और साहित्यकार दूरबीन का काम करते है।
- भावुकता साहित्यकार का अपना गुण होता है लेकिन पत्रकार तो तात्कालिक यथार्थ और परखता तथा सम्भावनाओं को सूचित करता है।
- हिन्दी गद्यकाल के निबन्ध, जीवनी, आत्मकथा, यात्र-वृत्त, गद्य-गीत, संस्करण, रेखाचित्र, रिपोर्ताज, डायरी, आलोचना, समालोचना, समीक्षा, भेंटवार्ता, पत्र-साहित्य आदि विधाओं को पल्लवित-पुष्पित किया है।
- पत्रकार के लिए यथार्थ वही है जो सम्भव हो चुका हो, साहित्यकार के लिए वह है जो सम्भव हो सकता है।
- पत्रकारिता और साहित्य में कहीं अन्तर है, तो वह शैली का। पत्रकार समास शैली का अभ्यस्त होता है जबकि साहित्यकार व्यास शैली अपनाता है।

www.ingramcontent.com/pod-product-compliance
Ingram Content Group UK Ltd.
Pitfield, Milton Keynes, MK11 3LW, UK
UKHW021312160826
14477UKWH00023B/382